Über dieses Buch »Der 1946 erschienene Roman ›Der Genosse‹ spielt in Turin und Rom. Auf der einen Seite die Halbwelt leichter Mädchen, törichter junger Männer und ihrer Kumpane vom Varieté, die die Cafés, Restaurants und Tanzböden der beiden Großstädte bevölkern. Auf der anderen die Welt der Arbeiter und ihr Kampf gegen den Faschismus. Pablo, ein windiger Nichtstuer zunächst, der gern und gut Gitarre spielt, wechselt von der einen in die andere hinüber – nach seiner desillusionierenden Liebesgeschichte mit Linda, einer snobistischen Schönen, die aus all ihren Abenteuern immer als die Unangefochtene, Überlegene hervorgeht. Pablo lernt nach der Trennung von ihr zu arbeiten und sich für eine Sache zu engagieren: eben für den Widerstand gegen den Faschismus, der ihn ins Gefängnis bringt und zum Manne reifen läßt.

Obwohl Pavese das leichtlebige Treiben der Turiner Clique viel breiter schildert als die politische Arbeit der Verschwörer, ist eindeutig für ihn die Auseinandersetzung mit zwei divergierenden Weltanschauungen und die Entscheidung des Helden für den Kampf wider den Ungeist der Zeit das eigentliche Wesentliche. Sie erst führt Pablo zur Selbstverwirklichung.

›Das Handwerk des Lebens‹, aus dem belanglosen ins sinnvolle, wahrhaftige Dasein zu finden, war immer Paveses Grundthema. Als Mensch ist er an seiner Einsamkeit und Schwermut zerbrochen: aber seine unerfüllte Sehnsucht nach dem einfachen Glücklichsein hat tiefe Spuren in all seinen Werken hinterlassen. Man konstatiert das mit der immer gleichen Ergriffenheit.«

Salzburger Nachrichten

Der Autor Cesare Pavese wurde 1908 in San Stefano/Cuneo als Sohn eines Justizbeamten geboren, studierte Literaturwissenschaften in Turin, Lehrer, anschließend Lektor bei Einaudi; wurde vom faschistischen Regime nach Kalabrien verbannt; neben reicher eigener Schriftstellertätigkeit zahlreiche Übersetzungen aus dem Englischen und Amerikanischen (darunter Defoe, Joyce, Steinbeck, Faulkner); wurde 1950 mit dem bedeutendsten italienischen Literaturpreis, dem Premio Strega, ausgezeichnet; wenige Monate später Selbstmord in einem Turiner Hotel.

Vom selben Autor sind für das Fischer Taschenbuch-Programm in Vorbereitung: ›Am Strand‹ (Juni 1983) und ›Unter Bauern‹ (Juli 1983).

Cesare Pavese
Der Genosse

Roman

Aus dem Italienischen
von Arianna Giachi

Fischer
Taschenbuch
Verlag

Ungekürzte Ausgabe
Fischer Taschenbuch 5302
Mai 1983
Fischer Taschenbuch Verlag GmbH, Frankfurt am Main
Lizenzausgabe mit freundlicher Genehmigung
der Claassen Verlags GmbH, Düsseldorf
Die italienische Ausgabe erschien unter dem Titel ›Il Compagno‹

Umschlaggestaltung: Jan Buchholz / Reni Hinsch
Umschlagfoto: Harro Wolter
Gesamtherstellung: Hanseatische Druckanstalt GmbH, Hamburg
Printed in Germany
980-ISBN-3-596-25302-0

Sie nannten mich Pablo, weil ich Gitarre spielte. An dem Abend, als Amelio sich auf der Straße nach Avigliana das Rückgrat brach, war ich mit drei oder vier Bekannten auf die Höhe hinaufgegangen – nicht weit, man sah die Brücke noch –, und wir tranken und waren fröhlich unter dem Septembermond, bis wir der Kälte wegen zum Singen ins Haus gehen mußten. Jetzt begannen die Mädchen zu tanzen. Ich spielte auf – Pablo hier, Pablo da –, aber Spaß machte es mir nicht. Ich habe immer gern für Leute gespielt, die etwas davon verstehen, aber die hier, die wollten nichts als herumkrakeelen. Noch auf dem Heimweg zupfte ich an meiner Gitarre, und jemand sang dazu. Meine Hand war feucht vom Nebel. Ich hatte dieses Leben satt.

Seit Amelio im Krankenhaus lag, hatte ich niemanden mehr, mit dem ich ein vernünftiges Wort reden und mich mal aussprechen konnte. Man wußte, daß es keinen Zweck hatte, ihn zu besuchen, denn er schrie und fluchte Tag und Nacht und erkannte niemanden. Wir gingen uns das Motorrad anschauen, das noch, an einen Prellstein gelehnt, im Graben lag. Die Lenkstange war zertrümmert, ein Rad abgesprungen; nur durch ein Wunder war es nicht in Brand geraten. Blut war nicht auf der Erde, aber Benzin. Später holten sie es mit einem Karren ab. Ich habe Motorräder nie leiden können, aber dies hier war wie eine zerbrochene Gitarre. Ein Glück, daß Amelio niemanden mehr erkannte. Dann hieß es, vielleicht werde er durchkommen. An all das dachte ich, wenn ich im Laden bediente, aber besuchen ging ich ihn nicht, es war ja doch zwecklos, und ich sprach auch mit niemandem mehr von ihm. Abends aber, wenn ich nach Hause ging, dachte ich, daß ich bei all meinem Gerede mit den Leuten doch niemandem gesagt hatte, wie einsam und hundeelend ich mich fühlte, und zwar nicht, weil Amelio nicht mehr da war – auch er fehlte mir nur deswegen. Ihm hätte ich vielleicht gesagt, daß das der letzte Sommer sei und daß ich dieses Leben im Wirtshaus, im Laden und mit meiner Gitarre satt hatte. Er verstand diese Dinge.

Dann erfuhr man, daß Amelio ganz und gar in Gips lag und daß die Beine ihm abstarben. Ich mußte Tag und Nacht daran denken und hätte am liebsten nichts mehr davon gehört. Jetzt hieß es, in der Nacht damals habe er ein Mädchen bei sich gehabt, das sei auf eine Wiese geschleudert worden, ohne daß ihm dabei auch nur ein Haar gekrümmt wurde. Sie seien gefahren wie die Irren, hätten einen sitzen gehabt, und früher oder später hätte das ja so enden müssen. Es wurde viel darüber geredet. Und eines Morgens zeigten sie mir das Mädchen, als es auf der anderen Seite des Korsos an unserem Laden vorüberging. Sie war groß und gut angezogen. Wenn man sie so sah, hätte man nicht geglaubt, daß sie einen derartigen Sturz hinter sich hatte. Zu Amelio paßte sie allerdings. Bei dem Gedanken, daß sie den ganzen Sommer fest aneinandergeklammert auf dem Motorrad über die Autobahnen gerast waren, packte mich die Wut. Dafür hatte er sich nun den Schädel eingerannt. Jetzt hieß es, sie gehe ihn besuchen. Um so besser. Dann brauchten wir das wenigstens nicht zu tun.

In diesen Tagen war ich wenig im Laden. Ich trieb mich allein herum und ging an den Po. Ich setzte mich auf ein Brett und schaute den Leuten und den Booten zu. Morgens so in der Sonne zu sitzen, tat mir wohl. Ich wollte dahinterkommen, warum ich alles satt hatte und warum ich gerade jetzt, wo ich mich so einsam und hundeelend fühlte, nichts mehr von den anderen wissen wollte. Ich dachte an Amelio, der sich nicht aufsetzen konnte und nie wieder herumlaufen würde. Den ganzen Tag hatte er Motoren ausprobiert, das war sein Leben gewesen; wie würde er jetzt zurechtkommen? Boot fahren würde er vielleicht wieder können. Aber selbst wenn man Geld hat, macht einen ein Boot nicht glücklich, so wenig wie eine Gitarre. Ich sah es ja an mir. Ich hätte viel darum gegeben, wenn ich gewußt hätte, wie Amelio eigentlich lebte, ehe er sich das Rückgrat brach. Vielleicht weil er niemanden brauchte und bei einer Unterhaltung keine vier Worte sprach, war ich nie darauf gekommen, ihn danach zu fragen. Viele Abende hatte ich mit ihm verbracht – die Gitarre erklang, und wir hatten beide unsere Freude daran –, wir tranken ein Glas, und dann ging's zurück, er auf den Korso und ich in den Laden. Ich hatte ihn nur in seiner Lederjacke gekannt, die er beim Motorradfahren trug. Er kam auf einen Sprung in den Laden und fragte: »Wie ist's mit heut abend?« Seine Mädchen hatte man nie zu sehen bekommen. Auch wenn Bekannte in die Wirtschaft kamen, blieb er an seinem Tisch sitzen.

Eines Morgens kam das Mädchen vom Korso geradewegs in den Laden, lachte und fragte mich nach Pablo.

»Ich bin Linda«, sagte sie. »Amelio schickt mich. Er ist wieder zu Hause und kann sich nicht rühren. Er möchte jemanden sehen.«

Meine Mutter war gerade im Laden und erkundigte sich, wie es Amelio gehe. Die beiden Frauen unterhielten sich ein bißchen, und Linda schaute sich dabei um. Sie war so fröhlich, daß man selbst wieder Mut bekam. Ich hatte noch niemanden so von dieser Geschichte reden hören.

Am nächsten Tag ging ich zu Amelio, er lag bei offenem Fenster im Bett. Er sprach nicht davon, was hinter ihm lag, und auch nicht davon, daß er mich jetzt hatte rufen lassen. Er war immer noch groß und stattlich und trug einen gelben Pullover. Sein Gesicht war noch dasselbe, aber so verfallen, wie bei einem Menschen, der nicht geschlafen hat. Das Zimmer war unaufgeräumt. Durch das Fenster drang langsam der Nebel. Man hatte das Gefühl, auf der Straße zu sein.

Ich fragte ihn nicht, wie alles gekommen war, denn das wußte man ja. Er erkundigte sich, was ich mache und ob ich in den letzten Monaten viel Gitarre gespielt hätte. Ich zuckte mit den Schultern. »Ach, die Gitarre«, holte meine Zigaretten heraus und zündete uns beiden eine an.

»Wir haben uns dein Motorrad angeschaut«, erzählte ich, »schrecklich hat es ausgesehen. Willst du die Teile jetzt einzeln verkaufen?«

»Ein Motorrad kann man reparieren«, entgegnete er, »ein Motorrad hat keine Beine.«

Meine Hände wurden feucht vom Nebel, der durchs Fenster drang. Draußen war es frisch, es war noch früh am Morgen.

»Hör mal«, fragte ich ihn, »ist dir nicht kalt?«

»Doch, mach das Fenster zu, es ist kalt.«

Ich ging am Spiegel vorbei und sah ihn darin. Von seinem Bett aus konnte er sich den ganzen Tag so betrachten, wie wenn man sich aus einem Boot hinauslehnt. Erst die Decken, dann ein Stück Leintuch, dann den Pullover, das Gesicht, die Wangen, den Rauch.

»Rauchst du viel?« fragte ich ihn.

Er schnippte die Asche mit dem Finger fort und grinste.

»Das ist die erste. Aber nachts rauche ich alles, was ich habe.«

Aus dem Laden hatte ich eine Hunderterpackung mitgebracht und wußte nun nicht, wie ich sie ihm geben sollte. Jetzt benutzte ich den Augenblick, um sie zwischen die Zeitungen auf sein Bett zu legen.

»Seit damals habe ich die Gitarre nicht mehr mitgenommen«, erzählte ich währenddessen. »Ich habe es satt. Es hat doch keinen Sinn, für ein paar Dummköpfe zu spielen, die man abends draußen im Grünen trifft. Die johlen und kreischen und führen sich auf wie die Narren – wozu dann noch die Gitarre? In Zukunft will ich nur noch für mich allein spielen.«

»Auch allein ist es nicht lustig«, antwortete Amelio. »Du hast Glück, daß du nicht um deinen Lebensunterhalt zu spielen brauchst.«

Konnte ich ihm sagen, daß ich das Leben, das ich führte, satt hatte und daß ich lieber um meinen Lebensunterhalt gespielt hätte? Daß die Welt weit war und daß ich fortwollte? Fort und hinaus. An diesem Morgen wußte ich nur, daß ich etwas unternehmen wollte. Alles lag ja noch vor mir.

»Wenn du spielen müßtest, um dein Leben zu fristen, würdest du manches verstehen«, fuhr Amelio fort, warf seine Kippe weg und legte sich zurück. Er war mager, sein Kehlkopf stand vor wie ein Knochen.

Ein paar Tage später ging ich morgens wieder zu ihm. Ich kam gern zu dieser Tageszeit, weil dann niemand zu Hause war. Man schob die Tür zur Küche auf, klopfte, und schon stand man im Zimmer, das mit seinem weit aufgerissenen Fenster immer kalt war.

Amelio lag im Kalten, um sich wie auf dem Korso zu fühlen. Wenn er sich nicht auf den Ellenbogen stützte und sich auf die Seite drehte, streckte er immer die Nase in die Luft, um tief atmen zu können. Ich setzte mich auf die äußerste Bettkante, damit ich nicht an seine Beine stieß.

»Tut es weh?«

Er schaute mich an, ohne mit der Wimper zu zucken. Auf gewisse Fragen gab er einfach keine Antwort. So war Amelio. Sein Schweigen war Antwort genug. Einmal fragte ich ihn, ob denn sonst niemand ihn besuchen komme. Er schaute auf ein Blumensträußchen, das in einem Glas neben seinem Bett stand.

»Du hast es gut«, sagte ich.

Ihm Mut zu machen, brachte ich nicht fertig. Ich hatte ohnehin das Gefühl, daß er mehr Mut hatte als ich. Er sprach nie davon, wann er wieder gesund sein würde. Er sprach überhaupt von nichts. So war Amelio. Ich erzählte etwas; manchmal wurde ich dabei lebhafter, dann hörte er zu und antwortete mit leiser Stimme.

»Ins Grüne gehst du also nicht mehr hinaus?« fragte er.

»Mit mir muß irgendwas los sein. Ich mag keine Gesellschaft mehr. Auch der Laden macht mir keinen Spaß mehr. Vielleicht habe ich einfach Lust, mal nichts zu tun, aber das glaube ich nicht. Alle Welt tut was, alle Welt lebt. Du warst doch soviel unterwegs, du weißt das doch auch. Und was nützt es schließlich, zu Hause herumzusitzen?«

»Hast du denn kein Mädchen?«

»Was hat denn das damit zu tun? Mädchen läßt man doch am besten sitzen, dann geht's einem besser.«

»Das kommt darauf an.«

Warum sprach ich darüber gerade mit ihm, der ein Krüppel war? Ich hätte nicht gewußt, mit wem ich sonst darüber sprechen sollte. Klar wurde mir das allerdings erst später auf der Straße, als ich froh war, aus diesem Geruch von Bettzeug und ungemachtem Zimmer ins Freie zu kommen und nicht mehr über so schwierige Dinge reden zu müssen. Jetzt schämte ich mich, davon angefangen zu haben, was ich tun, was ich unternehmen und wohin ich gehen wollte, denn was bedeutete das schließlich für ihn, der ein Krüppel war und ans Bett gefesselt?

Einmal begegnete ich am Haustor Linda, die gerade herauskam. Sie schaute mich flüchtig an und ging weiter. Langsam stieg ich die Treppe hinauf, um nicht in sein Zimmer zu kommen, solange er noch an sie dachte, und dabei sagte ich mir: Wäre ich ein bißchen früher drangewesen, hätte ich sie beieinander angetroffen. Damals hatte ich noch wenig Erfahrung mit Mädchen, auch wenn ich daherredete, als hätte ich Schlimmes hinter mir. Ich traf sie abends im Kino oder früher beim Bootfahren und beim Tanzen, und dann gab es all die Mädchen, die in den Laden kamen. Aber das hieß nicht mit den Mädchen Bescheid wissen. Nichts wußte ich noch von ihnen. Ehe ich zu Amelio hineinging, klopfte ich laut an die Tür, damit er mich hörte. Amelio lag halbaufgerichtet in seinem Kissen und rauchte; die Kippe klebte ihm an der Unterlippe. Diesmal fragte ich ihn, wann er damit rechne, aufstehen zu können. Und dabei schnupperte ich nach Lindas Parfüm und begriff, warum das Fenster offen stand. Auf seine Antwort achtete ich nicht, weil ich mich nach den Blumen umschaute, die nicht mehr da waren.

»Du hast ja keine Blumen mehr bekommen«, stellte ich fest.

Auf dem Stuhl standen ein gebrauchter Teller und eine Tasse, und das Zimmer war noch weniger aufgeräumt als sonst. Kalt war es wie immer. Nachts hatte es geregnet, aber auf dem Korso kam jetzt die Sonne durch. Man hörte das Geschrei auf dem Markt und das Hin und Her der Leute.

»Ist es dir recht, wenn ich um diese Zeit komme?« fragte ich.

Amelio zuckte die Achseln und spuckte die Kippe aus. »Geh in die Küche und hol dir ein Glas«, sagte er. Als ich zurückkam, hatte er sich aus einer Flasche, die am Boden stand, Kognak in die Tasse gegossen und schenkte jetzt auch mir einen ein.

»Statt Blumen hat man dir Kognak mitgebracht«, meinte ich. »Bekommt dir das denn so früh am Morgen?«

Er schüttete ihn hinunter, dann erwiderte er: »Ich brauche ja nicht herumzulaufen.«

Der Kognak war gut, schon damals schmeckte mir ein Schluck am Morgen.

»Trink nur nicht zuviel«, ermahnte ich ihn.

Ich zog die Zigaretten heraus, die ich mitgebracht hatte; ich wußte doch nie, wie ich sie ihm geben sollte; ich legte sie neben seinen Teller auf den Stuhl. Er schaute sie an und setzte seine Tasse ab. Dabei dachte er offensichtlich nicht an die Zigaretten.

»Die Frage ist Rollstuhl oder Krücken«, sagte er schroff. »Gelähmt.«

Auf diesen Augenblick hatte ich seit dem ersten Tag gewartet, an dem ich zu ihm gekommen war. Alles bisher war nur leeres Gerede gewesen. Ja, dachte ich, und nicht mal für sie hat er sich rasiert. Ich gab keine Antwort und machte nur ein ungläubiges Gesicht. Ich dachte daran, daß draußen die Sonne schien. Und dann warf ich einen Blick auf das Bett, dorthin, wo seine Beine lagen.

»Was sagen denn die Ärzte?«

»Ihrer Ansicht nach...« Er tat einen tiefen Seufzer, stützte sich auf seinen Arm und warf die Decke zurück. Zwei dunkel behaarte, spindeldürre Schenkel kamen von der Hüfte bis zum Knie zum Vorschein. Sie sahen aus wie tot, wie zwei abgestorbene Äste an einem vertrockneten Baum, und waren nicht dicker als sein Arm. Aber der Pullover hörte schon weiter oben auf. Ich tat, als betrachtete ich seine Beine.

Er sagte nichts; ich sagte nichts. Er drehte sich, auf seinen Arm gestützt, auf die Seite; seine Beine lagen wie tot. Ich sah zum Fenster hinüber und fragte: »Ist dir kalt?« Er schüttelte den Kopf und schaute mich böse an. Da stand ich auf und schloß das Fenster.

An diesem Abend kam Linda zu mir in den Laden, um zu hören, ob ich etwas Neues von Amelio wisse.

»Habt ihr euch denn nicht gesehen?« fragte ich sie erstaunt.

»Ich weiß nur, daß er aus dem Gips heraus ist«, antwortete sie, »eine gräßliche Geschichte.«

Im Laden waren auch Lario und Chelino, die ihr zuhörten und sie dabei betrachteten. Nach einem Weilchen fragte sie mich, ob ich ihn besuchen ginge.

Chelino mischte sich ein und begann dummes Zeug zu reden. »Er hat lieber Besuch von Mädchen...« Schon damals konnte ich Chelino nicht ausstehen; er gehörte zu denen, die einen drängen und sagen: »Heute abend wollen wir mal richtig auf die Pauke hauen.« Und dann spielt man für sie, singt und trinkt zusammen, und am nächsten Tag bekommst du zu hören, die Gitarre hättest du dir vom Geld deiner Mutter gekauft, Zigaretten hättest du allen nur angeboten, um deinen Wein nicht bezahlen zu müssen, und mit Amelio verkehrtest du, weil er ein Aufrührer sei und du ein Schlappschwanz. Aber Linda warf ihm einen Blick zu, einen von den Blicken, die sie einem lachend zuwerfen konnte, und es war klar, daß sie nur lachte, um ihm keine Antwort geben zu müssen.

Mich fragte sie, ob wir ihn nicht zusammen besuchen wollten.

Als wir dann allein auf der Straße waren, verlangsamte sie ihren Schritt: »Amelio geht es schlecht«, sagte sie, »er wird nie wieder laufen können. Ich möchte wissen, was er zu euch sagt, wenn ihr ihn besuchen kommt.«

»Nur ich besuche ihn ...«

»Nein«, unterbrach mich Linda, »er hat viele Freunde, die ihn besuchen.«

»Die kenne ich nicht.«

»Nicht böse werden, Pablo«, sagte Linda lachend und hängte sich bei mir ein. »Jetzt gehen wir ein bißchen zusammen spazieren. Zu Amelio möchte ich im Augenblick nicht hinauf. Weißt du, Freunde duze ich.«

An diesem Abend sprachen wir auf unserem Spaziergang über alles mögliche. Ich fühle mich abends wohl, wenn ich Zeit gehabt habe, mich umzuziehen, und trage gern eine Krawatte, die zu meinem Anzug paßt, aber Linda behauptete, meine Krawatte hätte nicht die richtige Farbe. »Na, hör mal, schließlich bin ich so, wie ich ging und stand, mit dir aus dem Laden fort, um Amelio zu besuchen.«

»Es macht ja nichts. Heute abend wollen wir uns doch nur unterhalten.«

Als ich sie dann daran erinnerte, daß ich sie schon am Morgen an Amelios Haustor getroffen hatte, antwortete sie nicht. Davon wollte sie nichts wissen. Sie hörte mit ihrem Geplauder auf und ging lachend auf ein anderes Thema über. Jetzt erzählte sie von den Fahrten mit Amelio, wie sie damals in den Graben geflogen sei und sich dabei das Kleid zerrissen habe.

»Aber warum sind wir heute abend eigentlich zusammen?« fragte sie dann plötzlich und blieb stehen. Wir schlenderten gerade an einem kleinen Platz vorüber, wo ich noch nie gewesen war.

»Wo gehen wir denn hin?«

»Ach richtig, ich wollte dich nur fragen, ob wir ihm helfen können.« Beim Reden wechselte ihre Stimmung so schnell, als sei sie betrunken. Aber dumm war sie nicht. Es war nur schwer, dem, was sie sagte, zu folgen. Ich ging mit ihr eingehängt und redete. Dabei stolperte ich jedesmal über das Du. Der Schweiß brach mir aus. »Ich will, daß Amelio wieder auf seinen Füßen stehen und laufen kann«, erklärte sie grollend.

»Und Motorradfahren nicht?«

»Warum hast du eigentlich kein Motorrad?«

Ich behauptete, jeder tue, was er könne, Amelio sei eben tüchtiger gewesen als ich, für mich sei der Korso das Leben, und ich hätte es nur mit Tabakwaren und Radfahrern zu tun.

»Aber etwas kannst du auch.«

Ich achtete nicht darauf, und sie sagte, ich spiele doch Gitarre. »Spielst du gut?«

»Das weiß ich nicht.«

»Eines Abends möchte ich dich hören.«

»Dann müßten wir uns also wiedersehen«, erwiderte ich lachend.

»Natürlich«, antwortete sie.

Wir setzten uns ins Café, so hatte ich ihr Gesicht unmittelbar vor mir. Wenn ich sprach, schaute sie mir in die Augen. Ich dachte an Amelios Beine.

Um zu erfahren, ob auch sie sie gesehen hatte, erzählte ich ihr von meinem morgendlichen Besuch. Sie verzog das Gesicht und schloß die Augen, ließ mich aber weitersprechen. Ich war noch nicht am Ende, da legte sie mir ihre Hand auf den Arm und sagte hastig:

»Wir müssen ihm helfen. Er kann nicht mehr arbeiten.«

»Ich arbeite auch nicht. Ich sitze zu Haus herum.«

»Warum spielst du eigentlich nicht in einer Kapelle?«

Nur an einem Abend wie diesem konnte eine solche Frage aufkommen. Ich hatte noch nie daran gedacht. Meine Gitarre war recht für die Wirtschaft am Ende des Korsos. Aber das war keine Arbeit. Am liebsten spielte ich ohnehin für mich allein.

»Aber tanzen gehst du doch?«

Wir verabredeten uns also zum Tanzen. Unter den Kolonnaden verließ ich sie. Sie wohnte an der Piazza Castello.

Amelio erzählte ich nicht, daß ich mit Linda ausgegangen war. Als ich jetzt zu ihm hereinkam, war das erste, was ich wahrnahm, ihr Parfüm. Das Fenster stand offen, aber selbst in der Kälte roch man ihren Duft. Ich schaute nach den Kippen auf dem Boden, ob Lippenstift daran klebte.

»Du wirst sehen«, sagte ich, »daß du wieder gesund wirst. Du mußt nur üben.«

»Was muß ich üben?«

»Hast du vielleicht als Kind nicht auch laufen gelernt?«

»Aber mit was für Beinen?«

Er sprach nicht mehr von Blumen. Er rasierte sich nicht mehr. Die Kognakflasche hatte er leergetrunken.

»Wenn du so weitermachst, muß du sie ja vergraulen«, sagte ich.

»Wen?«

»Die Mädchen.«

Eines Morgens forderte er mich auf, meine Gitarre mitzubringen. Damals genügte es, daß ich leise »Recht so, Pablo« zu mir sagte, um mich glücklich zu fühlen. Ich kam mit der Gitarre, setzte mich auf sein Bett und versuchte zu spielen. Er hatte den Kopf auf sein Kissen zurückgelegt und hörte mir zu. Wie Linda schloß er dabei die Augen. Aber er merkte nicht, daß ich schlecht spielte. Er sprach kein Wort. Ich sagte: »Morgen bringe ich etwas zu trinken mit.«

Am nächsten Morgen setzte ich mich seinem Haustor gegenüber ins Café und wartete dort den halben Vormittag, ob Linda herauskäme. Ich sah, wie Amelios Mutter das Haus verließ, sah Leute kommen und gehen, aber Linda erschien nicht. Zur gewohnten Stunde ging ich mit einer Flasche und meiner Gitarre zu ihm hinauf; diesmal machte mir das Spielen mehr Spaß, und wir tranken und unterhielten uns. An diesem Tag war ich nicht mehr so sicher, Lindas Parfüm zu riechen. Doch dann lag ich wieder ganze Vormittage im Café auf der Lauer. Aber Linda sah ich nicht.

»Hör mal«, sagte ich eines Morgens zu ihm, »du hast Glück gehabt, daß nur du dir was getan hast. Ihr ward schließlich betrunken. Überleg dir das doch mal.«

»Das hab ich mir schon überlegt.«

»Und das Mädchen hat sich wirklich nichts getan?«

»Frauen tun sich nie etwas.«

»Aber betrunken wart ihr doch?«

»Wer behauptet das denn?«

Einmal fragte er mich, ob ich eigentlich tanzen ginge.

»Ich habe keine Lust darauf«, antwortete ich, »ich bummele nur herum.«

»Hast du nicht Lust nach einer Frau?«

»Das ist nicht der Augenblick dazu«, erwiderte ich. »Du mußt ohne auskommen, dann kann ich das auch.«

»Ach, dieser Spiegel... Es ist, als wäre man im Kino.«

»Ich wünschte, die Frauen kämen zu mir«, fing ich wieder an, »und ich läge im Bett wie du. Und könnte alles ihnen überlassen. Es kommt sowieso immer auf dasselbe heraus.«

Amelio betrachtete sich, ohne zu antworten, im Spiegel da oben.

»Du arbeitest nicht. Du läufst den Mädchen nicht nach«, sagte er. »Dabei bist du doch jung. Und siehst so fröhlich aus.«

Von diesem Tag an versuchte ich, wenn ich zu ihm ging, so zu tun, als hätte ich Linda nie gesehen. Ich dachte an Amelios Beine und an das Motorrad. Aber dabei kam Linda mir immer wieder in den Sinn. Ich hatte das Gefühl, sie lehne sich an meinen Arm, sie berühre wie beim Tanzen mein Knie; ich hörte ihr Lachen und sah sie vor mir.

Oft spielte ich nicht in Amelios Zimmer. Man konnte sich schließlich nicht jeden Morgen betrinken. Nachmittags ging ich nie zu ihm. Dann war seine Mutter in der Küche und wollte nicht, daß wir tranken. Einmal hielt sie mich an der Tür zurück, um mit mir zu sprechen. Sie weinte nicht und hob ihre Stimme nicht, sie wollte nicht, daß Amelio uns hörte. Sie erzählte mir, als Kind habe sein Vater ihn einmal halbtot geschlagen, weil er immer weiß Gott wohin mit dem Fahrrad entwischt sei, und Amelio habe danach monatelang unter Kopfschmerzen gelitten. Dann aber habe ihn ein Arzt durch eine Spritze geheilt, die er ihm hier in dieser Küche gemacht habe. Was aber habe jetzt das Krankenhaus genützt, wo sie die Leute so lange behielten und doch nicht gesund machten? Sie brächten einen nur um sein Geld und schickten einen dann nach Hause. Amelio könne nun nichts mehr tun. Als ich hörte, wie sie so redete, um sich endlich einmal Luft zu machen, schämte ich mich, daß ich die Gitarre mitgebracht hatte, und sagte, Amelio sei doch so tüchtig, er werde bestimmt wieder Arbeit finden.

»Er hat gut verdient, aber alles wieder ausgegeben«, sagte sie, »er hat immer für alle bezahlt. Und ist es jetzt vielleicht jemandem in den Sinn gekommen, ihm auch nur einen roten Heller zurückzugeben? Ich habe das Radio verkauft, ich habe alles vom Sparbuch abgehoben. Und was haben diese Leute für ihn getan?«

»Er hat doch Freunde. Wir haben ihn alle gern.»

»Die kommen nur, um zu schwatzen ...«

Amelio rief aus dem Zimmer, sie solle mich nach Hause gehen lassen.

»Solange einer gesund ist, denkt er nicht an die Kranken«, sagte die Alte noch.

Diesmal war ich es, der – nachts auf der Höhe draußen – Linda fragte, warum wir nichts für ihn täten.

»Ich habe viel für ihn getan«, antwortete sie abweisend. »Im Krankenhaus habe ich ihn gepflegt. Als du nicht einmal wußtest, wo er war. Ich habe seine Angelegenheiten für ihn in Ordnung gebracht. Frag ihn doch mal, wer das Geld in Novara für ihn sichergestellt hat.«

»Nein, frag ihn lieber nichts«, sagte sie sofort darauf und nahm meinen Arm, »damit er dich nichts fragt.«

Wenn sie so redete, begriff ich, wie sie eigentlich war. An dem Abend damals hatten wir uns so viel erzählt und waren so vergnügt miteinander gewesen, aber dann genügte ein Augenblick wie dieser, um mir Angst einzujagen. Wenn es in diesem Augenblick zwischen uns zum Streit gekommen wäre, hätten wir uns nicht wiedergesehen. Ich wußte nicht, wo sie wohnte und wie sie lebte. Wir lachten nur miteinander. Lachten über alles, Es war schön, so mit ihr zu lachen, man hatte dabei das Gefühl, mit ihr ein Herz und eine Seele zu sein. Und doch spürte man, daß sie im Grunde ganz anders war.

»Schließlich ist Amelio nie mit dir tanzen gegangen«, sagte ich auf dem Heimweg. »Wir tun also nichts Böses, wenn wir jetzt zusammen tanzen gehen.«

»Da hast du recht«, erwiderte sie.

Wir sprachen darüber, daß Amelio nie wieder tanzen konnte. Aber betrinken könne er sich, sitzen könne er und mit einer Frau schlafen auch. Sie meinte, Amelio müsse doch große Lust haben, mit einer Frau zu schlafen. »Alle möchten sie das«, sagte sie, »weißt du das nicht?«

Dann fragte sie im Spaß, ob Amelio mich nicht gebeten habe, ihm eine Frau zu besorgen. »Ich hätte ihm längst eine geschickt«, fuhr sie fort, »Aber ich kenne keine. Ich kenne nur Männer.«

»Würde eine Frau denn zu ihm gehen?«

»Warum nicht?«

»Dann ist das deine Sache.«

»Das möchte ich ihm nicht antun.«

Am nächsten Tag sagte Linda zu mir, sie wolle wissen, wann ich zu Amelio ginge, damit sie auch kommen könne. »Ich möchte hören, wie ihr euch unterhaltet, eure Männergespräche.«

Ich ging um die Zeit zu ihm, zu der seine Mutter nicht zu Hause war, und nahm meine Gitarre mit. Es war noch ein bißchen Wein da, den tranken wir. Ich hatte die Gitarre auf sein Bett gelegt, und er strich über ihre Saiten. Er hatte den Kopf gesenkt, schwieg und zupfte an den Saiten. Wenn er spielen könnte, dachte ich, könnte er jetzt auf Krücken ausgehen und betteln. Und plötzlich wurde mir klar, daß die Bettler, die verkrüppelt, blind und schorfbedeckt an den Ecken stehen, alle einmal junge Leute gewesen sind wie Amelio. Ob auch Linda daran dachte? Ich war wütend, daß sie gerade an diesem Morgen kommen wollte.

Als Amelio mir die Gitarre zurückgab, begann ich so unbekümmert zu spielen, als sei ich allein. Nach und nach bekam ich sogar Geschmack daran und hörte darum nicht auf, sondern kam von einer Melodie auf die andere. Ich weiß nicht, ob Amelio dabei die Passagen wahrnahm. Er gehörte zu denen, die gern einer Gitarre lauschen. Aber im Grund liegt ihnen mehr an der manuellen Geschicklichkeit als am musikalischen Einfall. Eine Melodie hörte er heraus, aber eine Passage nicht. Er schaute auf meine Finger.

Zufällig hob ich einmal den Kopf, da stand Linda seelenvergnügt an der Tür und hatte einen Finger auf den Mund gelegt. Amelio hatte sich, auf seinen Ellenbogen gestützt, aufgerichtet. Linda schwatzte sofort los, sagte, sie werde morgens nicht mit Gitarrenspiel geweckt, was unsere Geheimniskrämerei eigentlich solle, und jetzt wolle auch sie zuhören. Sie trat an das Bett, schaute Amelio an und strich über seine Decke. Über die Flasche, die am Boden stand, sagte sie nichts. Ich stand von der Bettkante auf, damit sie sich setzen konnte.

»Ausgerechnet jetzt?« fragte Amelio mit heiserer Stimme. Aber er legte sich wieder zurück und schien nicht verärgert. Ich begriff, daß ich hätte fortgehen sollen, auf und davon, es hatte ja doch alles keinen Sinn mehr. Linda trug einen Schal aus hellblauer Seide und bewegte sich in dem Zimmer, als sei sie hier zu Hause.

»Feiert ihr hier schon lange?« fragte sie schroff. »Dann laßt mich auch ein bißchen mitfeinern.«

Und an mich gewandt: »Du sagst ja kein Wort, Pablo. Wir duzen uns doch. Hast du ihm das nicht erzählt?«

Amelio schaute schweigend in den Spiegel.

»Willst du nicht weiterspielen?« fragte Linda. »Ich gehe Kaffee machen. Aber ich höre zu, damit du es nur weißt.«

Sie ging in die Küche. Die Gitarre lag schwer in meinem Arm. Ich hätte viel darum gegeben, auch in die Küche gehen zu können.

»Mach nur, was du willst«, sagte Amelio zu mir. »Wenn du spielen willst, dann spiel ruhig weiter.«

So setzte ich mich wieder aufs Bett und rückte die Gitarre zurecht. Aber ich spielte nicht, ich strich nur darüber hin. Ich tat, als sei ich in Gedanken versunken und merke es nicht. Amelio zündete sich eine Zigarette an. In der Küche hörte man Tassen klappern.

Linda rief: »Komm, hilf mir.«

An der Tür trafen wir aufeinander, und ich warf ihr einen raschen Blick zu. Sie hatte ein Glas in der Hand und sagte, ich solle mir auch eines holen. Im Vorübergehen stieß sie mit der Hüfte gegen die meine.

Als ich zurückkam, waren sie schon im Gespräch. »Es wäre besser für dich«, sagte Linda zu ihm, »wenn du statt Wein Kaffee tränkest.«

»Laß mich bloß in Ruhe«, antwortete Amelio.

Dann sprachen sie über das Motorrad. Linda fragte ihn, ob der Mann gekommen sei, um es anzuschauen. »Wenn ich es mir angesehen habe«, erwiderte Amelio, »sprechen wir wieder darüber.«

»Ich habe aber auch keinen roten Heller mehr«, erklärte Linda. »Gut beieinander ist von uns nur Pablo.«

Sie schaute mich an. Auch Amelio schaute mich an.

»Du spielst nicht, du sprichst nicht«, sagte Linda lachend, »du willst mich nicht duzen. Hast du immer noch vor, etwas für Amelio zu tun?«

Amelio fragte: »Wieso denn das?«

Ich hatte die Gitarre aufs Bett gelegt. Hastig fragte ich: »Soll ich spielen?«

Sofort begann ich wieder mit der Melodie von zuvor und spielte sie wie verrückt. Gedämpft, aber ohne richtig zu wissen, wohin meine Hand griff. Und beim Spielen merkte ich wieder, wie sehr diese Melodie mir gefiel, ich genoß sie regelrecht, und doch wußte ich, daß alles keinen Sinn mehr hatte und daß ich längst hätte gehen sollen. Sie hörten mir schweigend zu, und am Ende zog Linda ein Gesicht.

Amelio sagte, ich hätte gut gespielt. »Bekommst du nicht Lust zu tanzen?« fragte Linda und nahm ihm das Glas aus der Hand. »Erinnerst du dich noch an die Tanzerei bei Gigi, wo nur Gitarre gespielt wurde?«

Amelios Interesse erwachte.

»Weißt du noch«, fuhr Linda fort, »es war so kalt daß alle den Kragen hochschlugen. Der Gitarrespieler tauchte die Hände in Schnaps, um es überhaupt aushalten zu können.«

»Auf der Straße lag Eis«, begann nun auch Amelio. »Geschlittert sind wir in dieser Nacht auch.«

»Toll war das. Im Januar in einer Scheune.«

Linda hob eine Zeitung vom Boden auf und fragte: »Liest du eigentlich alle Zeitungen?«

Dann wandte sie sich an mich: »Er hat immer alle Turiner Zeitungen.«

Ich schaute sie an und sagte kein Wort.

»Pablo dagegen ist wie ich. Der liest keine Zeitungen.«

»Dabei versäumt er nicht viel«, meinte Amelio.

Ich wußte nicht mehr, was ich tun sollte. Ich wußte nicht, ob Linda sich über mich ärgerte. Ich wußte nicht, ob Amelio schon begriffen hatte, wie es zwischen uns stand. Ich schaute sie an, während sie redeten. Am liebsten wäre ich weit fortgewesen, am Po. Ich stellte mir Linda allein mit ihm in diesem Zimmer vor. Ich stand auf und sagte: »Auf Wiedersehen. Ich gehe.«

»Ist es dir nicht recht, daß ich hier bin?« fragte Linda und warf mir einen ärgerlichen Blick zu.

»Mir ist alles recht«, antwortete ich schroff, »aber ich muß gehen.«

»Bist du mir böse?« fragte Linda.

Ich zuckte die Achseln und stopfte die Gitarre in ihre Hülle. Am liebsten hätte ich sie in Stücke geschlagen.

»Dann gib mir wenigstens noch eine Zigarette«, bat Linda mich.

»Die liegen auf dem Bett.« Und fort war ich.

Den Rest des Vormittags lief ich ziellos umher. Es nieselte, der Boden war aufgeweicht. Als ich am anderen Ende von Turin eine Straße entlangging, fiel mir die Nacht wieder ein, in der Linda auf einem kleinen Platz stehengeblieben war und gefragt hatte: »Warum sind wir eigentlich zusammen?« Ich blieb stehen. Keine Menschenseele ließ sich auf der Straße blicken.

Linda aber hatte im Laden nach mir gefragt und hatte einen Zettel für mich hinterlassen. Darauf stand nur, wenn meine Launen vorüber seien, solle ich zu Amelio gehen, er sei allein. Sie hatte den Zettel auf dem Ladentisch geschrieben, also hatte sie gehofft, mich zu Hause anzutreffen.

Aber ich ging nicht zu Amelio und war in diesen Tagen viel im Laden. Dauernd stand ich an der Tür und rauchte mehr Zigaretten, als ich verkaufte. An manchen nebligen, sonnigen Vormittagen stellte ich mir vor, Linda gehe gerade die Treppe zu Amelio hinauf. Ich stellte mir vor, wie sie miteinander redeten, wie sie über seine Decke strich und wie sie sich küßten und umarmten. Dann dachte ich an Lindas Stimme, als sie ihn trösten wollte und ihn fragte: »Erinnerst du dich?« Vielleicht schliefen sie jetzt gerade miteinander. Abends ging ich bald mit dem, bald mit jenem aus, mal mit Lario und mal mit den anderen. Ich trieb mich mit Frauen herum und ging ins Kino. Von Amelio sprach ich nicht mehr, und wenn die Rede auf ihn kam, schwieg ich. Aber ich dachte: Und das alles für nichts und wieder nichts. Nur weil Linda so dumm ist. Dabei wußte ich ganz gut, daß Linda durchaus nicht dumm war und daß sie Amelio verkrüppelt, wie er war, im Grunde mir vorzog, der ich nur Gitarre spielen konnte wie der Kerl mit dem Schnaps. Und ich wartete, zutiefst davon überzeugt, daß sie nicht wiederkommen würde.

Doch sie kam und sah dabei ganz unbekümmert aus. Ohne zu zögern, betrat sie den Laden – es war außer mir niemand da – und fragte mich, ob meine Launen vorüber seien. In diesem Augenblick kam meine Mutter wieder herein, und Linda machte ein ernstes Gesicht und verlangte Briefmarken. Ihr Gesicht war dabei so ernst, daß meine Mutter nicht merkte, wer sie war. Ja, dachte ich, so ist Linda. Aber dann ließ sie sich von mir an die Tür begleiten und sagte, Amelio habe sie nicht wiedergesehen. Um den Hals trug sie denselben Schal wie damals. »Sollen wir heute abend zusammen ausgehen?« fragte sie mich.

Wir fingen also wieder an, zusammen auszugehen, und jetzt war es klar, wie es mit uns stand und daß wir nicht bloß Bekannte waren. Linda kannte viele Lokale auf den Höhen, wo Männer und Frauen mit dem Auto hinkamen; es war dort ein bißchen teurer, dafür war man sicher, daß niemand einen kannte und daß man weder Lario noch die anderen dort antreffen würde. Wir tanzten ungeniert und setzten uns dann an unseren Tisch und unterhielten uns. Linda fragte mich, ob mir Tanzkapellen gefielen.

»Wenn du spieltest, müßte das schön sein«, sagte sie. »Denn du spielst wirklich gut. Damals habe ich verstanden, wer du eigentlich bist. Warum bringst du deine Gitarre nicht mit ins ›Paradies‹?«

»Du bist verrückt. Die würden uns doch rauswerfen.«

»Dann laß uns tanzen.«

Damals begannen wir uns zu küssen, sobald ein paar Lichter ausgingen. Linda drängte sich beim Tanzen dicht an mich, und sie war es, die meinen Mund suchte. Seit geraumer Zeit wußte ich, daß alles alles so enden würde, aber mit Linda war es dann doch ganz anders. Ich hatte nicht das Gefühl, etwas Verbotenes zu tun. Ich brachte es einfach nicht fertig, mit ihr zusammen zu sein und sie nicht zu berühren.

Allmählich gingen wir nur noch ins ›Paradies‹. Unter den Bäumen dort war es kalt. Ich dachte an einen Wagen oder an Amelios Motorrad.

»Bist du auch mit Amelio hierhergekommen?« fragte ich sie eines Abends.

»Ich komme immer hierher, wenn ich kann.«

»Auch allein?«

»In einem Lokal ist man nie allein.«

»Hör mal«, bat ich sie, »erzähl mir alles, was du mit Amelio getan hast.«

Sie sah mich an und lachte.

»Genügt es dir nicht, daß wir heute abend zusammen tanzen? Ist es nicht gescheiter, zu tanzen, als von anderen Leuten zu reden?« Dann fuhr sie fort: »Damals hatte ich ein sehr unruhiges Leben. Ich fuhr nach Novara, nach Saluzzo und Casale. Manchmal nahm er mich auf dem Motorrad mit. Wir fuhren morgens früh los. Ich besuchte Kunden.«

Sie erzählte mir, wie sie ihn im vergangenen Jahr kennengelernt hatte. Sie war an die Riviera gefahren, um dort Modelle abzuliefern. Sie hatte im Meer gebadet und ihren blauen Schal am Strand liegen lassen. »Er ist besonders schön«, sagte sie, »so schöne bekommt man gar nicht mehr.« Am nächsten Tag war sie zum Rennen gegangen. Plötzlich taucht da ein baumlanger Mensch auf, und aus seiner Lederjacke schaut etwas Blauseidenes hervor. »Das ist mein Schal.« Amelio hatte ihn vom Hals genommen, hatte daran geschnuppert und gesagt: »Das wollen wir erst mal sehen.« Dann hatte er an ihrer Schulter geschnuppert. »Sie haben recht.« So hatten sie sich kennengelernt.

»Ich wußte gar nicht, daß Amelio sich auf Parfüms versteht.«

»Amelio ist eben ein toller Bursche.«

An diesem Abend schnupperte ich beim Tanzen nach

Lindas Parfüm. Ich hätte am Meer sein mögen, mit ihr zusammen in der Sonne, morgens neben ihr aufwachen, in einen Zug steigen, arbeiten, umherfahren und alles wissen: wie sie mit Amelio und wie sie als Kind gewesen war; über ihr ganzes Leben hätte ich gern Bescheid gewußt. Linda merkte, daß mir die Hände zitterten, sie ließ sich küssen, hängte sich bei mir ein, und wir gingen an unsere Plätze zurück. »Was hast du?« fragte sie mich mit rotem Gesicht.

An diesem Abend ist dann alles geschehen – ich erinnere mich noch, daß Linda sehr aufgeregt war. Wir begegneten an diesem Abend Lubriani. In dem Lokal winkte uns hin und wieder jemand einen Gruß zu, aber noch nie hatte Linda deswegen aufgeschrien. Er kam an unseren Tisch und sagte: »Hier bist du also.«

Linda stieß einen Schrei aus und nahm seine Hände. Ich hatte kaum Zeit, festzustellen, daß er ein vierschrötiger Kerl war, mit Schnurrbart und Mantel, dem man besser nicht in die Quere kam, und schon gingen, Schlag auf Schlag, Fragen und Antworten zwischen ihnen hin und her. Schließlich mußte auch ich ihm die Hand reichen, und ein Kellner nahm ihm den Mantel ab.

Er sagte »Lubriani« und setzte sich. Er sprach mit Linda und starrte mich dabei an. Nur er sprach. Linda lachte. Er gehörte zu den Männern, bei denen jedes Wort klingt, als kitzelten sie die Frauen. Er war zum Tanzen hierher gekommen und zum Zuschauen. Um etwas zu erleben. Er strich sich über die Haare und sagte: »Grau sind die geworden.«

Linda sagte zu ihm, erleben könne man überall etwas. Dabei verschlang sie ihn offenen Mundes mit den Augen. Er schaute sie skeptisch an. »Du bist wohl gerade dabei«, brummte er in seinen Schnurrbart. »Komm, laß uns tanzen.«

Als Linda den Arm um ihn legte, winkte sie mir mit der Hand zu, und mir blieb nichts übrig, als ihnen voller Zweifel zuzuschauen und der Musik und dem Scharren der Füße zu lauschen. Und dabei dachte ich an die Bäume draußen, an die kalte Straße und an all die Tanzsäle, wo man lachte, sich amüsierte und Geld hatte. Aber Linda war hier in diesem Saal, gleich würde sie zurückkehren, und wir würden unser Gespräch von vorhin fortsetzen.

Als der Tanz zu Ende war, sah ich die beiden zunächst nicht. Dann hörte ich Lindas Stimme. Erst kam sie, nach ihr Lubriani und schließlich noch ein Mädchen, eine Blondine. Ich dachte: Die will sich jemanden angeln. Und Lubriani erklärte, er wolle unsere Begegnung feiern, und bestellte Weißwein und Likör. Aufgegabelt hatte Linda die Blonde, sie duzte sie, nannte sie Lili und wollte die beiden verkuppeln. Sie sagte sogar: »Wenn die Clari das wüßte.« Aber Lubriani saß da und redete nur mit Linda, und dabei hielt er den Arm des anderen Mädchens, das sich erwartungsvoll umschaute, auf der Stuhllehne fest und tätschelte ihr die Schulter, als sei sie seine Tochter. Sie sprachen jetzt von vergangenen Zeiten, als Linda Pakete und Hutschachteln ins Theater austrug und die Clari Szenen machte.

»Die arme Frau«, sagte Linda, »ist sie noch immer so schön?«

»Ich habe sie zu mir ins Haus nehmen müssen«, erzählte Lubriani und schaute mich dabei so böse an, als sei das meine Schuld. Ich tat ihm den Gefallen und lächelte ihm zu.

»Ab und zu läuft sie mir davon«, fuhr Lubriani fort, »sie will immer noch singen. Jetzt ist sie wahrscheinlich in Neapel.«

Und er forderte uns auf zu trinken und schenkte uns Likör ein. Die Kapelle begann wieder zu spielen, er stand auf, nahm Lili, ohne ein Wort zu sagen, und ging mit ihr tanzen.

»Wo kommt denn dieser Idiot plötzlich her?« fragte ich Linda. »Dem gehörte das Theater«, flüsterte sie mir zu. »Als Kind brachte ich immer die Kostüme für die Tänzerinnen dorthin. Er stand dann auf der Treppe, um uns vorübergehen zu sehen.«

»Er ist noch blöder als das Mädchen.«

»Der hat schwer Geld gemacht. So blöd ist der gar nicht.»

Linda mußte etwas Bestimmtes im Sinn haben, denn ihre Augen blitzten. Von dem bißchen Likör, das sie getrunken hatte, konnte das nicht kommen. Sie schaute mich an wie vorhin, als wir an unsere Plätze zurückgekehrt waren, strich mir über den Arm und sagte: »Nicht böse sein.«

»Wer ist denn die Blonde?« fragte ich.

»Weiß der Himmel«, antwortete Linda fröhlich.

Arm in Arm und sichtlich voneinander angetan kehrten die beiden zurück. Das Mädchen versuchte, mit dem einen Fuß seinen anderen Schuh in Ordnung zu bringen. Er stützte sie dabei.

»Hier wird ja weder getrunken noch getanzt«, rief er sofort und blieb vor unserem Tisch stehen. »Ich erkenne Linda ja gar nicht wieder.«

Allmählich wurde er lästig. Ich habe solche Kerle beim ersten Faustschlag zu Boden gehen sehen. Aber in diesem Lokal fehlte es mir an der nötigen Selbstsicherheit. Darum sagte ich nur: »Wir fühlen uns auch allein wohl.«

Lubriani lachte laut, aus vollem Hals, bis ihm die Augen übergingen. Auch das Mädchen lachte ihm zur Gesellschaft. Dann setzten sie sich und der Friede war wiederhergestellt.

So verging der ganze Abend. Auch Lili wurde munter. Sie erzählte, daß sie tagsüber Hunde wusch, trimmte, kämmte und parfümierte und sie schließlich wieder zu Hause abgab.

»Gib nur acht, wenn es Männchen sind«, sagte Lubriani.

Aber Lili verstand den Scherz nicht, sie war einfach zu blond. Ich ließ sie schwatzen; es genügte, wenn Linda antwortete. Von Zeit zu Zeit tanzte ich – wenn es Linda war, schmiegte ich mein Gesicht an sie und flüsterte ihr ins Ohr: »Du.« Schließlich fragte Linda, als sie von einem Tanz mit Lubriani zurückkam: »Gehen wir?«

Draußen war es kalt, man spürte, daß man hoch über der Stadt war. Es nieselte. Lili sagte: »Wir hätten lieber dableiben sollen.«

Statt dessen stiegen wir in Lubrianis Wagen, einen Riesenwagen. »Wir fahren zu mir nach Hause und feiern weiter.« Ich war neben Linda geschlüpft und drückte im Dunkeln ihre Hand, damit sie merkte, daß ich im Bilde war.

Lubriani hatte eine Wohnung in der Torre Littoria. Das Zimmer, in das er uns führte, erinnerte an das Lokal, aus dem wir kamen. Indirektes Licht und ein großer Tisch mit Glasplatte. Lubriani stellte das Grammophon an und schenkte uns ein. Ich setzte mich mit Linda auf ein niedriges Sofa. Vom Tanzen hatte ich genug. Lubriani und Lili tanzten ein Weilchen in der Mitte des Zimmers. Die Blonde paßte ausgezeichnet zu diesen Möbeln, besser als Lubriani, unter dessen Schritten der Fußboden bebte.

»Wenn es nicht regnet«, erklärte mir Linda, »sieht man von hier über die Dächer von ganz Turin.«

Dann lief Lili Lubriani fort, und er war hinter ihr her. »Mach das Licht aus«, forderte Linda mich auf.

Wir tranken weiter. Lili krähte vor Lachen wie ein junger Hahn. Das arme Ding, dachte ich, ob sie sich wirklich so gut amüsiert? Sie verkrochen sich zusammen in eine Ecke. Ich hörte sie stöhnen, und im Dunkeln faßte Lindas Hand nach der meinen.

»Was willst du?« fragte ich halb lachend.

Ich war drauf und dran, ihr zuzuflüstern: Wer weiß, was Amelio jetzt gerade macht? Aber ich sprach es nicht aus und umarmte sie, und dann war es um mich geschehen.

Als ich mich aufrichtete, sah ich nichts und wäre am liebsten allein gewesen. Das Fenster war kaum heller als alles übrige. Ich legte meine Hand auf Lindas Stirn und blieb sitzen.

»Ist was nicht in Ordnung?« fragte sie, ohne sich zu rühren.

Ich gab ihr einen Kuß und streckte mich wieder aus. Nach einem Weilchen rief Lili nach uns. Lubriani war im Badezimmer und spie und schwitzte. Er konnte sich nicht auf den Füßen halten, klammerte sich an das Waschbecken, und Lili konnte ihn allein nicht stützen. Auch im Bad war alles Glas, Keramik und Licht. Ich sagte zu Lili: »So ein unmöglicher Bursche. Da hört sich doch alles auf.« Sie schaute mich so verdutzt an, als sei ich es, der sich daneben benehme. Aber dann lachten wir, steckten ihm den Kopf ins Wasser, und danach verließ Lili in ihrem Tanzschritt das Bad. Ich setzte Lubriani, der auf den Boden starrte und dauernd schluckte, aufs Klo, und wir kehrten ins Zimmer zurück. Linda sagte: »Wir könnten doch inzwischen ein bißchen rauchen.«

Im Licht war das Zimmer nicht wiederzuerkennen. Ich hatte das Gefühl, wer weiß wo gewesen zu sein, Lili, die rauchte, Linda, die schwieg, die umgekippten Gläser auf der Tischplatte, das alles wirkte jetzt ganz anders. Gegen meinen Willen warf ich einen flüchtigen Blick auf das Sofa, auf die Kissen, die heruntergefallen waren, und auf Lindas Beine. Niemand sprach. Lili sagte: »Es wird schon Tag.« – »Gib mir was zu trinken«, bat Linda.

Ich hatte ihren Geschmack noch im Mund. Ohne etwas zu sagen, trank ich einen Schluck und reichte ihr dann das Glas. Sie schaute mich aus dunklen Augen an, lachte vor sich hin und trank.

Tag war es noch nicht, aber spät. Wir hörten eine Tür schlagen und einen schweren Schritt. Lubriani erschien wieder. Er war ganz versabbert und lehnte sich an die Tür. Mit bösen Äuglein schaute er uns an.

Lili warf ihre Zigarette fort. Lubriani rülpste, wankte in das Zimmer und erreichte schließlich einen Sessel.

»Man muß ihn schlafen lassen.«

Da sprang Linda hoch und sagte zu mir: »Begleite du Lili. Ich bringte ihn ins Bett und gehe dann nach Hause. Ich wohne keine zwei Schritt weit von hier.«

Aber Lili wollte davon nichts wissen. »Wir gehen alle zusammen. Es gibt nur einen Schlüssel.«

»Dann bleib doch auch hier«, schlug Linda vor. »Morgen kannst du direkt von hier ins Geschäft gehen.«

Ich mischte mich ein: »Ihr macht euch ja lächerlich. Er ist doch bloß betrunken. Der wacht erst morgen wieder auf.«

Wir gingen zusammen fort. Linda kam zwei Häuserblöcke weit mit, dann sagte sie: »Ich bin schon da.«

Sie entschwand in den Nebel. Ich nahm Lilis Arm. Ein Stück weit gingen wir, ohne ein Wort zu reden. Wir kamen durch die Anlagen und über die Dora.

»Das ist auch so was«, seufzte Lili schließlich, »er hat einen Wagen und ist schon zu Hause, und wir müssen laufen.«

Dumm war Lili nicht. Sie hüpfte neben mir her und verstand, warum ich so schweigsam war. Sie verstand sogar, daß ich allein sein wollte. Schließlich blieb sie stehen und sagte: »Hören Sie, hier begegnet man doch keinem Menschen. Ich bin daran gewöhnt, nachts allein zu gehen.«

»Kommen Sie weiter«, sagte ich schroff.

Dann lachten wir und sprachen von Linda. Lili hatte sie im ›Paradies‹ kennengelernt. Sie sagte nicht, mit wem, und ich fragte sie nicht danach. Ich war dazu viel zu benommen. Ich ließ sie reden. Aber ich fragte sie, warum sie so allein tanzen gehe.

»Warum ich das tue?« fragte sie erstaunt.

Ob es ihr wirklich so viel Spaß mache, sich zusammen mit Lubriani zu betrinken. »Und morgen das Geschäft«, hielt ich ihr vor, »und wann kommen Sie eigentlich zum Schlafen?«

Lili hüpfte und klammerte sich fest an meinen Arm.

»Zum Schlafen habe ich noch Zeit, wenn ich alt bin.«

So kamen wir bis zur Endstation. Sie lag beinahe schon in den Wiesen. Lili schaute auf und bedankte sich. »Hier ist es natürlich nicht wie bei Lubriani.« – »In zwei Stunden wird's Tag«, sagte ich.

Wenn die Jahreszeit danach gewesen wäre, hätte ich mich bis zum Morgen auf die Wiese gelegt. Ich genoß es, endlich allein zu sein, und war schläfrig. Ich ging noch eine halbe Stunde und begegnete nur Bauernkarren. Man hörte sie im Nebel, dann leuchtete ihre Laterne unmittelbar über dem Boden auf. Beim Gehen sagte ich mir: Man würde nicht glauben, was heute nacht geschehen ist. Aber ich durfte nicht mehr daran zurückdenken. Es kam mir nämlich in den Sinn, daß es im Dunkeln auch Lili hätte sein können.

Den Rest der Nacht verbrachte ich im Bahnhofscafé. Alle Straßen waren menschenleer. Offen war nur dieses Café. Statt Nebel gab es hier den Dampf aus der Espresso-Maschine, in den sich von draußen ein kälterer Geruch mischte. Der Geruch von Kohlen und von Zügen. Mein Gott, selbst der gefiel mir an diesem Morgen. Alle schliefen sie jetzt, auch Linda. Ich schaute durch das Fenster auf die Bahnsteige hinaus, hinter denen es nun bald hell werden mußte. Hätte ich doch meine Gitarre bei mir gehabt.

Als es Tag war, ging ich zu Amelio. Etwas anderes hatte ich bis zum Abend nicht zu tun. Ich ging zu ihm, um ihm alles zu erzählen, was geschehen war, und mir damit meinen Frieden zu erkaufen. Ich schlüpfte die Treppe hinauf. Die Wohnungstür war geschlossen.

Seine Mutter kam, um mir zu öffnen. Ich dachte: Wenn ich jetzt Lindas Parfüm rieche, ist alles aus. Die Alte brummte: »Es ist schon jemand bei ihm.« Aber Amelio rief nach ihr, sie redete von der Küche aus mit ihm, dann sagte sie: »Sie sollen reinkommen.« An diesem Morgen war es früher als sonst. Die Alte ging fort und zog die Tür hinter sich zu.

Im Zimmer saß ein ausgemergeltes Mädchen auf Amelios Bett. Sie trug einen häßlichen Regenmantel und eine Baskenmütze. Das war nicht die Sorte Mädchen, mit denen man ins Bett geht, eher wirkte sie wie eine von denen, die in die Abendschule trotten. Sie sah mich mit zusammengekniffenen Augen an, ohne sich zu rühren, und Amelio, der in seinem Kissen lag, sagte nur flüchtig: »Ach, du bist es.«

Ich lachte gezwungen und erklärte: »Ich will nicht stören.«

Das Fenster war geschlossen, das Bett zerwühlt, die Zeitungen lagen auf dem Boden verstreut herum. Das Mädchen hatte bedrucktes Papier in der Hand. Es roch nach Bett.

»Trinkst du immer noch?« fragte ich ihn.

Merkwürdigerweise begann Amelio zu lachen, verzog dabei aber nur das Gesicht und lachte nicht laut.

Er fragte mich: »Hast du heute nacht überhaupt geschlafen?«

»Sieht man es mir an?« fragte ich zurück. Hätte das Mädchen nicht dagesessen, wäre das der Augenblick gewesen, um ihm alles zu erzählen. Vielleicht hätte er nur die Schultern gezuckt. Vielleicht hätte er geschwiegen. Was ich an seiner Stelle getan hätte, weiß ich nicht. Aber er sah mich so ausgehungert an, daß ich begriff, daß Linda nicht wieder bei ihm gewesen war.

Das Mädchen mit der Baskenmütze betrachtete seine Nägel und wartete. Meine Gitarre kam mir in den Sinn, und ob Amelio ihr jetzt zugehört hätte. Anzuschauen wagte ich ihn nicht. Schließlich sagte ich: »Ich bin heute nacht durch Turin gebummelt. Jetzt komme ich vom Bahnhof. Ich habe ein Mädchen kennengelernt, das Hunde kämmt und parfümiert. Wir sind zusammen auf den Höhen draußen gewesen ...«

Ich bekam keine Antwort. Das Mädchen kaute an einem Fingernagel. Auch Amelio wartete.

» ... und dann habe ich einen Trottel kennengelernt, dem seine Frau davongelaufen ist, er lädt einen zum Trinken ein, aber nicht zum Essen. Er hat einen Lancia... Und wann stehst du denn endlich wieder aus deinem Bett auf? Rauchst du?«

Sie schauten mich unverwandt an.

»Na ja«, sagte ich, »dann will ich nicht weiter stören.«

»Geh schlafen, rauchen kannst du hinterher«, sagte Amelio.

Das Mädchen war drauf und dran aufzustehen – sie wirkte wie ein Schulkind –, aber ich sah, daß Amelio ihr ein Zeichen machte, und so blieb sie sitzen. In der Küche hatte ich das Gefühl, jemand rufe nach mir, aber es war nur Amelio, der mit dem Mädchen redete. Ich hörte, wie die Tür hinter mir zufiel.

Im Laden kam es dann zu einem Streit mit meiner Mutter und meinen Schwestern. Carlottina hatte an der Theke bleiben müssen. Darum kamen sie jetzt auf heute nacht zurück. Carlottina wußte, daß ich tanzen gegangen war und mit wem. Ich gab ihr keine Antwort und warf mich auf mein Bett.

Am Abend kam Linda ins Café. Sie fragte mich nicht, ob ich geschlafen hätte. Sie fragte überhaupt nichts, sondern saß in einer Ecke und rauchte. Von mir nahm sie nicht mehr Notiz als von dem Rauch ihrer Zigarette.

Als ich ihr sagte, sie solle mich anhören, rührte sie sich nicht. Sie ließ mich einfach reden. Sie schaute dem Rauch nach und hörte mir bis zum Ende zu.

»Genügt es dir denn nicht, daß wir zusammen sind?« fragte sie.

»Ich will Geld verdienen.«

»Zum Geldverdienen bist du nicht gemacht.«

»Bei dem Leben, das ich führe, brauch ich aber Geld.«

»Wenn es dir aufs Geld ankäme, würde dir der Laden genügen. Du bist nicht aufs Geld aus.«

»Auf was bin ich denn aus?«

Linda zuckte nur die Schultern und verzog das Gesicht auf eine Weise, wie nur sie es konnte.

»Was hast du denn heute gemacht?« fragte sie mich ganz ruhig.

»Und Amelio, wußte der denn, wie man Geld verdient?«

»Laß Amelio aus dem Spiel«, entgegnete Linda.

»Ich bin bei ihm gewesen.«

Linda schaute auf.

»Geht es ihm besser?«

Ich zuckte die Achseln.

»Ich bin heute nacht auf dem Heimweg bei ihm gewesen.«

Linda drückte ihre Zigarette aus und sagte langsam: »Warum tust du so was?«

Ich nahm ihre Hand. »Nicht heute nacht, heute früh«, sagte ich, »es war jemand bei ihm.«

»Hast du es ihm gesagt?«

Ich drückte ihre Hand und sagte: »Nein.«

»Wolltest du es ihm sagen?«

»Ich weiß nicht«, antwortete ich, »ich weiß nicht, was ich ihm hätte sagen sollen. Er spricht mit mir nicht über dich. Du hast mir nie gesagt, ob ihr je etwas miteinander gehabt habt.«

»Und wenn wir was miteinander gehabt hätten«, fragte Linda und schaute mich an, »würde das denn etwas ändern?«

Da machte ich es wie sie und fragte: »Was?«

Linda starrte einen Augenblick lang auf den Tisch. Dann sagte sie heftig: »Komm, laß uns gehen.«

Nach einer Weile setzten wir uns in ein anderes Café.

»Warum hast du mir gesagt, ich wüßte nicht, wie man Geld verdient?«

»Weil du keins verdienst.«

»Ich brauchte bloß eine Arbeit anzufangen.«

»Arbeiten genügt nicht. Man muß leidenschaftlich darauf versessen sein.«

»Ich will ja schließlich nicht Millionär werden. Mir genügt es, wenn ich mit dir tanzen gehen kann.«

»Siehst du, daß du nicht aufs Geld aus bist?«

»Ich habe das Leben satt, das ich führe. Ich möchte auch ein Motorrad haben und mit dir herumfahren.«

»Du willst mich wohl auch in den Graben fahren?«

Wieder schaute sie mich so merkwürdig an.

»Du hast doch deine Gitarre«, sagte sie. »Warum versuchst du nicht, in einer Kapelle zu spielen?«

»Wenn du meinst.«

»Ich verstehe nichts von Musik«, fuhr sie fort. »Ich kann weder singen noch ein Insrument spielen. Aber du bist Pablo, und alle sagen, daß du dazu geboren bist.«

An diesem Abend gingen wir nicht tanzen. Wir sprachen von der vorigen Nacht und von Lili, die allein ins ›Paradies‹ ging. »Die würde gern Geld verdienen«, meinte Linda, »wenn sie nur könnte.«

»Sie hat doch hübsche Schuhe zum Tanzen.«

»Die? Die spart sich das Essen vom Munde ab, um sich hübsche Schuhe kaufen zu können.«

Ich fragte sie, warum Mädchen einander immer hassen.

Linda lachte und sagte rasch: »Sogar an ihre Schuhe erinnerst du dich. Habt ihr euch geküßt?«

»Du gleichst ihr«, fuhr sie dann fort. »Auch du möchtest dein Glück machen.«

Das vergangene Jahr kam mir wieder in den Sinn, als ich abends mit den anderen bummeln gegangen war und wir in den Wirtschaften sangen. Wie seltsam ist der Mensch doch gemacht, dachte ich. Wieviel Zeit ist seither vergangen, und doch kommt es mir vor, als sei es erst gestern gewesen.

»Was hast du denn zu lachen?« fragte mich Linda.

»Ich denke daran, was die Leute vom Korso sagen würden, wenn ich mein Glück machte.«

»Du hast doch schon Glück gehabt«, sagte Linda.

Wir schauten uns an.

»Genügt dir das nicht?«

»Das gehört auch dazu«, antwortete ich. »Es kommt immer alles auf einmal. Heute früh auf dem Bahnhof war ich so glücklich. Am liebsten wäre ich gar nicht mehr nach Hause gegangen.«

»Bilde dir bloß nichts ein«, sagte Linda.

Dann fragte sie: »Wo bist du denn heute morgen sonst noch gewesen?«

»Weißt du«, entgegnete ich, »wer heute früh bei ihm war? Schickst du etwa Frauen zu ihm?«

»Was für Frauen?«

Ich erzählte ihr von dem Mädchen mit der Baskenmütze. Linda zuckte die Schultern. »Das ist der Unfug, den Amelio so treibt. Darüber brauchst du dir nicht weiter den Kopf zu zerbrechen.«

»Sie war aber häßlich.«

Linda fragte: »Wollen wir gehen?«

Wir brachen also auf. Auf der Straße bat sie mich: »Leg den Arm fest um mich, es ist kalt.« Eng umschlungen machten wir uns auf den Weg, beim Sprechen war mein Mund dicht an ihrem Haar. »Laß uns noch wo hingehen«, bat ich sie.

Linda schwieg und drückte meinen Arm. »Bist du mit der Blonden auch so gegangen?« fragte sie. Ich versuchte ganz kleine Schritte zu machen, damit der Weg länger dauerte.

Schließlich kamen wir auf die Piazza Castello, und sie blieb stehen.

»Laß uns noch wo hingehen«, bat ich leise.

Linda fragte: »Weißt du, wo ich wohne? Wenn du versprichst, gleich wieder zu gehen, kannst du mit hinaufkommen.«

Wir stiegen also die Treppe hinauf, und mir klopfte das Herz. Ich küßte sie mehrmals, und wir blieben im Dunkeln stehen. Sie sagte: »Komm herauf.«

Im einem großen, leeren Vorraum machte sie Licht. Nur ein einziger Schrank stand da, und es roch nach Stoff. »Hier arbeitet tagsüber eine Schneiderei«, erklärte sie. Dann machte sie das Licht wieder aus, und man sah durch das große Fenster im Hintergrund den schwachen Schein der Straßenlaternen. »Ich wohne in einem Zimmer, das eng ist wie eine Schachtel.« Wir gingen durch den langen dunklen Vorraum, sie öffnete eine Tür und knipste drin das Licht an. Ich folgte ihr.

In dieser Nacht sagte sie mir, man dürfe sich durch nichts aus seiner Ruhe bringen lassen und sich von keinem Menschen abhängig machen. Von niemandem. »Siehst du wohl«, begehrte ich auf.

»Mit deiner Mutter und deinen Schwestern ist es etwas anderes«, entgegnete sie, »man darf sich nichts vormachen.« Und sie fuhr fort, Amelio sei ein Mensch, der sich nie etwas vormache. Darum habe er es auch zu einem Motorrad gebracht. »Man kann sich ruhig betrinken«, erklärte sie, »und überall hingehen. Aber wenn man ein Zuhause hat, dann soll man schließlich dorthin zurückkehren. Du hast doch deine Gitarre und den Laden.«

»Und was nützt das alles?« fragte ich. »Du siehst doch, daß Amelio alles verloren hat.«

»Laß ihn aus dem Spiel, du weißt nicht, wer er ist«, erwiderte sie. »Amelio ist in Ordnung, das kannst du mir glauben. Auch seinetwegen brauchst du dir nichts vorzumachen. Und leid zu tun braucht er dir auch nicht.« Ich fragte sie, warum sie nicht zugeben wolle, daß sie Amelios Mädchen gewesen sei. »Weil ich es nicht war, wir waren viel zusammen, aber es war nicht anders zwischen uns als heute.«

»Hast du gesehen, was für Beine er jetzt hat?«

Linda nahm mich fest in die Arme und antwortete nicht.

Ich fragte leise: »Ist er auch hier bei dir gewesen?«

»Man tut doch so vieles«, antwortete Linda. »Glaubst du, daß er an deiner Stelle jetzt darüber nachdenken würde?«

Schließlich machte sie mir noch Tee auf ihrem kleinen Ofen. Sein roter Schein war das einzige Licht in dem Zimmer. Selbst als ich ging, knipste sie das Licht nicht an. Sie umarmte mich an der Tür und sagte: »Auf morgen, im Café.«

Auch diesmal wurde es schon beinahe hell. Straßenbahnen waren noch nicht zu sehen, aber man hörte sie in der Ferne. Es war kalt wie in den Bergen, die Laternen schwankten im Wind. Beim Anblick der Torre Littoria dachte ich an den Kerl von gestern, und ob er wohl wieder nüchtern war. Aber vielleicht war er auch schon wieder betrunken. Was geschah doch alles in diesen vornehmen Häusern. Jetzt mußte auch Linda schon schlafen. So glücklich werde ich nie wieder sein, sagte ich mir und hätte es am liebsten laut hinausgeschrien. Der Platz lag so verlassen da, daß ich das ruhig hätte tun können.

Diesmal ging ich nicht zum Bahnhof. In der Via Milano war ein Café, das schon halb aufgemacht hatte. Ich schlüpfte hinein. Schläfrig war ich zwar, aber es war doch schön, jetzt zu rauchen und an die vergangene Nacht zu denken. Um mich aufzuwärmen und etwas Richtiges in den Magen zu bekommen, trank ich Milch, in die ich einen Schnaps goß.

Was hat sich seit unserer Kindheit eigentlich geändert, dachte ich. Man treibt sich herum, ist überall und nirgends zu Hause wie zur Zeit, als man in den Kommunionunterricht ging. Jetzt trinkt man zwar einen Schnaps, aber Milch gab es auch damals. Ob Linda wohl gern Milch trank? Dann überlegte ich mir, daß Linda wie alle Frauen Milch in sich haben mußte. Und es kam mir in den Sinn, daß ein Kind Milch von einer Mutter trinkt, die mit einem Mann geschlafen hat. Und daß es schreit, wenn es sie nicht bekommt. Ich lachte in dem Café vor mich hin.

Dann kamen frostrote Gesichter herein. Erst eine Frau, dann noch zwei Frauen mit Lederschürzen, Gemüsehändlerinnen von den Ständen draußen. Auch sie tranken einen Schnaps oder Kaffee mit Branntwein. Ein Lastträger erschien und mehrere Bettler, die die Füße aneinanderschlugen. Gesichter, wie es deren auf dem Korso so viele gab. Es begann hell zu werden.

Auf dem Heimweg dachte ich noch einmal an diese Gesichter. Die einen arbeiten, die anderen nicht, überlegte ich mir. Aber hat es denn einen Sinn zu arbeiten, wenn ein Schwerarbeiter und ein armer Teufel schließlich genau das gleiche Gesicht haben? Zwischen denen, die nicht wissen, wo sie schlafen sollen, und denen, die vor Tag aus dem Haus müssen, ist der Unterschied schließlich nicht groß. Frostbeulen haben sie beide.

Linda hatte wohl recht. Ich war nicht zum Geldverdienen geboren. Am Ende des Korsos sah man die Berge. Aber Linda schlief jetzt, und in den Bergen war sie in der Nacht damals mit Amelio gewesen, als es so kalt war, daß sie sich die Hände mit Schnaps wärmten.

Ich fror beim Gehen. Als ich vor dem Neuen Gefängnis über die Straße ging, daran erinnere ich mich, warf ich einen Blick auf seine dicken Mauern und fragte mich: Ob die Zellen wohl geheizt sind? Plötzlich sah ich einen Gefängniswagen vor dem Tor und Leute, die öffneten. Beinahe wäre ich stehengeblieben. Ich hatte noch nie gesehen, wie einer eingelocht wird. Was es doch alles gab. Selbst so früh am Morgen werden Leute eingelocht. Bis zu Hause kam ich nicht mehr von diesem Gedanken los. Ob man im Gefängnis wohl Milch trinken konnte?

An einem von diesen Tagen war ich nachmittags und abends mit Lario unterwegs. Nachmittags fuhren wir mit dem Rad nach San Mauro; er mußte einem Kunden dort Werkzeug bringen. Es war Samstag, denn Lario hatte frei. Auch ich hatte frei, weil Linda mir an diesem Tag erklärt hatte: »Ich möchte heute allein sein, wir sehen uns morgen.«

Lario begriff, daß mit mir etwas los war, und als ich ihm in Sassi davonraste, fuhr er mir schweigend nach und fragte nichts. Ich strampelte mich ab wie verrückt, bis ich trotz der Kälte schwitzte, um festzustellen, ob ich das noch schaffte. Hinter mir Lario und vor mir die Straße, entfloh ich dem Heute und hoffte schon auf ein Morgen. In San Mauro setzten wir uns auf den Bordstein, aßen ein Stück Wurst und schauten zu den dunklen Höhen hinauf, von denen Lario mir erzählte, sein Großvater sei dort mit Don Bosco auf die Jagd gegangen; lieber noch schaute ich allerdings auf den Po; es ging mir durch den Sinn, daß dieses Wasser durch Turin geflossen war, aber ich sprach das nicht aus. Bald ging die Sonne unter, und Lario sagte: »Wenn ich Gitarre spielen könnte, würde ich Tag und Nacht spielen.« – »Tue ich das vielleicht nicht?« entgegnete ich. »Es vergeht kein Morgen, an dem ich nicht eine halbe Stunde übe.«

»Dabei hört dich aber niemand, und einbringen tut es dir auch nichts.«

Inzwischen hatten wir uns in der Kälte wieder auf den Heimweg gemacht. »Weißt du«, sagte Lario, »in der Kneipe haben sie sich beschwert. Warum kommst du denn nicht mehr mit uns?«

Lario spricht sehr bedächtig. Dann schweigt er und läßt sich alles noch einmal durch den Kopf gehen. Durch seinen Dickkopf.

»Du willst doch nicht behaupten, daß du auch nachts zu Amelio gehst?«

»Nachts bummele ich durch Turin.«

Jetzt war ich zu Spaß aufgelegt. »Ich ziehe umher, spiele und singe, und dann mache ich mit meinem Hut die Runde und sammle Geld ein.«

Noch am selben Abend ging ich mit Lario und meiner Gitarre in die Wirtschaft. Sie hatten mich nicht erwartet, machten aber nicht mehr Geschrei als sonst. Fast alle kamen gerade vom Tanzen, und der und jener klopfte mir auf die Schulter und sagte: »Wenn du dagewesen wärest, du hättest besser gespielt als die Kapelle.«

Wir setzten uns, um uns zu unterhalten, und es gab Streit zwischen denen, die beim Tanzen der Kapelle zuhören, und denen, die gar nicht merken, daß sie spielt. Ich ließ sie streiten und sagte erst zum Schluß, auch mir sei beim Tanzen bloß die Frau wichtig, Musik höre man sich besser im Sitzen an. Währenddessen hatte ich meine Gitarre in den Arm genommen, meine Hand spielte wie von selbst, und dabei hörte ich ihren Gesprächen zu.

Noch am Tag zuvor hätte ich nicht geglaubt, daß ich wieder einmal an diesem Tisch sitzen würde, und ich fand, in dieser Beziehung sei ich wie Amelio, der auch manchmal in die Wirtschaft gekommen war, um einen freien Abend dort zu verbringen, wenn Linda nicht bei ihm war. Wie er schwieg ich, aber ich dachte daran. Und ich sah ihn vor mir. Auf Krücken würde er aus dem Haus kommen und über die Straße zu unserem Laden. An der Tür würde er stehenbleiben, um sich die Stufen zu ersparen. »Wie ist's mit heut abend?« würde er fragen oder, wenn nur Carlottina da war: »Wo ist Pablo?« Wie heute abend würden wir in die Wirtschaft gehen. Ich sah vor mir, wie er sein Gesicht verzog. Die Zigarette klebte an seiner Unterlippe, wie einem Hund klopfte er mir auf die Wange. »Geh her«, würde er sagen, »sei doch nicht so dumm.«

Dann überlegte ich, ob Linda an diesem Abend dabei sein würde. Er hätte sie nie zu uns ins Wirtshaus mitgenommen. Schließlich wurde ich wütend, daß ich auch heute abend daran dachte, und sagte zu den anderen, die beim Kartenspiel waren: »Pablo hat Durst.«

Lario und Martino standen am Fenster und hörten mir zu. Erst spielte ich einen raschen Rhythmus, um mich einzuspielen. Der Wein kam. Wir drei tranken. Chelino sagte über seine Karten hinweg, ohne sich nach uns umzudrehen: »Gebt uns auch was zu trinken.«

Ich hatte meine Gitarre seit dem Tag bei Amelio nicht mehr angerührt. Aber ich wußte schon alles, was sie sagen würden. Wenn sie zu singen anfingen, würde einer vom Spieltisch herüberrufen: »Entweder wir spielen oder wir singen.« Dann würde Chelino seinen Senf dazu geben und dann die andern den ihren, und schließlich würde noch mehr Wein kommen. Ich wußte schon alles im voraus. Am liebsten hätte ich schon einen sitzen gehabt und damit gute Nacht.

Als ich ein Weilchen gespielt hatte, saßen sie alle an meinem Tisch. Ich dachte an Linda und ihren Einfall mit der Kapelle. Wenn ich von denen hier auch nur vier Soldi verlangte, würden sie mir die Flasche über den Kopf hauen. Gitarrespielen ist eben nichts was sich auszahlt. Es ist überhaupt nichts. Nur ein Zeitvertreib für mich, wenn Linda nicht da ist. Ich war so beklommen, als hätte ich einen Stoß vor die Brust bekommen, spielte, um dieses Gefühl loszuwerden, und trank, um es wieder zu empfinden. Am liebsten wäre ich aufgestanden und ins Freie gegangen und hätte mich bis zum Morgen auf den Straßen herumgetrieben.

Aber das einfachste war immer noch, mich zu betrinken. Alle redeten und schrien durcheinander und schwiegen erst wieder, wenn ich eine Melodie anstimmte, die niemand kannte. Einen Augenblick hörten sie zu, und dann sagten sie, was sie davon hielten. Nur Martino, der noch sehr jung ist, stand am Fenster und lauschte für alle.

Dem armen Teufel, dachte ich bei mir, wird es mal genauso ergehen wie mir. Wer dann wohl seine Linda sein wird? Als er sich aber mit der Hand übers Kinn strich, sah ich, daß seine Finger noch schwarz von der Drehbank waren, und begriff, daß ihm ein anderes Los als mir beschieden war. Wäre er an meiner Stelle geboren worden, sagte ich mir, hätte er das gleiche Schicksal gehabt. Jetzt ist es anders gekommen. Ich hob die Augen und das Glas und feixte zu ihm hinüber. Wie Amelio das mit mir machte. Er blinzelte mir zu.

Von Amelio sprach niemand. Keiner hatte ihn besucht. Keiner fragte mich, ob ich ihn gesehen hätte. Dafür zogen sie mich mit Linda auf; wie sie hieß, wußte zwar niemand, aber sie hatten uns zusammen am Ende des Korsos gesehen. Schließlich sagte ich: »Laßt das doch. Weiß hier niemand, wo ein guter Gitarrist gesucht wird?«

»Hier ist einer umsonst zu hören«, erwiderte Chelino, »wer sollte also Geld dafür ausgeben?«

Daß ich mir das sagen lassen mußte, machte mich wütend. »Wärest du aus Neapel«, meinte ein anderer, »könntest du nach Marechiaro gehen.«

»Aber daß Pablo spielt, das ist euch recht«, sagte Lario angriffslustig. »Und wenn er nicht kommt, lest ihr ihm die Leviten.«

Ich ließ sie sich zanken; ich wußte, was es damit auf sich hatte. Dann begann ich »Tarantella, Tarantella« zu zupfen, und bald hörten alle mir zu. Das ist das Schöne am Musizieren: erst wollen die Leute gar nicht, und dann fesselt man sie doch. Und schön ist es auch, wenn man aufhört, und sie rufen: »Weiter.« Dann tut man, als habe man genug davon. Ein Gitarrespieler ist eben wie ein Clown. Aber jemand ist immer da, der sagt, ja, er höre einen gern spielen; dabei hört er dann gar nicht hin und denkt an etwas ganz anderes. Wenn man nicht sofort darüber lacht, ist man verloren.

Das alles störte meinen Schlaf nicht, aber als Linda am nächsten Tag an der Ecke auftauchte, war es mit meiner Ruhe vorbei. Da war es beinahe in San Mauro noch besser gewesen. Aber Linda sah ganz vergnügt aus, und mein Herz begann wieder zu schlagen. Sie sagte, Lubriani erwarte uns zum Frühstück.

»Wie soll ich das denn einrichten? Zu Hause warten sie doch auf mich.«

Da behandelte Linda mich wie ein Kind. »Die ganze Nacht gehst du nicht nach Hause«, sagte sie, »kannst du da heute mittag nicht auch mal fortbleiben? Deinetwegen habe ich das verabredet. Du sollst ihm vorspielen.«

»Aber sein Haus ist doch keine Kneipe.«

Linda sagte nur: »Du Trottel.« Dann erklärte sie mir, Lubriani habe Gitarren und Instrumente aller Art in seiner Wohnung. Wir riefen in der Bar am Korso an, sie sollten zu Hause Bescheid sagen. Als die Tür zum Aufzug aufging, fragte ich Linda: »Ist er wieder nüchtern?« – »Sei doch still«, fuhr Linda mich an.

»Hoffentlich sind nicht noch andere Leute da.«

»Ach wo.«

Ein schönes Mädchen machte uns auf und sagte: »Bitte, kommen Sie herein.«

Sie führte uns in dasselbe Zimmer wie damals. Alles kam mir wieder in den Sinn. Das war doch nicht möglich. Ich konnte einfach nicht verstehen, daß Linda, die sich mit Lubriani duzte, sich noch mit mir abgab. Linda trat ans Fenster, das groß wie ein Schaufenster war, und schaute über die Dächer.

Lubriani erschien, er trug einen sehr hellen Anzug. Wären sein Schnurrbart und seine blutunterlaufenen Augen nicht gewesen, hätte auch er wie ein junger Mann ausgesehen. Wir tranken einen Likör und aßen auf dem Glastisch. Linda aß und erzählte, er lachte und aß; das andere Mädchen ließ sich nicht mehr blicken. Alle Schüsseln standen schon bereit. Ich wollte nach Lili fragen, hielt mich dann aber zurück. An diesem Mittag benahm Lubriani sich nicht so unmöglich: er hörte auch mir zu und reichte die Schüsseln liebenswürdig herum.

Von der Gitarre war nicht die Rede. Wir sprachen davon, daß er dieser Tage nach Genua müsse, und Linda fragte: »Mit dem Wagen?«

Am Ende des Essens nannte er mich Pablito und schlug vor: »Wollen wir noch ein bißchen hinausfahren?«

Wir stiegen also in den Lancia, und er sagte immer wieder: »Mit zwei jungen Leuten wie euch bin ich ein ganz anderer Mensch.«

»Laß uns doch an die Seen von Avigliana fahren«, bat Linda.

So fuhren wir denn an die Seen. Auf halbem Weg, im dichten Nebel, sagte er zu Linda: »Das ist der Prellstein, der euch beinahe das Leben gekostet hätte.« Sie verzog das Gesicht.

»Und die Gitarre?« fragte sie gleich darauf.

Sie sprach darüber mit Lubriani, der am Steuer saß und ihr zuhörte. »Eine Gitarre bekommen wir am See, die wissen ja vor lauter Gitarren nicht wohin.« Ohne sich umzudrehen, wandte er sich dann an mich: »Ich weiß allerdings, daß ihr Musiker nicht gern auf einem fremden Instrument spielt.«

»Unsinn«, fuhr Linda dazwischen.

Im Jahr zuvor war ich diesen Weg mit dem Fahrrad gefahren. Auf der Piazza stiegen wir aus, und die Leute starrten uns an. Lubriani ging voran in ein Café. Ich dachte an San Mauro. Er bestellte eine Flasche Barolo. Wir waren eine Holztreppe hinaufgegangen und saßen nun in einem Salon mit Vorhängen, in dem es sogar ein Sofa und einen Kamin gab. Die Stimmen aus dem unteren Raum waren hier oben nicht mehr zu hören.

Es war noch früh, aber wenn man aus dem Fenster schaute, sah es aus, als regne es. Nur undeutlich war ein Bild an der Wand zu erkennen, eine Frau in neapolitanischer Tracht, die aussah wie eine Mohrin und mit den Händen auf den Hüften zu tanzen schien. Linda sagte: »Wir sollten jemanden bitten, Feuer zu machen.«

Der Junge, der das tat, schaute uns dann zu, wie wir tranken, und Lubriani sagte: »Du bist noch so jung, Pablo, daß du sicher nicht weißt, daß Barolo nur schmeckt, wenn drei Nasen an ihm schnuppern.«

»Das weiß ich allerdings nicht«, antwortete ich schroff.

»Der ist aber gut«, unterbrach uns Linda.

Als der Junge fortging, war ich erleichtert. Linda ging jetzt durchs Zimmer, als tanze sie, und hielt dabei ihr Glas hoch empor. Dann warf sie sich in einen Sessel, ohne dabei etwas zu verschütten.

»Jetzt erzählt uns Linda, welchen Wein man trinken muß, wenn man an einem Wintertag mit einer Frau ins Bett will. Das sind Dinge, von denen nur Frauen was verstehen. Los, Linda, an einem Tag wie heute, wenn es schneit.«

Linda warf den Kopf zurück und antwortete prompt: »Den, den man gerade zur Hand hat.«

»Nein, so redest du dich nicht heraus. Antworte.«

»Wenn man Barolo zu dritt trinken muß«, erwiderte Linda, »dann sollten wir Barolo trinken.«

»Bist du schon mal in diesem Nest gewesen?« fragte ich sie.

Sie zuckte die Schultern. Lubriani erklärte: »Linda war schon überall:«

In dem spärlichen Licht, das durch das Fenster drang, sah ich, wenn ich den Kopf hob, immer noch das Bild. Im zuckenden Flammenschein wirkte die Frau erst recht, als tanze sie. Linda folgte meinem Blick und sprang auf: »Die Gitarre.«

Wir läuteten, und der Junge erschien wieder.

»Eine Gitarre«, fuhr Lubriani ihn an.

Der Junge stand da und begriff nicht.

»Geh und hol uns eine Gitarre. Es wird hier doch eine Gitarre geben.«

Der Junge schaute uns ratlos an.

»Ich möchte Gitarre spielen«, brüllte Lubriani erbost.

Aber er mußte erst auf die Treppe hinaus, um der Wirtin klarzumachen, was er wollte. Linda streifte die Asche von ihrer Zigarette und schaute mich an. Noch ehe ich mich gefaßt hatte, kam Lubriani zurück.

Es war noch früh, aber von einem Augenblick zum anderen wurde es dunkel. Jetzt war es schön, in die Flamme zu schauen. Ich stand neben dem Vorhang, spürte die eindringende Kälte und hatte das Gefühl, draußen zu sein und mir die Szene von den dreien, die zusammen tranken, nur vorzustellen. Aber Lubriani zog auch mich ins Gespräch. Er hatte es immer noch mit der Geschichte vom Barolo.

»Man kommt in ein Alter, in dem man Spaß daran hat, mit euch jungen Leuten zusammen zu sein. Sich irgendwohin zu verkriechen und zu dritt zusammen zu sein. Tut euch keinen Zwang an und trinkt aus einem Glas. Das sind die Spiele, die Spaß machen. Man ist zusammen und lacht mal richtig.«

Linda lachte und sagte: »Trink du doch.« Sie reichte ihm ihr Glas, und Lubriani trank. Dabei beugte er sich vor, um sich nicht vollzutropfen, trank und gab ihr dann das Glas mit einer Verbeugung zurück, wie wenn man ein Mädchen zum Tanzen auffordert, und auch Linda trank lachend.

»Pablito, du siehst von oben auf uns herab«, sagte Lubriani, »du bist nicht wie ich«, und er faßte sich an den Kopf. »Aber du kennst Linda doch, oder?«

»Linda macht einen fertig«, fuhr er fort, »die bringt uns alle noch unter die Erde, die Jungen wie die Alten. Aber das Schöne an Linda ist, daß sie Geschmack hat wie eine große Dame.«

Linda stand auf und trat zu mir ans Fenster. Sie warf mir die Arme um den Hals, und mit dem Gesicht dicht vor dem meinen fragte sie: »Setzt du dich nicht zu uns?« Sie machte eine Bewegung, als wolle sie mit mir tanzen. Ich folgte ihr, wir setzten uns, und Lubriani sprach, aber Lindas Mund war dicht vor mir. So blieben wir im Dunkeln sitzen.

Lubriani redete viel und trank dazu. Im Flammenschein flackerten seine Augen, aber betrunken war er nicht. Es machte ihm tatsächlich Spaß zuzuschauen, wie wir eng umschlungen dasaßen, er leckte sich die Lippen und sagte zu uns, es sei doch schön, ein Zimmer für sich zu haben und darin tun und lassen zu können, was man wolle.

»Diese winterlichen Provinzhotels«, sagte er, »sind in ihrer Abgeschiedenheit so angenehm. Warum denn immer Venedig oder die Riviera? Hier genießt man sein Leben und trinkt. Pablito, auf dein ganz spezielles Wohl. Man muß nur wissen...«

Schließlich kam die Gitarre. Lubriani bestellte Kaffee. »Um es richtig zu genießen.«

Der Kaffee kam, und es kam noch mehr Wein. »Sollen wir Licht machen?«

»Das ist nicht nötig.« Ich rührte mich nicht. Ich stimmte die Gitarre. Linda rückte ein bißchen von mir ab und hörte zu.

Ich spielte so Schwieriges, als übte ich. Der Teufelskerl verstand wirklich etwas davon. Nach einem Weilchen gab er mir den Ton an. Ich hütete mich, etwas zu spielen, wonach sie tanzen konnten. Ich hörte, wie Linda mit dem Fuß den Takt klopfte. Wenn ein Stück fertig war, riefen sie: »Bravo«, und Lubriani reichte mir mein Glas.

»Du hast Talent«, sagte er im Dunkeln zu mir.

Ich stellte mir vor, Amelio höre mir zu. Variationen über die Flamme zu spielen, fiel mir leicht. Ab und zu mogelte ich aber bei einer Passage. »Nein«, sagte Lubriani dann, »du willst uns beschummeln.«

Wie es so geht, nahm er nach einer Weile die Gitarre. Ohne sich große Mühe zu geben, zupfte er daran herum. Fragte mich: »Kennst du dies? Kennst du das?« Probierte *La Paloma*. Probierte *Cielo e Mare*. Aber er war ungeübt, das hörte man. Linda unterbrach ihn: »Jetzt hört auf damit.«

Wir tranken den Barolo aus und gingen hinunter auf die

Piazza, über der die Sterne standen. Es war abgemachte Sache, daß wir am See zu Abend essen wollten. »Schließlich ist es ja Sonntag«, meinte ich.

Wir fuhren mit dem Wagen im Schrittempo um den See. Linda sagte, aber nicht zu mir: »Schön ist es hier.« Auch Lubriani schaute auf das Schilf und den Nebel über dem Wasser. Kalt war es freilich. Schnee lag in der Luft.

Lubriani fuhr und sprach dabei von Genua. »Weißt du, mit wem ich mich dort treffen will?« Er nannte einen Namen wie Ferrero oder Carletto, und Linda machte sich sofort von mir los. Sie trommelte ihm mit den Fäusten auf den Rücken und schrie: »Ich will mit.« – »Warum nicht?« entgegnete er. »Wir fahren alle zusammen.«

Beim Essen sprachen sie viel von diesem Carletto; dann fuhren wir nach Turin zurück und verbrachten den Rest der Nacht im ›Paradies‹.

In diesen Tagen – daran erinnere ich mich – wurde ich immer mit einem Schlag hellwach; ich dachte an Linda und hatte das Gefühl, sie neben mir zu haben. Aber dann blieb ich mit geschlossenen Augen im Bett liegen und dachte an etwas ganz anderes; es war, als hätte ich einen schweren Kummer, als sei ich ein Kind, mutterseelenallein, und hätte etwas Schlimmes und Nichtwiedergutzumachendes getan. Es gab keine Rettung mehr, ich schreckte vor meinen eigenen Gefühlen zurück und wäre am liebsten nie wieder aufgewacht und auf der Stelle gestorben. Nicht einmal der Gedanke, daß, wenn Linda eines Tages neben mir läge, ich sie nehmen würde, richtete mich auf. Ich tat mir einfach selbst leid. Ich war wie ein Kind, das man nackt auf einen Tisch legt, und dann gehen Mutter und Schwestern aus dem Haus. Ich steckte den Kopf unter die Decke und war traurig.

Ich dachte, das sei nur Müdigkeit. Fast immer, wenn ich so im Bett liegen blieb, stellte ich mir vor, ich sei verkrüppelt wie Amelio und könne nie wieder ausgehen. Es war, wie wenn man versucht, die Augen zu schließen und sich blind zu stellen. Ich hatte das Gefühl, auf Krücken zu gehen und halbtot zu sein. Ich faßte an meine Beine und dachte an Linda, dachte an den Tag, an dem Amelio sich ganz aufgedeckt hatte. Was habe ich nur getan, dachte ich. Am liebsten hätte ich meine Gitarre an einer Mauer zerschlagen, wäre ein anderer gewesen und für immer verschwunden.

Dann kam der Morgen, an dem wir mit dem Wagen nach Genua fuhren. Zu Hause erklärte ich, ich führe dorthin, um Arbeit zu finden, mich bei Leuten vorzustellen, ich solle jemandem vorspielen, und auf das Vorspielen komme es für einen Gitarristen ja an. »Warum nimmst du deine Gitarre dann nicht mit?« fragten sie mich. »Eine schreckliche Reise«, sagte meine Mutter. Sie steckten mir einen Hundertlireschein in die Tasche. Ich zog meinen grauen Anzug an, band einen Schal um und machte mich glückstrahlend auf den Weg.

Linda war rot und erkältet. Auf der Fahrt vergrub sie sich unter Bergen von Decken. Ich saß vorn neben Lubriani und gab ihm Ratschläge beim Fahren. Ab und zu drehte ich mich nach Linda um. Dann sagte Lubriani: »Du kannst ganz beruhigt sein, sie geht nicht verloren.« Die Sonne schien hell, und in der trockenen Kälte summte die Straße unter uns. Auch ich summte vor mich hin, und als wir das erste Mal hielten, bezahlte ich den Kaffee. Als wir wieder in den Wagen stiegen, setzte ich mich hinten zu Linda.

»Erwartet Carletto uns?« fragte ich sie.

»Das kann man wohl behaupten. Der ist doch blank.«

Carletto war ein Schauspieler und hatte früher in dem Theater gearbeitet, in das Linda Kostüme austrug. Er mußte jung, sympathisch und tüchtig sein. Lubriani sagte: »Wer es besonders schlau machen will, macht es erst recht dumm.« Ich fragte Linda leise: »Wen kennst du eigentlich alles?« – »Viele Leute«, antwortete sie, »und ich verliere niemanden aus den Augen. Ich bleibe mit allen gut Freund.«

Ich gab mir Mühe, sie nicht merken zu lassen, daß das die längste Reise war, die ich je gemacht hatte. Was hatte ich bisher schon gesehen und kennengelernt? Wo war ich gewesen? Wenn ich an manchen Tagen daran dachte, wieviele Menschen es auf dieser Welt gab, auch arme Teufel, die niemand kennt, bekam ich so große Lust, mich davonzumachen und auf einen Zug aufzuspringen, daß ich beinahe laut losgeschrien hätte. Was sollte mir die Gitarre? Und was der Tabakladen? Wie Amelio mußte man leben. Wie alle anderen.

Auf den Höhen hinter Novi hielten wir, um uns die Füße zu vertreten. Ich stellte mich ein bißchen in die Sonne, man atmete hier freier. Und die Bäume waren hier klein und verkrüppelt, ich hatte dergleichen noch nie gesehen. Linda fragte mich: »Wo sind wir?« Hungrig und guter Dinge kamen wir in Genua an. Lubriani ging, um Carletto anzurufen, in ein Café, das voll Sonne, voll Rauch und voll Leuten war. Ich fragte Linda, die einen Kaffee trank: »Wo ist der Hafen?« – »Am Wasser«, antwortete sie.

Dann gingen wir essen, und ich sah am Ende einer Straße eine Leere wie den Himmel von einer Anhöhe aus gesehen. Das war es – ein zartes Blau. So tief unten? fragte ich mich. Ich wunderte mich über die Leute, die kamen und gingen und keinen Blick dort hinab warfen. Die Menschen sind doch zu sonderbar, sagte ich mir, sie merken nicht einmal, daß sie in Genua leben.

Im Restaurant, einem gemütlichen Winkel in einer Gasse, kehrte Lindas gute Laune zurück. Sie aß mit Appetit, und mir machte es Spaß, ihr dabei zuzusehen. Mit Lubriani zusammen suchte sie wer weiß was für Leckerbissen aus; der Kellner hatte mit dem Auftragen alle Hände voll zu tun. Als wir im besten Zuge waren, erschien Carletto.

Er war bucklig und lachte über das ganze Gesicht. Wir boten ihm einen Stuhl an. Seine Augen und sein Benehmen waren die eines Knaben. »Wer ist denn das?« fragte er uns, als Linda ihm die Hand reichte. Dann erkannten sie sich wieder, und der Bucklige wollte sie gar nicht mehr loslassen.

Sie machten sich gegenseitig Komplimente; er, weil Linda so groß geworden war, sie, weil Carletto so gut verdiente. Inzwischen war auch sein Essen gekommen, und er aß und rauchte und lachte dauernd – er war nervös wie eine Katze.

Seitdem ist viel Zeit vergangen, ich habe viele andere Menschen kennengelernt, ich habe erlebt, daß Carletto nicht mehr lachte, aber ich erinnere mich an damals, als sei es gestern gewesen. Ich weiß nicht warum, aber ich hatte mir eingeredet, er stamme aus Genua; er hatte helle Augen, und das erinnerte mich wohl an das Meer. Als sie ihm erzählten, wer ich sei und daß ich Gitarre spiele, verstand er augenblicklich, was ich dachte, und sagte: »Ich habe im Café Meridiana gearbeitet.«

Er hatte einen Riesenkopf und lockiges Haar. Mit der Zeit merkte ich, daß er gar nicht richtig lachte, sondern nur grinste. Er sagte nicht: »Dinge habe ich erlebt...«, sondern: »Ihr wißt ja, wie es so geht.« Lubriani zwinkerte er zu und sagte: »Iß, das tut dir gut.«

Er war bucklig und schief und dabei elastisch wie eine Feder. Bei dem Gedanken, daß er sich mit Linda als Kind geduzt hatte, hörte ich ihm gebannt zu. Ich hätte viel darum gegeben, zu wissen, wie Linda als Kind war. Sie behauptete, sie sei dauernd mit einer Hutschachtel am Arm unterwegs gewesen, und ein alter Mann habe sie einmal angesprochen und gesagt: »Komm mit mir nach Hause, wir füllen deine Schachtel mit Süßigkeiten.« An der Tür hätten immer junge Leute gestanden, die ihr Briefchen für eine der Tänzerinnen und ein bißchen Geld zugesteckt und dafür von ihr verlangt hätten, sie solle ihnen eine Zusage bringen. Linda lachte, als sie das erzählte. Jetzt war sie anders, war ganz Linda; ich wollte wissen, inwiefern sie damals schon so gewesen war. Und Carletto erzählte kauend und rauchend ein bißchen davon. »Du, Lubriani«, sagte er, »hast ja manches geschafft, aber das nicht. Linda den Kopf zu verdrehen, hast du nicht fertiggebracht. Erzähl uns doch mal, Linda, wie oft er dir einreden wollte, du sollest tanzen, du sollest singen und dir einen Namen machen.«

»Er hat mir sogar versprochen, mich nach Paris mitzunehmen.«

»Du Schuft!«

»Ich wollte sie bloß ans Theater bringen«, behauptete Lubriani. »Das weißt du doch genau. Auch heute wäre das noch möglich.«

»Wir verzeihen dir, daß du sie hast entjungfern wollen. Das ist nicht weiter schlimm. Das mußt du ihm verzeihen, Linda. Aber wenn er wieder mit seinen Vorschlägen anfängt, müssen wir ihm klarmachen, daß es besser ist, sich aushalten zu lassen, als eine schlechte Sängerin zu sein.«

»Ich weiß noch gut«, sagte Linda, »wie sehr er mich damals eingeschüchtert hat.«

»Aber obwohl du erst fünfzehn Jahre alt warst, bist du nicht auf ihn reingefallen. Tja, Lubriani, da bist du einer begegnet, die weiß, was sie will. Mit allen geht das eben nicht.«

Lubriani bestellte Likör und schmunzelte vor sich hin. »Red nur nicht zu schweinisch daher«, ermahnte er Carletto, »Linda geht jetzt mit Pablo.«

Das nahm Carletto zum Anlaß, um mich zu fragen, was ich eigentlich mache, und zu erklären: »Ich habe am Meridiana angefangen.«

»Ich habe nie gesungen«, antwortete ich, »ich will nicht zum Theater.«

»Das kann ich verstehen«, erwiderte Carletto, »damit will ich sagen, daß ich aus Vanchiglia bin und in Turin alle meine Freunde habe. Als Junge habe ich Harmonika gespielt.«

»Und jetzt hast du deine eigene Truppe«, mischte Linda sich ein. »Hast du viel Erfolg damit?«

»Du weißt ja, wie es so geht«, antwortete er. Ich wußte schon, daß er sich mit seiner Lachlust in San Remo um einen Vertrag gebracht hatte. Eine Geschichte, bei der es um eine ausgehaltene Frau und einen faschistischen Funktionär ging. Alle waren gegen ihn gewesen, die Syndikate und die Polizei, und er hatte den ganzen Herbst zusehen können, wo er blieb. »Bis Allerheiligen war ich am Meer«, erzählte er uns. Seine Jacke glänzte nicht weniger als sein Gesicht. Er schien dauernd zu grinsen, denn er hatte um den Mund zwei Falten. »Du weißt ja, wie es so geht«, sagte er zu Linda. »Die Revue, die wir jetzt geben, hat ein richtiges Schwein geschrieben. Sogar die Juden kommen darin vor.«

»Ich freue mich, daß du deine Erfahrungen machst«, sagte Lubriani. »Du solltest eben nur als Komiker auftreten. Aus deinem Buckel Gewinn schlagen und als Komiker auftreten.«

»Willst nicht du vielleicht aus meinem Buckel Gewinn schlagen?« entgegnete Carletto. »Wann holst du uns nach Turin?«

Damit begannen sie den Vertrag zu besprechen, und Lubriani war wie ausgewechselt. Er legte seine Zigarette fort und bot uns nicht mehr zu trinken an. Linda rauchte und starrte an die Decke. Nur Carletto schnellte immer noch hoch wie eine Feder, zog auch uns ins Gespräch und knabberte Nüsse. Nach einer Weile fragte ich Linda, ob wir ein bißchen spazieren gehen wollten.

»Stimmt es, daß du Schauspielerin werden solltest?« Wir stiegen ein Gäßchen hinan, das steil war wie in den Bergen. Linda lachte mit ihrer verschnupften Nase. »Lubriani hat das gewollt. Dieser Narr.«

Da sagte ich ihr, ich sei wütend über das, was sie als kleines Mädchen durchgemacht habe.

»Was hast du denn geglaubt, wer ich sei?«

»Ich würde viel darum geben, wenn ich dich damals gekannt hätte. Du kanntest doch so viele Leute. Aber du hast nicht gewollt, nicht wahr?«

»Wie sollte ich denn Sängerin werden, wenn ich nicht singen kann? Ich bin doch nicht übergeschnappt.«

»Du siehst also ein, daß ich recht habe, wenn ich nicht Gitarre spielen will?«

Die Steige mündete auf eine Straße, die wie ein Balkon war. Dahinter lag eine Anhöhe, die nur aus Treppen und Häusern bestand. Vor uns, tief unten wie zuvor, sah ich das Meer.

»Aber du kannst doch spielen«, sagte Linda. Dann sah auch sie das Meer und hielt inne.

»Komm, wir rauchen eine Zigarette«, schlug sie vor und lehnte sich an das Geländer.

Ich zündete ihr eine an, und wir schauten auf das Meer hinunter.

»Ein herrlicher Tag«, sagte Linda. »Gestern Schnee und heute Sonne. Weißt du, ich ärgere mich über Carletto.«

»Wenn es schneit, bekommt das Meer dann eine andere Farbe?« unterbrach ich sie.

Wir mußten beide lachen.

»Ich habe es doch bisher nur im Kino gesehen«, erklärte ich ihr. Die Luft war lau, es roch nach Garten.

»Ist das der Geruch des Meeres?« Dann fuhr ich fort: »Carletto ist schön dumm, daß er von hier fort will.«

Linda fragte: »Magst du Carletto?«

»Hör mal«, schlug ich ihr vor, »nächsten Sommer kommen wir wieder hierher. Ich brauche Geld. Ich will etwas tun, damit ich mit dir zusammen sein kann. Verschaff mir doch eine Arbeit in deiner Schneiderei, irgend etwas. Ich reise, ich fahre mit der Bahn herum. Wenn Amelio das getan hat, kann ich es auch. Ich möchte Tag und Nacht mit dir zusammen sein.«

Linda ließ sich, an das Geländer gelehnt, küssen; aber ihren Mund gab sie mir nicht, ich durfte nur ihre Augen mit den Lippen berühren.

»Laß uns einen Kaffee trinken gehen«, bat sie leise.

Im Café sprachen wir wieder über Carletto. »So ein Glücksmensch«, sagte sie, »läßt sich einer bloßen Laune wegen an die Luft setzen. Auch Lubriani sagt er immer alles offen ins Gesicht. Es ging ihm so gut, aber nein, er mußte sich mit der Partei anlegen.«

»Aber jetzt hat er doch wieder Arbeit.«

»Wer damit anfängt, ist verloren. Hör mal«, fuhr sie fort und nahm meinen Arm, »versprich mir, daß du nie etwas gegen die Partei unternimmst.«

Sie sah verstört aus. Ich weiß nicht, ob sie nur zum Spaß so tat. Ich beruhigte sie lachend.

Dann kehrten wir in unsere Gasse zurück. Lubriani und Carletto waren von Flaschen umringt, vor ihnen lag ein Haufen von Fotografien.

»Wer ist die hier?« fragte Lubriani.

»Die und die.«

»Die hat ja keine Beine.«

»Ich auch nicht.«

Linda sagte, sie sollten aufhören und mit uns spazierengehen. Carletto lachte ärgerlich. »Du bist doch gekommen, um uns zu holen. Du weißt also, daß wir unser Geld wert sind. Dann mußt du auch nehmen, was ich dir biete.«

»Zeig uns doch mal Dorina«, bat Linda.

»Das sieht man doch, wo du die aufgelesen hast«, behauptete Lubriani.

Carletto gab keine Antwort, sondern grinste nur. Er stand auf, packte die Fotos zusammen, nahm Lindas Hand und fragte mich: »Gehen wir ein bißchen Musik hören?« Ich wandte mich an Lubriani: »Gehen wir?«

Wir stiegen alle in den Lancia, ich neben Lubriani. Wir bogen in den Korso von vorhin ein und fuhren ein Stück am

Meer entlang. Hinter uns redete Carletto, als sei nichts gewesen; er erzählte Linda, er wolle sich verändern und zurück zum Varieté. Lubriani sagte: »Damit tätest du mir einen großen Gefallen.«

Vor einem Lokal am Meer hielten wir. Durch die großen Fenster sah man hinaus in die Sonne und aufs Wasser. Ich wunderte mich, daß die Leute trotzdem so tanzten, als seien sie in Turin.

Lubriani sagte: »Du hast das doch vorgeschlagen, jetzt tanz auch mit Linda, dann sehen wir weiter.«

»Ich weiß, daß du scharf auf Linda bist«, entgegnete Carletto, »aber Linda weiß, was sie will.«

Er blinzelte mir zu, erhob sich und forderte Linda zum Tanzen auf. Der bucklige Rücken, um den Linda ihren Arm legte, machte mir Eindruck. Die Leute schauten sie an. Dabei kam mir in den Sinn, daß auch Amelio ein Krüppel war.

Lubriani erklärte: »Und wir trinken jetzt was, mein Lieber.«

Lachend kamen Carletto und Linda zurück. Sie hatten eine Blonde mit einem dunkelhäutigen Mann im Smoking tanzen sehen und meinten: »Zusammen gibt das Milchkaffee.«

Ich tanzte mit Linda und sagte ihr dabei: »Carletto gefällt mir.« Dann lagen wieder die Fotos zwischen den Tassen. Linda schaute sie noch einmal durch. Ich sah, wie senkrecht unter unserem Fenster die Wellen sich an den Felsen brachen. Dann schaute auch ich ein paar Fotos an. »Das ist sie«, sagte Carletto. Sie war rund und üppig und trug aus Pikanterie einen Pelz auf der nackten Haut. »Das ist Dorina.« Auch Lubriani sah sie sich genau an. Linda sagte: »Die solltet ihr auf Diät setzen.«

Und Carletto: »Ich verstehe das nicht, je weniger sie zu essen bekommt, desto fetter wird sie.«

»Alle auf keinen Fall«, sagte Lubriani in den Rauch seiner Zigarre hinein. Er nahm das Foto eines Schauspielers: »Ach, das bist du«, sagte er, ohne es näher anzuschauen.

Dafür schauten Linda und ich es an. Er war in Schwarz, elegant, wie ein Tänzer frisiert und beugte sich nach vorn. Man hätte Carletto kaum wiedererkannt. »Da drauf ist er aber schön«, sagte ich. Linda lachte. »Was bildest du dir eigentlich ein? Daß nur du schön bist?«

Carletto und Lubriani sprachen über eine Gruppe von Mädchen. »Zwei davon sind nicht mehr bei mir. Sie haben ihren Beruf gewechselt.«

»Wieviel sind denn noch übrig?« fragte Lubriani.

Letzten Endes wollte er nur Carletto haben, der zu ihm sagte: »Komm doch mal und hör sie dir an.«

»Das würde mir gerade noch fehlen. Frauen bekommt man doch überall. Davon gibt es genug.«

Ich schaute zum Meer hinunter, hörte der Kapelle zu und dachte an den nächsten Sommer. Meine Gitarre kam mir in den Sinn. Ich wäre gern um Mitternacht mit Linda an den Strand gegangen, hätte gespielt, sie umarmt und wäre allein mit ihr gewesen. In der Nacht, in der sie ihren Schal verloren hatte, war sie allein am Strand. Wenn es nur erst Sommer wäre ...

Carletto erklärte: »Ich sag dir doch, ich habe meine Verpflichtungen. Ich kann sie nicht einfach im Stich lassen. Willst du das endlich begreifen?« Er lachte böse.

Und Lubriani: »Da hast du doch den Beweis. Du solltest nur als Komiker auftreten und aus deinen Fähigkeiten Gewinn schlagen. Habt ihr zu essen, ja oder nein? Das ist doch der springende Punkt. Wenn ihr nichts zu essen habt, seid ihr selbst schuld.«

Carletto entgegnete: »Aber die Revue ist wirklich schön. Selbst den Zeitungen hat sie gefallen.« Und er kramte ein paar Zeitungen hervor.

Lubriani drückte seine Zigarre aus und schaute sich um. »Wollt ihr nicht tanzen?« fragte er mich. »Wieviel Uhr ist es eigentlich?«

Als wir vom Tanzen zurückkamen, hatten sie abgeschlossen. Lubriani schraubte seinen Füller zu, und Carletto starrte in sein Glas. Am Wagen trennten wir uns. »Ich verabschiede mich«, sagte Carletto leicht. »Komm bald«, erwiderte Linda so fröhlich, wie nur Frauen das können, dann kroch sie unter die Decken. So fuhren wir noch im Sonnenschein ab, und das letzte, was ich sah, waren die kahlen Kuppen, die wie Asche aussahen.

Als wir in Turin ankamen, war es Nacht. Wir setzten Linda vor ihrer Haustür ab. »Ich fühle mich so schlecht«, sagte sie und verschwand, die Nase tief im Mantelkragen vergraben. Lubriani schlug vor: »Wir gehen jetzt abendessen.«

»Ich habe keinen roten Heller mehr.«

»Das spielt doch keine Rolle.«

Im Lauf des Abends sagte er, er befürchte, an Lindas Erkältung schuld zu sein. »Erst gestern war ich mit ihr im Schwimmbad. Gehst du eigentlich nie dorthin? Ach richtig, man muß dazu ja Mitglied sein. Es ist nur für einen exklusiven Kreis. Geheizt ist es zwar, aber seine Erkältung hat man doch schnell weg . . . Wußtest du das nicht? Erzählt sie dir so was denn nicht?«

Als er merkte, daß er mich in der Hand hatte, kannte er keine Hemmungen mehr.

»Linda redet von vielem nicht, aber sie tut es. Das braucht sie einfach. So wie du das Rauchen. Sie denkt nicht zweimal darüber nach. Denkst du vielleicht zweimal darüber nach, ehe du an deiner Zigarette ziehst?«

Er öffnete den Mund und ließ den Rauch langsam entweichen.

»Hast du schon mal beobachtet, wie Linda mit jemandem redet? Als zöge sie an einer Zigarette. Auch mit dir. Hast du dir darüber noch nie Gedanken gemacht? . . . Sie sieht aus, als warte sie auf etwas«, sagte er schroff, »sie sieht aus, als erwarte sie ein Wort oder sonst was. Dabei hat sie dich längst hintergangen.« »Schade, daß du kein Geld hast«, fing er wieder an. »Denn, glaub mir, Frauen sind nur auf Geld aus. Bist du eigentlich sicher, daß sie vor dir nicht jemand besseren hatte?«

»Und wenn schon?« warf ich ein.

»Du wirst doch nicht glauben, daß du sie interessierst, weil du für sie Gitarre spielst? Das wäre ja lächerlich. Eine Gitarre ist Schall und Rauch. Du verkaufst doch Tabakwaren, du müßtest das eigentlich wissen.«

Halt den Mund, dachte ich, halt bloß den Mund. Aber er bezahlte das Essen, und so mußte ich ihn anhören.

»Das weiß ich alles längst«, sagte ich gefaßt und leise. »Ich weiß es besser als jeder andere. Aber was spielt das schon für eine Rolle?«

Er begann zu lachen und behauptete, er habe nur Spaß gemacht. »Man kann nicht dauernd zusammensein, das ist nun mal so. Aber sie war dann immer nur bei mir. Linda ist eine Frau, trotzdem glaube ich, daß sie mit mir aufrichtig ist. Wenn sie dir nicht gesagt hat, daß sie im Schwimmbad war, dann ist sie eben nicht dort gewesen. Seit wann kennst du sie, Pablo?«

Ich antwortete nicht und schaute ihn an. Wir sahen einander an. Ich fragte, ohne dem viel Nachdruck zu geben: »Und was ist, wenn Frauen nicht aufs Geld aus sind?«

»Haha«, lachte er befriedigt und rief nach dem Kellner. »Die sind auf vielerlei aus. Nicht nur aufs Geld. Hör zu«, sagte er, als ginge es um ein Geschäft, »ich mache keine Ausnahme. Bei mir müssen die Frauen sich ausziehen, damit ich weiß, woran ich bin. Und sie ziehen sich alle aus. Ohne zu zögern. Eine Frau, die weiß, was sie wert ist, zieht sich aus. Aber das bedeutet gar nichts. Im Grunde wollen sie etwas anderes. Sie haben alle ihren Ehrgeiz. Manche wollen was fürs Herz. So verrückt sind die. Hast du je eine betrunkene Frau gesehen? Manche nehmen sich nur, um dich zu ärgern, einen anderen Freund. Und spucken aufs Geld.«

»Um so besser«, sagte ich.

Er legte seine Hand auf die Rechnung und zahlte.

»Ich wollte dir übrigens noch sagen«, erklärte er beim Hinausgehen, »daß die Idee, mit deiner Gitarre im Theater aufzutreten, reiner Blödsinn ist. Hast du an deinem Salz und deinem Tabak denn nicht genug?«

Am nächsten Tag ging ich schon früh zu Linda und mußte dazu zwischen all den Näherinnen hindurch. Sie verlangte, ich solle die Tür schließen, wollte aber nicht, daß ich zu ihr ins Bett kam.

»Ich habe Fieber«, behauptete sie.

Ich erwähnte das Schwimmbad nicht, und sie schob es auf die Sonne in Genua und die Kälte auf der Fahrt. »Du bist sicher froh, daß ich krank bin«, sagte sie, »jetzt kannst du mich hier behalten und mich verprügeln. Hat dir Carletto gefallen?«

»Wir reden immer nur über andere Leute.«

»Wer redet denn von ihnen?«

»Gestern Carletto. Und der Dingsda auch. Dauernd.«

»Wovon sollen wir sonst sprechen?«

»Nie sind wir beide ganz allein.«

»Wo du doch heute früh hier bist. Paßt dir das etwa nicht? Dann geh doch.«

Ich fragte: »Was hast du eigentlich? Was willst du?«

Hätte ich ihr doch an diesem Morgen alles gesagt. Ich saß auf ihrem Bett und redete. Sie nahm meine Hand und legte sie auf ihre Wange. Ich beugte mich zu ihr herab, um sie zu küssen.

»Ich stecke dich mit meiner Erkältung an.«

Ich legte meinen Kopf auf ihr Kissen und bat leise: »Laß uns heute den ganzen Tag zusammenbleiben.«

»Und dann?«

»Und dann suche ich mir eine Arbeit und heirate dich.«

»Bravo«, rief sie lachend.

Ich schmiegte mein Gesicht dicht an das ihre und sagte nichts mehr. Nach einem Weilchen fing sie wieder an: »Wir sind doch schon zusammen? Was willst du denn sonst noch?«

Ich gab keine Antwort.

Linda rührte sich nicht mehr und atmete nur. So blieben wir wer weiß wie lange. Dann suchte Linda unter dem Kopfkissen nach ihrem Taschentuch. Ich mußte ein bißchen zur Seite rücken, und sie sagte in aller Gelassenheit:

»Mir gefällt das Leben, das ich führe. Warum soll ich es ändern? Du mußt dich an mein Leben gewöhnen. Ich möchte weder von dir noch von anderen abhängig sein. Und auch du sollst dich nicht von mir abhängig machen. Bist du etwa eifersüchtig?«

»Aber du hast recht«, fuhr sie nach einer Weile fort, »ich möchte den sehen, der nicht eifersüchtig wäre. Auch ich bin eifersüchtig. Du mußt eben etwas tun und nicht daran denken. Warum spielst du nicht Gitarre? Für dich ist das doch wie Arbeit, sonst hast du ja keine. Du könntest ein guter Solist werden.«

Ein bißchen später klopfte es an die Tür, und eine Brünette im Arbeitskittel fragte Linda, ob sie Kaffee wolle, »Kaffee macht er mir«, antwortete Linda, »er ist mein Arzt.« Das Mädchen lachte und ging wieder.

Von diesem Tag an begann ich Arbeit zu suchen. Ich war dauernd unterwegs und kam nur in den Laden, um ihn sofort wieder zu verlassen. Wieder wurde von Amelio gesprochen, und ich erschrak bei dem Gedanken, er könne vor dem Ladenfenster auftauchen, sich an die Tür lehnen und auf mich warten. Seine Mutter sagte im Laden, ausgehen hätte er nur können, wenn sie einen Aufzug gehabt hätten. »Die sollten ins Erdgeschoß ziehen«, meinte eine Frau, die das hörte. Ich wußte also, daß Amelio nicht zu mir kommen würde, trotzdem schaute ich nach der Tür. Schließlich ist er selbst an allem schuld, dachte ich. Ich fand keine Arbeit, aber ich wußte, daß er an meiner Stelle eine gefunden hätte. Selbst im Bett tat er irgend etwas, sonst wären sie schon längst auf die Straße gesetzt worden. Er kaufte und verkaufte, das schien mir sicher.

Linda blieb ein paar Tage auf ihrem Zimmer, und die Mädchen aus der Schneiderei kamen und fragten sie um Rat. Einmal erschien eine Dame, um sich ein Kleid machen zu lassen, und wollte unbedingt Linda sprechen – nur auf sie könne man sich verlassen. Sie schauten sich zusammen die Abbildungen in den französischen Modezeitschriften an; Linda schickte die Mädchen hin und her, das konnte sie ausgezeichnet, sie kommandierte vom Bett aus und lachte immer dabei; sie sprach mit ihnen von großen Damen, Schauspielerinnen und Sportmoden. Im übrigen hatte Linda in ihrem Zimmer einen Spiegelschrank und einen eleganten Toilettentisch mit Kämmen und Bürsten, die aussahen wie Dinge aus der Kristallbar oder aus einer Parfümerie. Auch ich ziehe mich gern gut an, aber für Linda bedeutete das noch mehr; sie ging ganz darin auf und redete nur darüber. Sie sagte: »Hätte ich nur eine eigene Wohnung! Dann solltest du mal sehen.« Wenn wir zusammen durch die Stadt bummelten, blieb sie vor den Schaufenstern stehen und wußte, wo es die feinsten Sachen gab, kannte bestimmte Läden, an denen ich achtlos vorüberging. Mit ihr durch die Straßen zu schlendern, war immer ein Vergnügen; hätte auch ich einen Lancia gehabt, wären wir nicht von reichen Leuten zu unterscheiden gewesen. Linda besaß einen schönen Lederkoffer mit Metallbeschlägen und sagte zu mir: »Es ist schon so lange her, daß ich keine Reise mehr gemacht habe.«

Als sie wieder gesund war, nahm ich sie zum Abendessen mit hinunter. Wir gingen in das Restaurant, in dem ich mit Lubriani gewesen war. »Das erstemal, daß wir beide allein essen gehen«, sagte sie. Sie stürzte sich so ausgehungert auf das Essen und hatte dabei so gierige Augen, daß einem ganz anders wurde. »Ich reise so gern«, sagte sie, »du ahnst ja nicht, wie schön es ist, abends in einer fremden Stadt anzukommen.«

»Allein verreisen«, schwärmte sie, »anders leben, anders wohnen, in eine andere Stadt kommen. Alles stehen und liegen lassen und für einen Monat oder ein Jahr ein anderer Mensch sein.«

»Du bist doch auch so immer wieder anders«, erwiderte ich.

Sie lachte. Wenn ich wollte, brachte ich sie zum Lachen. Es war wie beim Musizieren. Bestimmte Griffe, bestimmte Wendungen und Triller macht man zum Spaß, um die Zuhörer mitzureißen. Wie wenn man jemandem zublinzelt und dann so tut, als sei nichts gewesen. Schließlich macht man das, ohne daran zu denken. Linda verstand das. Sie sah mich an. Als zöge sie an einer Zigarette. Sie legte ihre Hand auf meinen Arm und sah mich an. In solchen Augenblicken hätte ich zu ihr sagen können: »Komm mit mir ins Bett.« Und sie hätte es getan.

»Wenn ich erst Geld verdiene«, prahlte ich, »dann fahre ich mit dir ans Meer.«

»Wer sagt dir denn, daß ich nächstes Jahr ans Meer fahren will?« fragte sie lachend.

An diesem Abend schneite es, trotzdem gingen wir ins ›Paradies‹ tanzen und versanken auf dem Weg dorthin tief im Schnee. Linda meinte: »Jetzt brauchten wir Lubriani.« Statt dessen trafen wir Lili, die selig tanzte, mir zuwinkte und etwas in die Musik hineinschrie. »Wehe dir«, sagte Linda und schleppte mich ans andere Ende des Saales. Wir blieben den ganzen Abend allein und tanzten und lachten. Sie erzählte mir, wie sie einmal in San Remo ganz allein vom Boot aus gebadet habe. Weit draußen habe sie dann ihren Badeanzug ausgezogen, um sich am ganzen Körper zu sonnen. »Das tut gut«, sagte sie. »Wir sollten allesamt immer nackt sein. Wenn die Leute nackt auf die Straße gingen, stünde es besser mit ihnen.«

»Gehst du denn auch ins Schwimmbad?«

»Dort ist mir das Wasser zu schmutzig.«

Schließlich brachen wir auf; unter den Bäumen lag Schnee und Eis, und wir schauten bei den Autos nach, ob wir den Lancia entdeckten. Aber dann mußten wir doch mit der Straßenbahn zurückfahren. Ich rauche gern, wenn es schneit, deshalb bummelten wir durch die Kolonnaden, bis ich mit meiner Zigarette fertig war, und gingen danach in ein Café.

»Was sagen sie denn bei dir zu Hause dazu, daß du dich dauernd herumtreibst?«

»Wenn ich mal da bin, öde ich sie mit meiner Gitarre an. Ich übe dauernd. An einem der nächsten Abende will ich dir mal vorspielen.«

»Du solltest zum Varieté. Aber du kennst es ja überhaupt nicht. Du solltest es bei Lubriani versuchen.«

»Ich mag Lubriani nicht.«

Wir standen vor ihrer Haustür. »Kommst du mit hinauf?« fragte sie.

So vergingen die Tage, und ich wußte, daß mittags Lubriani mit ihr in die Bar ging. Sie selbst erzählte es mir, wenn sie abends mit mir ausging, und ich hätte eifersüchtig sein sollen, brachte es aber nicht fertig. Was konnte sie an ihm schon finden außer seinem Geld? Wenn sie mit mir ging, dann tat sie es nicht des Geldes wegen.

Amelio hatte ich beinahe vergessen. Ich dachte nur noch an ihn, wenn ich das Haus verließ und den Korso entlangbummelte. Mittlerweile lebte ich so wie er zu der Zeit, als er noch mit Linda herumfuhr und arbeitete. Nur daß ich keine Arbeit hatte. Zu Lubriani wollte ich nicht. Ich sagte Linda, sie solle ihm nicht weiter damit in den Ohren liegen. »Wie du willst«, antwortete sie, »aber das wäre die einzige Möglichkeit gewesen.« – »An seiner Stelle«, erwiderte ich, »täte ich alles, um einen Pablo loszuwerden.« – »Du Trottel«, erwiderte sie, »gerade darum muß er dir doch helfen. Würdest du mir nicht auch einen Gefallen tun, wenn ich dich darum bäte?«

»Er weiß genau«, fuhr sie dann fort, »wenn du erst mal Erfolg hast, verdreht dir das den Kopf, und du denkst nicht mehr an mich.«

»Ich will aber keinen Erfolg.«

»Du wirst aber welchen haben«, sagte Linda unbeirrt. »Du bist noch jung. Und die Liebe ist kein Inhalt für ein ganzes Leben.«

»Man ist aber doch der Liebe wegen zusammen.«

»Mein Gott«, seufzte Linda.

»Gewiß nicht nur der Liebe wegen. Man ist eben zusammen. Das ist etwas anderes.«

»Siehst du«, sagte Linda, »daß das nichts mit Liebe zu tun hat?«

Fast jeden Abend sprachen wir über diese Dinge, und tagsüber ging ich auf Arbeitssuche. Ich war bei Amelios früherem Chef gewesen, der Motorräder reparierte, kaufte und verkaufte und auf der Autobahn Lastwagen fahren hatte. »In die Werkstatt schon morgen«, hatte er gesagt. »Aber ans Steuer kommt mir keiner, der nicht wenigstens dreißig ist. Du bist wohl verrückt? Narren kann ich keine gebrauchen.« Ich schlug ihm vor, mich als Beifahrer auf einem Lastwagen zu lassen, damit ich mir eine Vorstellung davon machen könne. »Du spielst mir zuviel Gitarre«, antwortete er, »du würdest die Jungs zum Trinken verleiten.« Hätte ich gewagt, zu Amelio zu gehen, dann hätte ich ihn gebeten, sich für mich zu verwenden. Er kannte alle in der Werkstatt und auf der Straße. Früher hätte er mir geholfen, dachte ich. Früher. In der Fernfahrerkneipe kannte ich den und jenen. »Eine böse Jahreszeit«, meinten sie, »man erkältet sich bloß. Hast du denn überhaupt einen Führerschein?«

»Genügt dir der Laden nicht mehr?« hieß es zu Hause. »Was bildest du dir eigentlich ein?«

Ich suchte Arbeit, damit ich Gitarre spielen und mit Linda zusammensein konnte. Eine Werkstatt war auch nicht besser als der Laden. Hinauskommen wollte ich und unabhängig sein. Ich sah mir die Gesichter in der Fernfahrerkneipe an. Das waren Leute, die manchmal ganze Nächte lang aufblieben. Fernfahrer verdienten gut und spielten hoch. Früh morgens, abends und nachts kamen sie an. Dabei kam mir der Morgen wieder in den Sinn, als ich in der Bar Milch und Schnaps getrunken hatte. Wenn man arbeiten wollte, das wußte ich, mußte man sich ins Zeug legen. Ich war bereit, Linda schon vor dem Morgengrauen zu verlassen.

Ich konnte keinen Lastwagen fahren und hatte keinen

Führerschein. Eines Abends, als ich sowieso allein war, ging ich mit Lario in die Kneipe und nahm meine Gitarre mit. Der Kellner stellte das Radio ab; ich saß vor einem Glas und spielte darauf los. Ich hörte, wie jemand sagte: »Das ist der aus dem Tabakladen.« Manche Gesichter kannte ich. Schließlich fand sich jemand, der singen wollte, und wir bestellten noch einmal Wein. Blond war er und hieß Milo und griff sich meine Gitarre. Ein baumlanger Kerl mit verwaschenen Zügen. »Sing du nur«, sagten sie zu ihm, »und laß den da spielen.«

Am Tag darauf saß ich mit Milo und einem älteren Autoschlosser auf einem Lastwagen. Wir sollten Schwefelsäcke nach Casale bringen. Mit eingeschalteten Scheinwerfern fuhren wir im Nebel los. »Wenn es aufklart«, sagte Milo, »laß ich dich mal fahren.« In Trofarello kam die Sonne heraus. Ich setzte mich ans Steuer. Es war, als führe ich ein ganzes Haus spazieren. Bergab war es allerdings scheußlich. »Du wirst sehen, in der Provinz Alessandria sind die Straßen besser.«

»Gebt acht auf die Miliz«, warnte uns der Autoschlosser.

Zum Glück hatten wir keinen Anhänger. »Falsch machst du es noch beim Schalten«, erklärten sie mir, »man merkt, daß du bisher nur einen Ballila gefahren hast.«

An diesem Tag saß ich, wenn die Straße gut war, noch öfter am Steuer. Milo sagte: »Wenn du doch deine Gitarre mitgenommen hättest.«

»Ein andermal.«

In Moncalvo hielten wir. Überall lag Schnee. Ich begann zu verstehen, warum man zum Fahren eine Brille braucht. Die Straße war ein einziger Morast. Wir aßem im Warmen einen Happen, tranken dann ein Glas Wein und sprachen von den Fahrten, die sie schon hinter sich hatten. Milo war einmal sogar bis nach Rom gekommen. »Dabei verdient man gut«, sagte er, »aber zurücklegen kann man nichts.« Ich zog ein volles Päckchen aus der Tasche und bot ihnen zu rauchen an. »Ich war schon in Spanien«, erzählte der Autoschlosser, »aber bei denen ist das ganze Benzin draufgegangen, um die Häuser anzuzünden.«

Da blinzelte Milo ihm zu. »Auch auf der anderen Seite machen von unseren Leuten welche mit.«

Der Autoschlosser erklärte: »Hier im Lokal sind Schlägereien verboten. Aber wir können ja auf die Straße hinaus.«

In Casale war es wieder neblig und matschig. Wir mußten einen anderen Lastwagen übernehmen. Mit einer Ladung Zement sollten wir zurück nach Turin. Ich wäre gern ein bißchen herumgebummelt und hätte mich umgeschaut, aber die anderen meinten: »Es ist gescheiter, wir wärmen uns auf.« Sie kannten eine gute Wirtschaft, und wir aßen und tranken zügig. Dann machten wir noch ein Spielchen.

Schließlich fuhren wir wieder los, aber jetzt war etwas mit dem Motor nicht in Ordnung. Schon vor Asti machte er Zicken. Es blieb uns nichts übrig, als uns eine Stunde in den Schnee zu stellen und uns die Hände an den Werkzeugen zu verbrennen. Ich kochte innerlich. Heute abend würde ich Linda nicht sehen. Endlich begann der Motor zu summen. Wir wischten uns die Finger im Schnee ab, trockneten sie und fuhren los. Als wir nach Turin kamen, war es schon lange Nacht, Linda wartete an der Tür. Ein paar Tage lang verzichtete ich auf weitere Fahrten und ging nur in die Werkstatt.

Linda ließ es sich gefallen, daß Lubriani hinter ihr her war, sie ließ es sich lachend gefallen, und manchmal sprachen sie sogar miteinander davon. »Es ist doch zum Lachen«, sagte sie dann, »daß wir beinahe Haus an Haus wohnen und keiner vom anderen wußte.«

»Das verdanken wir alles Pablo«, meinte Linda.

Lubriani war immer elegant. Aber wenn er sich nicht hätte massieren lassen, gut angezogen und über und über parfümiert gewesen wäre, so hätte er mit seinen fünfzig Jahren auf dem Buckel und bei seiner Lust, zu essen und sich zu betrinken, ausgesehen wie ein Schwerarbeiter. »Man muß eben ins türkische Bad«, pflegte er zu sagen, »und alles ausschwitzen.«

Eines Nachts fragte ich Linda, ob sie ihn je in Badehosen gesehen hätte. »Gefällt er dir?« fragte ich sie. »Der ist doch sicher sogar auf dem Rücken behaart.«

»Der Ärmste«, entgegnete Linda, »wahrscheinlich ist er so glatt und rosig wie ein Baby.«

Sie sagte oft zu mir, trotz all seinem Geld sei er im Grunde ein armer Teufel. »Die Clari hat ihn sitzen lassen. Erst hat sie sich die Einkünfte aus einem Theater gesichert, und dann ist sie auf und davon. Wenn er eine von uns wiedertrifft, die er als kleine Mädchen gekannt hat, dann läuft er uns nach wie ein Hund. Er ist ein guter Kerl. Und arbeitet. Alle wollen Geld von ihm, und er arbeitet.«

»Das sieht man.«

»Du Schlaukopf. Weißt du eigentlich, daß er überall Theater besitzt? Und dabei hat er mit nichts angefangen. Seine Arbeit ist nicht so wie unsere. Er telefoniert und reist herum. Und gibt den Leuten Arbeit.«

»Er lebt auf Kosten anderer.«

»Du Dämlack. Solche Leute muß es doch geben.«

Um mit Linda ausgehen zu können, ertrug ich auch ihn. Ein paar Schritte vom Varieté entfernt gab es ein Lokal, in das man um Mitternacht ging, um einen letzten Likör zu trinken, der Musik zuzuhören und bis zum Morgen herumzusitzen. An den Abenden, an denen es in Lindas Schneiderei spät wurde, wartete ich in diesem Lokal auf sie. Um diese Zeit war es voll von angehenden Schauspielerinnen, Akrobaten, Zauberkünstlern, Kellnern außer Dienst, Kutschern und Mädchen. Es war, als nehme man hinter den Kulissen am Varieté teil. Hin und wieder stand eine Frau, ein Mann oder eine ganze Artistenfamilie auf und lief ins Theater hinüber. Die einen rauchten, die anderen unterhielten sich und wieder andere aßen. Für viele bestand das Abendessen nur aus Brot und Milchkaffee. Kinder rannten herum. Ab und zu machte so ein Unglücksbursche sich an ein Mädchen heran. Das Mädchen redete quer durch den Saal mit dem Barmann, fragte ihn etwas und zog ihn auf. Der Gast lachte und versuchte auch einen Scherz; dann wechselte das Mädchen die Stellung seiner Beine. Kurz darauf standen beide auf und verließen das Lokal.

Dieses Lokal hieß ›Mascherino‹. Gegen Morgen wurde es geschlossen, die Musik begann zu spielen, aber dann brauchte man nur durch den Hof zu gehen und an einen Fensterladen zu klopfen. Ein wenig Licht sickerte immer in diesen Hof. Kam man mit Lubriani, wurde man immer zuvorkommend behandelt und bekam einen Tisch im Halbdunkel hinter einem Kübel mit Pflanzen, wo die Pärchen einen nicht stören.

»Gehört dir das denn auch?« fragte Linda Lubriani, als wir zum erstenmal dorthin gingen.

»Dann wäre es besser in Schuß«, antwortete er. »Ich würde den ganzen Dreck und das Pack hier hinauskehren. Einen Monat bliebe es geschlossen. Und dann Kellner in weißer Jacke, Jazzkapelle und indirektes Licht.«

»Es hat aber doch auch seine Reize so, wie es ist«, entgegnete Linda.

Eine Frau spielte verrückt und tanzte allein vor der Kapelle, die nicht mehr spielte. Die Musiker wischten sich den Schweiß von der Stirn, und die Leute – es waren nur noch wenige, die im ganzen Raum verstreut herumsaßen – warteten darauf, daß sie wieder anfingen. Vier oder fünf junge Leute und ihre erhitzten Mädchen schlugen auf den Tischen den Takt für die einsame Tänzerin, die ab und zu einen schrillen Schrei ausstieß wie auf der Bühne.

»Sorg doch dafür, daß er jemanden zum Tanzen findet«, sagte ich heimlich zu Linda.

Linda lachte und antwortete, sie wolle weder mit mir noch mit ihm tanzen. Wir blieben also am Tisch sitzen, und Lubriani redete.

Er meinte, wenn er Frauen sähe, die allein das täten, was man nur zu zweit tun soll, dann drehe ihm das den Magen um. Im Theater möge so was noch hingehen, dort handele es sich ja um ein Schauspiel, aber eine Frau, die in einem Lokal den Kopf verliere, sei nicht ganz bei Troste.

»Dabei magst du doch betrunkene Frauen.«

»Wenn man zu zweit ist. Dann schon. Vor allem, wenn dazu noch einer Musik macht. Aber allein ist das doch kein Vergnügen. Pablo ist jung und kann sich so was noch leisten. Aber wir nicht.« – »Du Scheusal«, sagte Linda.

Einen Augenblick schwieg er und ließ den Kopf hängen. Dann lachte er und erklärte im Brustton der Überzeugung: »Meine Liebe, wir ähneln uns in vieler Hinsicht. Eine Frau ist immer älter als ihre Jahre. Wir beide wissen, wie die Dinge laufen. Und wohin sie führen. Und was dahintersteckt. Wir beide haben schon viel erlebt.«

Ich schaute ihn an und überlegte, daß Frauen doch

merkwürdig sind. Auch wenn es nur um wenige ging. Nur um Linda. Wenn für sie wirklich alle Männer gleich sind, könnten sie sich doch genauso gut nur einem einzigen hingeben und ihm treu sein wie ein Hund seinem Herrn. Aber nein, sie wollen immer die Wahl haben, und diese Wahl treffen sie, indem sie mit allen was anfangen, mit allen spielen und bei allen ihren Vorteil suchen. So ist keiner glücklich, und am Ende haben auch sie selbst keinen wirklichen Freund.

»Linda«, schlug ich vor, »heute abend erzählt mal jeder, wo er im nächsten Jahr sein wird. Ob er dann glücklich ist. Mit wem er den Abend verbringt und wie. Einverstanden?«

»O ja«, antwortete Linda. »Wer fängt an?«

»Oder, wenn ihr lieber wollt, kann jeder auch erzählen, was er im vergangenen Jahr gemacht hat. Am zwanzigsten abends. Wie er diesen Abend verbracht hat und mit wem. Das geht leichter.«

»Wer soll sich daran schon erinnern?« brummte Lubriani.

»Aha«, rief Linda, »du hast diesen Abend so verbracht, daß du dich nicht mal daran erinnerst. Also war das auch kein Vergnügen.«

»Wer behauptet denn, daß es ein Vergnügen war?« fragte ich Linda. »Vielleicht hat er bloß auf jemanden gewartet. Oder er saß in der Bahn, und es kam zu einem Zusammenstoß. Oder er hat sich des schlechten Wetters wegen gar nicht aus dem Haus getraut.«

Lubriani lachte vor sich hin. Er kniff die Augen zusammen und schaute uns an. »Am zwanzigsten abends?« sagte er dann ganz ernst. Er griff in seine Tasche und zog ein Notizbuch heraus. Linda rief: »Wie schön.« Lubriani blätterte, als handle es sich um etwas sehr Wichtiges. »Am zwanzigsten ... am zwanzigsten«, murmelte er. »Wie schade, das war im Jahr zuvor.«

»Laß mich sehen«, bat Linda.

Aber Lubriani hob die Hand und brachte sein Notizbuch in Sicherheit. »Zeig es mir doch«, bettelte Linda. Sie warfen ein Glas um.

»Das mußt du mir büßen«, schrie Linda.

»Da stehen doch nur geschäftliche Dinge drin.«

»Dann sag uns, was letztes Jahr war.«

Lubriani blätterte hinter vorgehaltener Hand. Halb ernsthaft, halb zerstreut murmelte er Namen vor sich hin: »Buchhalter..., Meister..., die ganze Nacht... telefoniert... Doktor..., Meister... Florenz... Zimmerpflanze... Chianciano... die ganze Nacht...«

»Laß mich sehen, was du gestern abend eingetragen hast.«

Aber Lubriani wollte nicht und steckte sein Notizbuch wieder fort.

»Erzähl du doch mal, was du letztes Jahr am zwanzigsten abends gemacht hast. Los, Linda.«

Linda zog ein Gesicht und murmelte, sie führe schließlich kein Tagebuch. »Selbst von diesem Jahr habe ich schon fast alles vergessen. Das war alles umsonst. Ich erinnere mich an nichts mehr.«

»Es braucht ja nicht genau am zwanzigsten gewesen zu sein«, räumte ich ein. »Nur etwa um diese Zeit, irgendwann im Dezember.«

»Da habe ich gearbeitet.«

»Tag und Nacht?« fragte Lubriani.

»Weiß der Himmel, was ich sonst noch gemacht habe. Man erinnert sich eben nur an die Dinge, die man dauernd tut. Alles andere verblaßt. Was man geredet und geglaubt hat, davon bleibt nichts zurück. Ich erinnere mich an einen Morgen, der Nebel war dick wie Watte, es war, als sei die ganze Welt untergegangen. Nicht mal seine eigenen Schritte hörte man... daran erinnere ich mich noch.«

»Mit wem warst du denn in dieser Nacht unterwegs?«

»Das ist doch egal«, sagte Lubriani, »wir erzählen doch sowieso nur Geschichten.«

Mich fragten sie nicht nach meinen Erinnerungen. Ob mir das recht war, weiß ich nicht mehr. Linda beugte sich über den Tisch und schlug vor: »Jetzt wollen wir auch noch das andere Spiel spielen. Was wir im nächsten Jahr tun werden.«

Das verrückte Frauenzimmer hatte mit seiner Vorstellung längst aufgehört. Einige Paare tanzten. Es mochte gegen drei Uhr morgens sein, und der Saal war fast leer. Die Hälfte der Musiker schlief.

»Ich weiß es«, sagte Linda, »in einem Jahr überlegen wir uns, was wir heute abend gemacht haben.«

»Trink, trink«, redete Lubriani ihr zu.

»Soll ich mich denn bloß an den Wein erinnern?« fragte Linda weinerlich.

Sobald ich mit ihr allein war – am nächsten Tag auf der Straße – fragte ich sie: »Erinnerst du dich tatsächlich nicht mehr an das vergangene Jahr?«

»Denkst du denn noch daran?« fragte Linda zurück.

Auf dem Heimweg war ich mir darüber klargeworden, daß ich lieber allein gelebt hätte, als daß Linda mich vergaß. Es machte mir einen biestigen Spaß, mir das vorzustellen. Wenn ich plötzlich nicht mehr mit ihr ausging, würde sie das vielleicht so kränken, daß sie es nicht mehr vergaß.

»Ich erinnere mich an jeden Augenblick, den ich mit dir zusammen war.«

»Mag sein.«

Es war, als hätte ich mich schon von ihr getrennt. Die Zähne klapperten mir. »Seit heute nacht weiß ich, wie du eigentlich bist«, sagte ich leise.

Sie nahm meine Hand und antwortete etwas.

»Du bist also letztes Jahr nicht ausgegangen?« drang ich in sie.

Sie nahm meinen Arm und schaute mich fragend an. »Was ist denn?«

»Nichts«, antwortete ich. »Aber warum behauptest du denn so was? Damals gingst du noch mit Amelio, und du selbst hast erzählt, daß du mit ihm in den Bergen warst. An dem Abend, als ihr in der Scheune tanztet.«

»Man kann doch kein Wort zu euch sagen«, fuhr sie mich an. »Auch zu dir nicht.«

So sprachen wir von ihrer Vergangenheit, sie erzählte mir viel und wurde ganz melancholisch dabei. Wir hatten ins Kino gehen wollen, taten es aber nicht. Wir kauften uns geröstete Kastanien und schlenderten am Po entlang. Auf den Straßen wurde es dunkel, die Laternen brannten, und ich wünschte, es wäre immer so geblieben, denn jetzt wußte ich, daß mir allein bei dem Gedanken, uns zu trennen und sie nie wiederzusehen, die Knie weich wurden. Es war, als hätte ich in ihrem Blut Wurzeln gefaßt. Ihre Hüfte war die meine. Ihre Stimme war wie eine Umarmung. Sie erzählte mir, als halbwüchsiges Mädchen sei sie mit einem Taugenichts auf den Höhen draußen gewesen und auf einer Wiese hätte er sie genommen. Das habe nicht viel zu bedeuten, meinte sie. Dergleichen komme alle Tage vor, und dann fragte sie mich, ob ich mich nicht auch irgendwie verändert hätte, nachdem ich zum erstenmal mit einem Mädchen geschlafen hatte. Dann sprachen wir von Amelio, und sie behauptete wieder, nie mit ihm geschlafen zu haben. »Eine schreckliche Vorstellung«, sagte sie. »Ich mag ihn auch heute noch gern«, erklärte ich ihr, »aber besuchen kann ich ihn nicht mehr.«

»Mein jetziges Leben gefällt mir nicht. Daß wir Lubriani, diesen gräßlichen Kerl, immer dabei haben. Warum können wir beide nicht allein sein, Linda?«

Aber obwohl wir nachts mit Lubriani ins ›Mascherino‹ gingen, war ich nachmittags gern dort. Es war so bequem, und Linda kam zum Abendessen dorthin. Morgens war ich viel in der Werkstatt und ließ mich dort anlernen, ich tat das, um mir den Besitzer warmzuhalten. Zu Hause schimpften sie: »Stell dich lieber hinter den Ladentisch.« Einmal tat ich das, aber mit meiner Gitarre, und selbst wenn Kunden kamen, hörte ich nicht auf zu spielen. So mußten die Frauen sich doch wieder um alles kümmern. Darum war es ihnen schließlich gleich, wenn ich ganze Tage lang fort blieb. Ich war jetzt fest davon überzeugt, daß ich eines Tages die richtige Arbeit für mich finden würde – auf der Landstraße oder in einer anderen Stadt, wenn nur Linda damit einverstanden war.

Ein paar Groschen verdiente ich mir mit einer Art Musikalienhandel. Ich hatte zu Hause Noten und Partituren, und im ›Mascherino‹ kam ich bald an die Sänger heran. Es gab immer welche, vor allem Frauen, die keine Partituren hatten, dann sagte ich zu ihnen: »Ich liefere Papier und Abschrift, kostet soundsoviel.« Ein alter Mann namens Carlandrea, der sich auch dort herumtrieb, lebte davon. Aber auch für mich fiel etwas ab. In seiner Jugend hatte er in einem Orchester Klarinette gespielt, dann war ihm das Asthma dazwischengekommen, und er hatte es aufgeben müssen. Er konnte nicht begreifen, daß ich nichts davon wissen wollte, als Solist aufzutreten. Er kannte Lubriani und sagte: »Der ist wirklich ein Herr.«

Linda sah sich das an und begriff nichts. »Ich will nicht Lubriani in die Klauen geraten«, erklärte ich ihr. »Gitarre spielen ist keine Arbeit. Das wäre, als ließe man sich dafür bezahlen, daß man sich gut anzieht. Meine Arbeit tue ich auf der Autobahn.«

Wenn Linda abends ins Lokal kam, war es dort noch halb dunkel. Es gab zwar ein paar alte rote Sofas, aber vor Mitternacht wurde der Kronleuchter nicht angezündet. Für uns mußte es auch so genügen. Linda aß Eier und trank ein bißchen Milch. Ich leistete ihr dabei Gesellschaft. Sie erzählte mir von ihrer Arbeit im Atelier und von den Leuten, die sie gesehen hatte. Fast immer hatte Lubriani sie angerufen, um sich mit uns im ›Paradies‹ oder im Theater zu verabreden. Mir war das Theater lieber, weil ich dann wenigstens neben ihr sitzen konnte. Manchmal brummte ich: »Zum Teufel mit ihm« und erreichte, daß wir beide den Abend allein verbrachten. Beim nächsten Mal verlor er kein Wort darüber.

Carlandrea war ein richtiger Schmarotzer, man brauchte ihn bloß anzusehen, dann verging einem alle Lust, auch Solist zu werden. »Man braucht nur einmal Pech zu haben, und schon ist es mit einem auch soweit«, sagte ich zu Linda. »Wie weit?« – »Daß man alt, vertrottelt und arm ist.« – »Dahin kann es mit einem auch sonst kommen«, erwiderte sie in aller Ruhe.

Wieviel lächerliches Pech man haben konnte, davon war im ›Mascherino‹ mehr als genug zu erfahren. Da war die Geschichte von Minnie aus der Portiersloge. Diese Minnie hatte früher einmal im ›Meridiana‹ gesungen. Damals hatte ich sie gesehen, und sie kam mir ein bißchen wie eine Schwester vor. Damit will ich sagen, sie war nicht für den Beruf geschaffen, den ihre Mutter für sie ausgesucht hatte. Sie hatte nichts als ihre Augen und einen Kaninchenpelz. Aber sie war doch ein Star, und ihre Mutter holte sie immer am Ausgang ab. Eines Abends traf ich die Alte im ›Mascherino‹ wieder; sie war von vielen Leuten umringt und redete; Linda war bei mir. Die Alte erzählte von Minnie und ließ sich einen Brief vorlesen: »Liebe Mutter, ich glaubte, er wäre reich. Das hätte ich mir nie vorgestellt. Ich glaubte, er wäre steinreich, und hatte ihn so lieb. Liebe Mutter, was habe ich bloß getan...« Linda lachte. »Schön blöd, diese Alte«, sagte sie. Ich erzählte ihr, ich hätte Minnie gekannt. Sie schüttelte nur den Kopf und schaute die Alte an.

Dann erzählte ich ihr von den Frauen, denen ich nachts auf dem Corso Inghilterra begegnete. »Was seid ihr nur für Kerle«, unterbrach sie mich, »kauft euch auf der Straße eine Frau, wie man Kastanien kauft. Wo gehen die denn dann mit euch hin?«

»Ich kaufe überhaupt nichts«, antwortete ich.

»Aber es freut euch, daß die auf dem Korso herumstehen. Solange ihr eine Freundin habt, braucht ihr sie vielleicht wirklich nicht. Aber schon morgen sind auch die euch recht.« Linda sagte das in einem schmollenden Ton, der so klang, als scherze sie nur. »Früher bist du auch zu denen gegangen, das weiß ich genau. Was sagen sie denn? ›Gib mir eine Zigarette?‹«

Ich begegnete diesen Frauen immer, wenn ich nachts von ihr nach Hause ging. Jetzt war es nicht mehr wie in früheren Jahren, wenn ich möglichst dicht an ihnen vorbeistrich und mir sagte: Schließlich ist auch das ein Leben. Jetzt taten sie mir leid, wenn sie im Schnee auf und ab gingen und man ihre Gesichter hinter dem roten Pünktchen der brennenden Zigarette nicht erkennen konnte.

»Eine Frau, die das tut, ist schön blöd.«

»Das kann man nicht sagen. Wahrscheinlich bleibt ihnen keine andere Wahl.«

»›Gib mir eine Zigarette‹«, sagte Linda und lachte. »Schön blöd sind die.«

Ich dachte an die Frau zurück, die wir einmal mit Milo unterwegs aufgegabelt hatten. Wir kamen von einem Transport nach Pianezza zurück nach Turin. Sie hatte sich von uns mitnehmen lassen und war so auf den Lastwagen gestiegen, daß wir ihre Beine zu sehen bekamen. »Fahr du«, hatte Milo mich aufgefordert, und ich hatte bis Turin am Steuer gesessen. Die beiden zwängten sich ins Fahrerhaus und sogen einander das Mark aus den Knochen. »Du stößt mich noch raus«, jammerte sie. Sie gehörte nicht zu denen, die sich dazu ihr bestes Kleid anziehen. Nicht einmal angemalt hatte sie sich. Sie sah aus wie eine Hausfrau so um die dreißig oder vierzig, mit ausgemergeltem Gesicht und hungrigen Augen. »Dein Freund ist nicht wie du«, sagte sie zu ihm. Ich fuhr und dachte dabei: Auch du bist einmal irgend jemandes Linda gewesen.

An Neujahr teilte Linda mir mit, sie habe eine Reise vor. Sie sagte es lachend, wie man so etwas beim Kartenlegen sagt. An diesem Abend war uns Lubriani wie durch ein Wunder erspart geblieben, wir aßen im ›Mascherino‹ und wollten dann bis tief in die Nacht in Lindas Zimmer zusammensein. Das war schon abgemacht, und jetzt hatte ich Lust zu tanzen. »Eine Reise. Eine Reise steht mir ins Haus.«

Sie wußte nicht genau, für wie lange, aber jedenfalls würde sie nicht mehr als sechs Tage fort sein. »Eine Geschäftsreise«, sagte sie lachend. »Und du sei lieb, ich komme ja wieder.«

Aber in dieser Nacht vergaßen wir die Reise. Am nächsten Tag trafen wir im ›Mascherino‹ Carletto, der aus Genua gekommen war.

Er erkannte mich nicht wieder und unterhielt sich mit dem Mann an der Theke. Zu meiner Überraschung kam er mir nicht mehr so bucklig vor, aber es war *seine* Stimme, und er schnellte immer noch hoch wie eine Feder. Klein sah er aus und trug einen Hut. Er sprach laut und erzählte dem Mann an der Theke, er habe von Katzen geträumt, und dabei bewegte er sich selbst wie eine Katze. Der Barmann lachte.

Linda kam und sah ihn nicht. »Weißt du, wer an der Bar steht?« fragte ich sie.

»Ach, Carletto.« Und sie blieb seelenruhig sitzen und schaute mich wieder an.

»Seit einer halben Stunde redet er von Katzen«, erzählte ich ihr. »Er hat geträumt, Turin sei voller Katzen, und sonst sei niemand mehr da. Wenn man ausgehen wolle, müsse man es wie eine Katze machen, sich verkriechen und über die Dächer streichen.«

»Hast du nie solche Träume?« fragte mich Linda.

»Gestern nacht habe ich von Lili geträumt.«

»Bravo.«

»Aber es war nicht Lili. Sie glich meiner Schwester Carlottina. Wir gingen auf der Straße. Sie vorneweg. Ich dachte: Wenn sie sich umdreht, sieht sie mich und läuft mir davon. Wenn sie sich umdrehte, daß wußte ich nämlich, dann würde ich Lili sehen. Wir kamen an kleinen Gassen vorüber, und ich hatte Angst, daß aus diesen Gassen jemand auftauchen könne. Dann begann ich zu laufen, und Lili lief vor mir her, und ich wußte, daß sie in die Gassen einbiegen, ums Quadrat laufen und sich dann von hinten auf mich stürzen wollte . . .«

Aber Carletto hatte uns gesehen. Er ließ die Theke im Stich und kam zu uns. Linda sagte: »Wie schön.« Sie begrüßten sich herzlich, und auch wir beide sagten uns guten Tag.

»Seit zwei Tagen bin ich hier«, erzählte Carletto, »und schon hat das Schwein mich wieder reingelegt. Meinst du etwa, daß ich Arbeit bekomme?«

»Und Dorina hast du mitgebracht?« fragte Linda.

»Dorina ist nach Rom zurück«, antwortete er. »Hier ist das ja kein Leben. Dort sind alle miteinander verwandt wie die Katzen.« Er schlug sich an die Stirn und dann auf den Tisch. »Ach so, darum habe ich von Katzen geträumt«, rief er. »Auch Turin ist wie Rom.«

Linda wandte sich an mich: »Und was hast du dann mit Lili gemacht?«

»Schließlich kamen wir ans Meer. Wir rannten noch immer. Lili fuhr mir auf einem Rad über den Sand davon. Ich nahm einen Stein und zielte aus der Ferne auf sie, genau auf ihren Kopf. Der Stein traf und prallte dann ab ins Wasser. Lili fiel tot um.« Carletto meinte: »Soviel Wasser ist immer ein schlechtes Zeichen.«

»Was sich liebt, erschlägt sich«, erklärte Linda.

Diesen Traum vor einem Dritten zu erzählen, war mir unangenehm. Man hat danach das gleiche Gefühl, wie wenn man die Pointe einer Geschichte vergessen hat oder das Gitarrespielen leid ist. Ein Gefühl, als stehe man nackt da. Ich hätte diese Geschichte nur Linda ins Ohr flüstern sollen. Aber Linda machte darüber ihre Scherze, tat, als nähme sie die Sache ernst, und verzog über Lili das Gesicht.

Sie fragte mich: »Wie war Lili denn angezogen?«

»Das weiß ich nicht.«

Carletto grinste. »Doch, doch«, sagte Linda, »ihr seid bestimmt zusammen im Bett gewesen.«

»Hört doch auf«, sagte Carletto. »Weißt du, daß ich mich noch heute nacht in den Po stürze?«

»Wie hast du denn Neujahr verbracht?« fragte ihn Linda.

»Mit der Suche nach Lubriani, um ihm das Fell über die Ohren zu ziehen. Und das, nachdem ich so viele Leute dafür engagiert hatte. Ich bin nicht so unverfroren wie er. Wenn ich nach Genua zurückgehe, bringen die mich um. Weißt du, was er mir für einen Streich gespielt hat? Er hat mich von dort fortgeholt, um seiner Clari den Saal geben zu können.«

»Unsinn«, sagte Linda, »du gefällst dem Publikum. Das wissen doch alle.«

»Er anscheinend nicht.«

Dann beruhigte er sich und trällerte seine Melodien vor sich hin. Linda zündete sich eine Zigarette an der meinen an und sagte:

»Los, mach uns das mal vor,«

So spielte, sang und tanzte Carletto uns seine Revue vor. Er deutete alles nur an. Bei den dümmsten Kleinigkeiten, beim Einsatz der Tänze tat er, als markiere er nicht nur, und schnippte mit den Fingern. Jeden Augenblick hatte er eine andere Stimme. Linda krähte vor Lachen. Leute standen um uns herum und schauten zu. Ich hatte noch nie einen so guten Schauspieler gesehen. Selbst sein Buckel spielte mit. Er war der Souffleurkasten. Carletto spielte das Orchester, er spielte die weiblichen Rollen. Und nebenbei rauchte er auch noch.

Schließlich begann er selbst zu lachen. »Das nützt nun alles nichts mehr«, sagte er zu Linda. »Die Truppe ist jetzt aufgelöst.«

»Das ist schöner als auf der Bühne«, sagte ich zu ihm, »ich habe nie eine Revue gesehen, die besser aufgebaut war.«

»Wollt ihr sie denn nicht auch in Turin geben?« fragte Linda.

Carletto begann wieder zu fluchen. »Wenn ich heut abend Lubriani nicht zu sehen bekomme«, erklärte er, »dann stürze ich mich in den Po. Ehrenwort.«

Wir hatten uns mit Lubriani vor dem ›Mascherino‹ verabredet, aber ich merkte, daß Linda nicht wollte, daß er es merkte. »Er hat mir an der Kasse sagen lassen, er komme heute abend hierher.«

»Willst du mit uns zu Abend essen?« fragte Linda.

So aßen wir jeder ein Ei, und Carletto schaute sich um und sagte: »Früher war hier doch mal bessere Beleuchtung.« Und er rief dem Barmann zu: »Bringst du uns eine Kerze?«

Dann wandte er sich an mich: »Sie kenne ich überhaupt nicht. Wer sind Sie eigentlich? Ach, du bist der, der Gitarre spielte? Hat dich Lubriani denn noch nicht reingelegt?«

»Ich bin Autoschlosser«, antwortete ich. »Mein Notenschlüssel ist der Engländer.«

Linda lachte und schaute uns an. »Wenn du die Zeit, die du in der Werkstatt vertust, benutztest, um ernstlich zu spielen, dann hättest du dir schon längst einen Namen gemacht.«

Carletto entgegnete: »Dein Freund ist gar nicht so dumm. Ich wünschte, ich hätte auch so einen Beruf wie er.«

»Was heißt hier, sich einen Namen machen?« sagte ich zu Linda. »Man spielt gern für Leute, die man kennt. Wenn man sich dafür bezahlen läßt, dann sag du mir mal, was daran noch schön ist.«

»Du hast recht«, bestätigte Carletto, »du hast nur zu recht.«

Nach und nach hatte das Café sich gefüllt. Bald sollte das Varieté beginnen, und schon standen Leute auf, gingen und kamen zurück. Bekannte begrüßten Carletto und wollten ihn sprechen. Er ging mit ihnen an die Theke.

Linda sagte zu mir: »Komm, laß uns gehen.«

Ich wollte nicht.

»Wir können ruhig gehen. Die reden jetzt über Geschäfte.«

Sie sagte dem Kellner etwas, und wir gingen.

Zu Fuß wanderten wir zum ›Paradies‹ hinauf. »Lubriani kommt nach, wenn er Lust hat«, sagte sie. »Inzwischen können wir tanzen.«

Als der Abend schon halb um war, kam Lubriani tatsächlich und brachte Carletto mit. Sie schienen Frieden gemacht zu haben, und Lubriani war bester Laune. Er sagte: »Jetzt hört mal auf zu tanzen, ihr beide. Jetzt wollen wir feiern.« Er ließ eine kalte Platte und sehr dunklen Wein kommen. »Ihr habt ja gar nicht zu Abend gegessen«, wandte er sich an uns. »Ihr wollt mir Carletto wohl verhungern lassen.« Carletto machte eine drohende Handbewegung zu Linda hinüber. Jetzt hatte er keinen Mantel an, und man sah seinen Buckel wieder deutlich. Ab und zu klopfte Lubriani ihm auf die Schulter, und wir aßen und lachten. Carletto sang uns wieder seine Revue vor. »Pablo, du hättest deine Gitarre mitbringen sollen«, sagten sie zu mir. Plötzlich, ich wußte nicht wie, saß auch Lili mit am Tisch.

Mir war jetzt alles klar, und ich trank sinnlos in mich hinein. Linda sagte mir, sie fahre am nächsten Tag. Ich merkte, daß sie Carletto jetzt so behandelte, wie sie auch mich behandelt hatte. Ich verstummte immer wieder und ließ sie reden. Alleinsein war das einzige, was ich noch wollte.

Was ich eigentlich sagte und tat, weiß ich nicht mehr. Ich war halbbetrunken und tanzte mit Lili. Tanzte mit Linda. Es wurde spät, es wurde beinahe Morgen. Als der Wagen auf der Piazza Castello hielt, wollte ich mich schon, an den Säulen entlang, fortschleichen, aber sie sahen mich und riefen: »Pablo.«

Bei Lubriani bekam ich von neuem einen Schwips. Wir mußten Likör trinken, und Carletto schrie und tanzte herum; wir saßen auf dem Boden. Wir machten das Licht aus, um im Dunkeln zu sein, aber schon konnte man den Nebel vor den Fenstern und den Schnee auf den Dächern erkennen. Alle wußten, daß Linda verreisen wollte, und es hieß, das wollten wir feiern und sie hochleben lassen.

Ich fragte Linda: »Gehst du vorher nicht mehr schlafen?«

»Um diese Zeit?«

Wir suchten in der ganzen Wohnung nach Kaffee, Mandarinen und Likör. Es herrschte ein graues, trübseliges Morgenlicht; aber es hatte keinen Sinn mehr, noch einmal die Lampen anzumachen; wir sahen alle bleich aus wie Schnee, und schließlich gab sogar Carletto Ruhe. Er setzte sich auf ein Bett und sagte zu mir: »Hier will ich schlafen.«

»Willst du etwa Lubriani mit den Mädchen allein lassen?«

»Mit Lili? Die ist doch nicht schlecht.«

Es wurde Morgen, und ich war müde. Lili wollte fort; ihre Hunde warteten auf sie. Linda war im Bad, und Lubriani machte Kaffee. Ich sagte zu Lili, sie solle einfach abhauen.

Als ich allein im Zimmer zurückgeblieben war, merkte ich, daß es schon so war, als sei Linda bereits verreist. Ich konnte genausogut nach Hause gehen. Ich fragte sie durch die Tür, ob sie mit mir komme. Sie wurde wütend und schrie: »Jetzt reicht's mir aber.« Ich spürte, wie mir die Stimme versagte, und sprach nicht aus, was ich dachte. Eins aber wußte ich genau. Ich war allein, und Linda war im Grunde schon verreist.

Mittags gingen wir alle zusammen aus dem Haus. Als wir die Bar verließen, gab Linda mir die Hand und sagte: »Nicht böse sein.« – »Auf Wiedersehen«, und damit ging ich. Sie blieb mit Lubriani und Carletto zurück.

So begannen diese sechs einsamen Tage. Ich wußte nur, daß sie nach Mailand gefahren war. Drei Tage lang saß ich zu Hause herum oder ging in die Werkstatt. Diesmal half mir auch meine Gitarre nicht: Wenn ich spielte, dachte ich an alles andere. Ich stand hinter dem Ladentisch und schaute zur Tür hinüber. Ich stellte mir vor, der nächste, der hereinkomme, sei Linda. Ich ging in die Fernfahrerkneipe, um nach Milo zu schauen und mit ihm fortzufahren, aber er war nicht da: Einen Abend verbrachte ich mit Martino im Wirtshaus, aber ohne Gitarre. Lario war auch dort und Gilda, sie wollten tanzen gehen. Außerdem gab es noch drei oder vier neue Gesichter: Ich kümmerte mich nicht darum und hörte ihren Gesprächen zu. Gilda erzählte von einem Paar, das in den Valentino-Park gegangen war, sich auf eine Bank gesetzt und zwei Schüsse abgegeben hatte. »Sie war tot, er nicht.« So ist die Welt, dachte ich, noch vor kurzem hätte ich gesagt: »Wohl bekomm's!«

Der vierte Tag war ein Sonntag, und es sollte ein Fußballspiel stattfinden:

»Gott sei Dank, daß du wenigstens zum Fußball mitkommst«, sagten sie zu mir. Es war ein schlechtes Spiel. Nach dem Abendbrot mußte ich Carlandrea ein Notenblatt bringen. Ich freute mich, auf diese Weise ins ›Mascherino‹

zu kommen, ging in aller Ruhe dorthin, traf aber niemanden an; sie waren alle im Theater. Dann erschien Carletto.

»Hallo«, sagte er und rauchte wütend und verärgert.

»Wie ist denn deine Nummer?« fragte ich ihn.

»Das Schwein ist doch schon wieder auf und davon.« Er spuckte den Rauch förmlich aus. »Ab nach Mailand.«

Ich blieb den ganzen Abend mit ihm zusammen. Wieviel Mal ich ihn fragte, ob er wirklich nach Mailand gefahren sei und wann, weiß ich nicht mehr. »An dem Tag, an dem ich dich zum letzten Mal gesehen habe, das hat man mir bei ihm zu Hause gesagt. Eine dämliche Stimme am Telefon.« Er fluchte, daß sein Auftritt nun wieder verschoben werde. »An der Kasse wissen sie von nichts. Ein Sauberuf. Das ist mein Traum mit den Katzen.«

Ich fragte ihn, ob er in Turin Familie habe.

»Meine Familie habe ich aufgelöst, weil ich ihm geglaubt habe.«

»Ich habe auch keinen roten Heller mehr«, sagte ich.

»Ein paar Tage schaffe ich es noch.«

»Wann kommt er denn zurück?«

»In zwei Tagen, hat man mir gesagt.«

Am nächsten Tag trafen wir uns schon morgens. Er wollte Näheres über Lili wissen. Er erklärte mir, alles in allem sei Lubriani schon ein Mordskerl, er suche immer die richtigen Mädchen aus, das Schlimme sei nur, daß er sich nie an etwas erinnern wolle. Auch ein Essen könne er arrangieren. Und wie Lili sei er ein guter Gesellschafter. Früher sei allerdings noch mehr mit ihm losgewesen, da sei kein Abend vergangen, ohne daß er einem Mädchen den Büstenhalter heruntergerissen habe.

»Mit wem hatte er es denn, als ihr euch kennenlerntet?«

Mit der Clari. Die habe ihn schon damals eine Stange Geld gekostet, dafür habe sie auch einen zivilisierten Menschen aus ihm gemacht. Damals habe die Clari ausgesehen wie Lili heute, und Lubriani, der aus der Unterwelt gekommen sei, hätten solche schmucken Kätzchen gefallen. Aber er sei schlau und habe rasch gemerkt, daß solche Frauen sich nicht lange auf der Bühne halten.

»Auf der Bühne hält man sich nur mit Krallen und Zähnen«, erklärte mir Carletto. »Jeder stellt dir dort ein

Bein. Katzen fangen dann an zu kratzen. Du kannst dir ja vorstellen, wie so eine Lili dann um sich beißt.«

Wir bummelten den ganzen Tag zusammen durch die Stadt, und am liebsten wäre ich sogar nachts mit ihm zusammengeblieben. Noch hatte ich ja zwei Nächte vor mir. Er redete zwar dauernd von Lubriani, aber wenn ich allein war, war es noch schlimmer. Die Gedanken, die ich mir dann machte, würde ich nie wieder loswerden.

Gegen Abend fragte Carletto mich: »Was ist eigentlich mit dir?«

»Was soll mit mir sein?«

»Weißt du, was wir machen könnten«, schlug er vor. »Geh und hol deine Gitarre, und dann suchen wir uns einen gemütlichen Winkel und heben einen.«

»Ich habe weder Lust auf meine Gitarre noch auf eine Besäufnis«, antwortete ich. »Ich habe zu gar nichts Lust.«

»Ich schon.«

Carlandrea schaute uns von seinem gewohnten Platz aus zu. Als er die Flasche kommen sah, schneuzte er sich vernehmlich. Carletto schenkte uns beiden ein und bat mich um eine Zigarette. Ich zündete sie ihm an, und im selben Augenblick sah ich Amelio in seinem Bett vor mir.

»Da ist einer, der mich auslacht«, sagte ich unvermittelt. Ich konnte es nicht zurückhalten. Carletto blieb der Mund offenstehen, und langsam entwich der Rauch daraus. Ich werde hier noch verrückt, dachte ich, ich halte es nicht mehr aus.

Etwas ruhiger fuhr ich fort: »Gib dem Alten dort was zu trinken. Ich habe erst vor drei Tagen meinen letzten Schwips gehabt. Mir wird es zuviel.«

Carletto fragte: »Sollen wir lieber ins Varieté gehen?«

Aber ich legte meinen Kopf auf die Arme, als sei ich zu müde dazu. Ich hörte, wie Carletto mit dem Alten redete. Ich merkte, daß der Alte an unseren Tisch gekommen war. Der Tisch hatte eine Marmorplatte, und ich schloß die Augen.

Ich dachte an den Tag zurück, als ich mit ihr bei Amelio gewesen war. Ich dachte daran, wie sie hereingekommen war und was sie gesagt hatte. Um den Hals hatte sie ihren blauen Schal. Dann dachte ich daran, wie ich fortgelaufen war. In der Küche waren wir mit den Hüften aneinandergestoßen. Das alles hatte damals noch nichts bedeutet. Alles lag ja noch vor mir. Jetzt kam es mir vor, als sei das alles heute geschehen. Erst jetzt wurde mir alles klar.

Eine Weile dachte ich so allein über das alles nach. Ich hörte, wie Carletto den alten Mann aufzog. Ich hörte, wie sie etwas über mich sagten. Da hob ich den Kopf und tat, als wache ich auf.

Die ganze Nacht war ich allein, und bei dem Gedanken, daß ich noch eine weitere Nacht allein verbringen mußte, verließ mich aller Mut. Hin und wieder sagte ich etwas ins Dunkel hinein. Ich nahm das Kissen fest in die Arme und redete vor mich hin. Meine Gedanken waren immer wieder die gleichen, mittlerweile waren sie mir schon so vertraut wie die Stufen vor unserem Haus.

Den ganzen nächsten Tag trieb ich mich allein herum, und es wurde und wurde nicht Abend. Es begann zu regnen, Schnee und Regen, und ich dachte: Ob es jetzt in Mailand auch regnet? Ich mußte ins ›Mascherino‹, und jetzt war ich froh bei dem Gedanken, dort jemanden, Carletto oder sonst wen, anzutreffen. Ich dachte gern daran, daß ich die ganze Nacht dort bleiben konnte. Aber immer wieder schob ich es dann hinaus: Ich hatte das Gefühl, ich ließe mir etwas entgehen, wenn ich diesen letzten Abend nicht allein verbrachte.

Carletto sagte: »Ich habe eine Gitarre für dich aufgetrieben. Wir wollen nämlich heute abend feiern.« Einige Schauspieler standen vor der Abreise nach Rom und sollten um Mitternacht noch ins ›Mascherino‹ kommen.

Ich sah in alledem ein gutes Zeichen und sagte: »Gestern war mir nicht gut. Komm, gib mir die Gitarre.«

Carletto erklärte mir, seine Freunde würden sie erst mitbringen. »Laß uns inzwischen etwas trinken.«

»Du hast recht«, sagte er zu mir, während wir tranken, »daß du dich nicht ans Theater wegwirfst. Du weißt besser, was du willst, als so viele andere. Nimm zum Beispiel mich. Ich habe sogar singen müssen, um zu leben.«

»Aber du bist doch so tüchtig.«

»Was hat das damit zu tun? Einen Lubriani gibt es immer.«

Ich fragte ihn, warum er nicht bei jemand anderem Arbeit suche.

»Du weißt doch, wie es so geht«, antwortete er. »Damals haben sie mich reingelegt. Du ahnst nicht, zu wieviel Behörden man gehen muß, um eine Lizenz zu bekommen. Das Gute an Lubriani ist, daß er einen unbesehen nimmt.«

»Und kannst du nicht deinen Beruf wechseln?« fragte ich zögernd.

»Seinen Beruf wechselt man nicht«, erwiderte er. »Allenfalls wechselt man seine Frau, aber bei seinem Beruf bleibt man.«

Ich starrte in mein Glas und leerte es dann.

»Ein widerlicher Beruf«, fing er wieder an, »du gefällst mir, weil du nichts damit zu tun hast.«

»Wenn ich könnte, würde ich ihn sofort ergreifen.«

»Geh her, ich kenne dich doch«, entgegnete er, »früher war ich auch wie du. Ich weiß, wie schön es ist, allein zu leben und von niemandem abhängig zu sein.«

Es war mir nie aufgefallen, daß Carletto älter war. Mit seinem großen Kopf und seinen hellen Augen sah er aus wie ein Kind. Und doch hatte er irgendwo seine Dorina und Falten um den Mund und grinste.

»Gestern abend«, sagte ich, »wollte ich meinen Beruf wechseln. Ich war ganz am Ende.«

Er schaute mich von unten an und stieß ein bißchen Rauch aus. »Ich verstehe dich«, meinte er, »früher hattest du es besser.«

Als seine Freunde erschienen, waren wir noch bei diesem Thema. Im selben Augenblick, als sie das Lokal betraten, wurde der Kronleuchter angemacht, und die Kapelle begann zu spielen. Luciano, Fabrizio und Giulianella waren nette Leute. Mit ihnen hatte man zugleich das Gefühl, in Gesellschaft und allein zu sein. Diese Römer waren eben ein ganz anderer Schlag: man konnte mit ihnen warm werden, und man konnte abseits bleiben und zuschauen, wie sie aßen. Wir hatten ein Nebenzimmer für uns, in das sonst niemand kam. Bei Gitarrenmusik ist man rasch ein Herz und eine Seele. Es war schon Tag, als ich immer noch spielte.

Ich spielte von ganzem Herzen, denn jetzt war es Tag, und in dem Augenblick, in dem ich aufhörte, würde etwas vorbei sein. Unwiederbringlich vorbei.

Ich hätte damit rechnen müssen, daß Linda, sobald wir allein waren, mich fragte: »Was hast du eigentlich?«

Wir hatten uns schon so viel vorgelogen, so viel verschwiegen, daß ich auch diesmal sagte: »Nichts.«

Sie erklärte: »Du bist verrückt«, setzte sich aufs Bett und nahm ihren Hut ab. »Gib mir einen Kuß.«

Ich küßte sie auf die Wange, und wir nahmen unsere Hände. Es war, als hätte ich eine Pflanze geküßt. Sie machte die Augen wieder auf und sah mich an.

Sogar diesmal war ich sicher, daß sie es gern getan hätte. Sie war immer dieselbe, auch jetzt mit dem Schal, der ihr vom Hals hing. Ein bißchen enttäuscht, aber keineswegs beunruhigt schaute sie mich an.

»Ich bin müde«, sagte sie, »ich gehe zu Bett.«

Sie legte sich auf ihr Bett. Ich stand auf und ging im Zimmer umher. »Ich möchte rauchen«, sagte sie. Wortlos zündete ich eine Zigarette an und gab sie ihr.

»Weißt du«, meinte Linda dann, »auch so ist es ganz schön. Es sollte doch möglich sein, daß man immer gut Freund ist, und wenn es dann mal so kommt, daß einer müde ist oder keine Lust zum Küssen hat, dann redet man nur oder schweigt sogar und hilft einander so.«

Ich antwortete nicht und schaute sie nur an.

»Was hast du bloß? Willst du mich etwa umbringen?« fragte sie. »Weißt du, daß ich vielleicht heirate? Fragst du mich nicht mal, wen?«

Ich verstand nicht, warum ich, anstatt zu schreien und zu toben, lieber unten auf der Straße gewesen wäre. Während sie redete, dachte ich daran, daß ich gestern, ehe ich ins ›Mascherino‹ ging, für ein paar Augenblicke glücklich gewesen war.

»Ich habe Herzklopfen«, sagte Linda, »weil ich weiß, daß du darunter leidest. Hör nur«, sagte sie, nahm meine Hand und legte sie auf ihre Haut. Ich fühlte ihre Wärme und faßte zu. Dann faßte ich noch fester zu, und sie schrie.

Sie begann zu lachen. »Du sagst nichts und mißhandelst mich«, beschwerte sie sich. »Ich bin schließlich nicht deine Gitarre.«

Als ich die Treppe hinunterging, war es späte Nacht, und ich beschloß, schlafen zu gehen. Ich fuhr ein Stück mit der Straßenbahn, den Kopf ans Fenster gelehnt. Ich schloß die Augen und nickte ein; dabei gingen mir die Zeiten durch den Sinn, als ich erst im Morgengrauen bei ihr aufgebrochen war.

Am nächsten Tag tat ich mich wieder mit Milo zusammen, und wir fuhren nach Genua. Diesmal war die Fahrt schwieriger, weil wir einen Anhänger hatten. Der Autoschlosser war froh, mir seinen Platz und den halben Weg am Steuer überlassen zu können, und blieb in Turin. Für mich war es die einzige Möglichkeit, das Leben noch auszuhalten. Als wir zur Stadt hinausfuhren, fühlte ich mich beinahe glücklich.

Milo hatte in Genua ein Mädchen, zu dem er ging. Ich blieb allein und bummelte bis zum Einbruch der Dunkelheit einsam durch die Straßen. Es war so windig, daß man rissige Lippen davon bekam, ja, und diesmal roch es nach Meer. Der Himmel war dunkel, und über den Gassen schaukelten die Laternen. Im Grund erinnerte der Geruch des Meeres an Turin an einem klaren Wintertag, wenn es in den Bergen geschneit hat. Ich schnappte wie ein Hund nach diesem Geruch und suchte die Terrasse, wo ich mit Linda gewesen war, und das Restaurant von damals. Linda spürte ich wie mein eigenes Blut unter der Haut, aber das Meer sah ich diesmal von einer anderen Terrasse aus.

Auf der Rückfahrt war ich nur mit dem Gedanken beschäftigt, daß ich jetzt wieder zurück nach Turin mußte. Ich lehnte den Kopf an die Wand des Fahrerhauses und versuchte zu schlafen. Ich hatte das Gefühl, in Gefahr zu schweben, auf etwas zuzufahren, das schon entschieden und über mich verhängt war. Alles ist schon geschehen, sagte ich mir, und ich bin hier. Milo fuhr mich an: »Sei doch beim Schalten ein bißchen vorsichtiger. Wenn du mir die Gangschaltung kaputtmachst, bleiben wir auf der Straße liegen.« Dann begann er wieder von seinem Mädchen zu erzählen.

So verbrachte ich eine Reihe von Tagen, teils im Wirtshaus und teils auf dem Lastwagen. Ich fuhr, schlief und trank, wie es gerade kam. Nach Hause ging ich nur, um mir Zigaretten zu holen. Meine Mutter fragte: »Ziehst du kein frisches Hemd an?« Ich trug jetzt einen dicken Pullover und darüber einen Arbeitsanzug. »Ich fahre nach Biella«, antwortete ich, »dort kennt mich sowieso keiner.« Ich hörte, daß Amelio schon vor einiger Zeit umgezogen war. Sie hatten irgendwo eine Wohnung im Erdgeschoß mit einem Lädchen gefunden. Ausgerechnet jetzt, wo alles zu Ende ist, schoß es mir durch den Kopf. Aber es war mir recht, daß ich nicht wußte, wo er wohnte. Ich dachte an Linda, die wußte, wo ich wohnte, und jeden Abend wie sonst in der Bar war.

Mit Carletto kann ich mich doch ruhig treffen, überlegte ich eines Abends. Ich ging an Lindas und Lubrianis Bar vorüber, vorbei am Schaufenster einer Schneiderin. Das letzte Mal, als ich durch die Kolonnaden ging, war ich noch mit Linda zusammen. Ich hob die Augen zur Torre Littoria. Mir fiel wieder ein, wie es war, wenn ich aus Lindas Haustor kam und jenseits des Platzes das Hochhaus sah. Vielleicht dachte auch sie daran, wenn sie dort vorüber ging.

Im ›Mascherino‹ traf ich niemanden außer Carlandrea und den Mädchen. Der Kellner konnte mir keine Auskunft geben. So ging ich zum Theater hinüber, wußte nicht, was ich anfangen sollte, und war der Verzweiflung nahe. Lustlos schaute ich mir die Fotos der Mädchen im Aushang an – wie oft hatte ich sie im Vorübergehen schon gesehen –, und plötzlich entdeckte ich Carletto, sein Foto, das, auf dem er sich, hochelegant in Schwarz, lachend nach vorn beugte. Er hat es geschafft, dachte ich, Gott sei Dank. Aber es war mir, als hätte ich etwas verloren, und es ärgerte mich, daß auch er jetzt für den Kerl arbeitete.

Ich blieb ein bißchen vor dem Theater stehen. Wenn ich jetzt nicht etwas unternehme, dachte ich, fange ich an, sinnlos durch die Straßen zu laufen und laut vor mich hin zu reden. Ich hatte eine Unruhe in mir, als sitze eine Katze in meinem Leib und kratze mich. Darum fragte ich die Kassiererin, wann die Vorstellung zu Ende sei. Auch die arbeitet für den Kerl, dachte ich, er hat an seinen Ballettmädchen nicht genug. Die Kassiererin sagte, ich könne warten, sie kämen hier zum Hauptportal heraus. Ich kehrte ins ›Mascherino‹ zurück und setzte mich an ein ganz dunkles Fenster. Auch Warten ist schließlich eine Beschäftigung. Um mich zu beruhigen, trank ich Wein. Nur wenige Menschen gingen vor dem Hauptportal auf und ab.

Plötzlich sah ich in seinem Licht Carletto, der dort mit anderen Leuten stand und sich unterhielt. Dann erschienen Linda und Lubriani. Gemeinsam kamen sie über die Straße.

In diesem Augenblick flammte der Kronleuchter auf. Wer mich sofort entdeckte, war Linda. Sie sagte etwas zu Carletto, winkte mir zu, blieb aber, wo sie war.

Ich wollte schon gehen, als Carletto mir in den Weg trat und sagte: »Die Damen erwarten dich.« Er trug einen Smoking und war verstrubbelt.

»Sieh mal an«, sagte ich, »hast du mit dem Chef Frieden gemacht?«

»Du weißt doch, wie es so geht«, gab er mir zur Antwort, »willst du nicht zu uns kommen?«

Ich bat ihn, sich zu setzen, und bot ihm Wein an. »Wann feiern wir beiden mal zusammen? Ich habe doch eine Gitarre, die ich seit Monaten nicht angerührt habe.«

»Hol mich abends mal am Hauptportal ab«, schlug er vor.

»Ach, Carletto, Carletto, du läßt dich zu rasch einwickeln. Wie kommt es, daß du nicht mehr von Katzen träumst?«

In diesem Augenblick erschien Linda und fragte mich, warum ich Carletto aufhielte.

»Ich halte niemanden auf.«

»Darf ich mich zu euch setzen?«

Die Kapelle spielte, sie stand auf und fragte: »Tanzt du?«

Beim Tanzen versuchte sie mich zum Sprechen zu bringen. »Was fällt dir eigentlich ein?« fragte sie. »Ich habe in diesen Tagen so oft auf dich gewartet. Du hast mich eben nie wirklich liebgehabt, das ist es.«

Ich sagte ihr alle Schande und ließ dabei kein gutes Haar an ihr. Sie hörte sich alles an. »Pablo«, fragte sie schließlich, »sollen wir beide jetzt allein weggehen?«

Was hat sie mir dann, als wir dort oben eng umschlungen lagen, nicht alles gesagt.

»Du hast mich wie den letzten Dreck behandelt. Ich mußte auf dich warten, ich mußte dich als erste ansprechen.«

»Ich bin Tag und Nacht umhergeirrt, ich wollte mir die ganze Sache für immer aus dem Kopf schlagen.«

»Du siehst doch, daß das keinen Sinn hat. Jetzt bist du doch wieder hier.«

»Aber ich werde wieder fortgehen.«

»Du bist gemein. So was solltest du nicht einmal aussprechen.«

»Still«, bat ich, »sei nur ganz still.«

»Du liebst mich, aber du bist kein Freund.«

»Ist es nicht schöner, wenn wir hier ganz allein sind?« fragte ich sie. »Ich will nur dich allein und sonst niemanden.«

»Ich möchte mal sehen, wenn ich das auch wollte«, flüsterte sie mir lachend ins Ohr.

Dann bat ich sie zum letzten Mal, mein Leben mit mir zu teilen. »Ich verzeihe dir«, sagte ich. »Ich nehme dich so, wie du bist. Heute nacht wollen wir damit anfangen.«

Sie antwortete im Dunkeln, sie wolle es versuchen.

Am nächsten Morgen gingen wir zusammen ins Café hinunter. Während sie ihren Cappuccino trank, schaute sie mich an: »Pablo, kommst du heute abend wieder?«

»Ich bleibe den ganzen Tag da.«

»Das geht doch nicht, Pablo. Ich muß wieder hinauf und arbeiten. Was willst du heute tun?«

So gingen wir abends ins ›Paradies‹, und alles war wieder wie zuvor. »An manchen Tagen«, sagte sie, »bist du einfach unmöglich. Dann willst du nicht einsehen, daß jeder Mensch anders ist und daß das, was ich tue, nur mich etwas angeht. Hast du denn keine Freunde?«

»Ich habe sie alle sitzen lassen.«

»Wie du es mit mir gemacht hast. Aber das hat keinen Zweck. Mit jedem ist es wieder anders. Und mit allen ist es schön.«

Während sie das sagte, spürte ich unversehens, wie allein ich war. Ich spürte es ganz plötzlich, und beinahe war ich darüber glücklich. Mir jetzt in ihrem Bett darüber klarzuwerden, daß ich nachher die Treppe hinuntergehen, durch Turin bummeln und schließlich allein schlafen würde, gab mir den gleichen Auftrieb wie ein Schluck Schnaps. Jetzt war alles andere mir gleich, und ich sagte bedächtig: »In gewisser Hinsicht hast du recht.« Linda nahm voll Freude meine Hände.

Wir blieben die ganze Nacht zusammen. Mit Milo hatte

ich abgemacht, daß ich am nächsten Tag mit ihm fahren sollte, und zu wissen, daß Linda auf mich warten würde, war schöner, als mit ihr zu schlafen. Das war Amelios Leben. Als ich im Dunkeln über den Platz ging, war ich vollkommen glücklich.

Manchmal trafen wir uns abends mit Carletto. Wir aßen wie früher im ›Mascherino‹ zu Abend, und ohne darüber gesprochen zu haben, brachen wir früh von dort auf, um nicht wieder wie damals die ganzen Nächte herumzusitzen. Und Carletto war kein Spaßverderber; er lachte zwar manchmal, wenn er uns kommen sah, aber er stand doch auf und schob Linda den Stuhl hin. Er kam immer ins ›Paradies‹, um Lili zu treffen.

Eines Abends sagte er zu uns: »Morgen kommt die Torre Littoria zurück.«

Ich hatte nicht gewußt, daß Lubriani auswärts war. Ich sah, daß Linda rot wurde und ihm einen wütenden Blick zuwarf. Sieh mal an, dachte ich, rot werden kann sie auch. Ich hatte sie noch nie rot werden sehen.

Plötzlich begriff ich, daß Lubriani seit dem Tag, an dem Linda zu mir zurückkam, nicht in Turin war.

Linda fragte: »Und was für eine Eröffnung glaubst du uns damit zu machen?«

Und Carletto: »Für jemanden ist es wieder vorbei mit den guten Tagen.«

Ich sah, wie Lili ihm die Hand auf den Arm legte und ihn bat: »Hör doch auf damit.«

Aber jetzt wurde er wirklich böse und hatte es tatsächlich auf Linda abgesehen. »Mich packt die Wut, wenn ich sehe, wie du es treibst«, sagte er ohne Umschweife, »mich packt die Wut, daß du immer wieder jemanden findest, der dir glaubt. Du weißt genau, wie du bist, aber davon sagst du kein Wort. Ihr seid alle gleich, auch die hier, auch du. Eure Karriere macht ihr wahrhaftig nicht auf der Bühne.«

Lili war ganz verzweifelt, aber Linda schwieg. Sie hörte ihn in aller Seelenruhe an und lachte nur. Dann nahm sie sein Glas, ohne den Blick von ihm zu wenden, nippte daran und reichte es ihm zurück. Carletto verbeugte sich vor ihr. Beide begannen zu lachen.

Ich sprach mit Linda nicht über diesen Vorfall. Als wir

nach Hause gingen, schwieg sie und hing trüben Gedanken nach. Schließlich sagte sie: »So ein Idiot.«

»Vielleicht hat Lili ihn heute schlecht behandelt«, antwortete ich kurz.

Vor ihrem Haustor blieben wir stehen. »Also morgen kommt er zurück?« fragte ich.

Sie schaute mich ängstlich an und sagte: »Tja.«

»Sehen wir uns morgen abend?«

»Ja, sicher.«

Ich war froh, nach Hause gehen zu können. Am nächsten Tag spielte ich den ganzen Morgen Gitarre. Das Üben machte mir Spaß, und ich fühlte mich wohl zu Hause; vom Ofen roch es nach Suppe. Mittags schaute Milos Autoschlosser herein, um sich einen Stumpen zu kaufen, und kam dabei auf Politik zu sprechen. Wie Amelio, dachte ich. Das bringt der Beruf so mit sich. Er hatte es mit denen, die dem Volk die Haare vom Kopf fressen und keinen Protest dulden, damit nichts ihre Verdauung stört. »Aber diesmal haben sie die Rechnung ohne den Wirt gemacht«, sagte er. »In Spanien bekommen sie es zu spüren. Ich weiß nicht, ob ich deutlich genug bin.«

»Sind denn nur die Faschisten solche Fresser?« fragte ich.

»Faschistisch ist im Grunde die ganze Küche, die uns das eingebrockt hat«, antwortete er. »Schwarzhemden braucht man dazu gar nicht zu tragen.«

Ich wußte jetzt, was Linda für mich bedeutete. Ich brauchte nur an Lili zu denken, um es zu wissen. An Lili, der jeder recht war und die nur an Tanzschuhe dachte. Es wäre so leicht gewesen, sie sich zu schnappen und ihr den Kopf zu verdrehen. Ein Kinderspiel. Lili ging niemandem ins Blut.

Ohne ein Wort des Dankes für mich kehrte Linda zu Lubriani zurück. Mir ließ sie im ›Mascherino‹ ausrichten, ich solle arbeiten gehen. Abends fragte ich an ihrem Haustor nach ihr, sie war nicht da. Am nächsten Tag ging ich zu ihr ins Atelier. Die Mädchen lachten. Verärgert sprach sie in einem Empfangszimmer mit mir.

»Ich habe es satt«, erklärte sie.

Dann ging sie, kam aber noch einmal in das Empfangszimmer zurück. »Du begreifst nicht, daß wir hier arbeiten«, sagte sie. Dann ließ sie aber zu, daß ich ihre Hände nahm, und blieb noch einen Augenblick.

»Wir sehen uns heute abend, wenn ich es einrichten kann.«

An diesem Abend ging ich mit Milo nach Moncalieri. Ich nahm meine Gitarre mit. Wir verschanzten uns bei einem Wirt. »Nur keine Mädchen«, erklärte ich, »die kann ich nicht mehr riechen.« Um Mitternacht klopfte eine von der Straße an unser Fenster. Sie wollte hereinkommen und die Gitarre hören. »Nimm dich in acht«, warnte ich Milo. »Du bist doch weder lahm noch bucklig«, meinte er, »warum stellst du dich bloß so an?« – »Nimm dich in acht.« Ich war schon betrunken. Milo schaute zum Fenster hinaus und sagte: »Einen Augenblick.« Nach einer halben Stunde kehrte er zurück, ich redete laut vor mich hin.

»Wie Amelio«, lallte ich, »sie hat mich fertiggemacht wie Amelio.« Milo sagte: »Draußen ist eine Blonde, die auf dich wartet.« Er brachte mich zu einer Baumgruppe, unter der modernde Blätter lagen. Die Blonde wartete, an einen Baumstamm gelehnt. Wir rutschten auf den Blättern aus, und das Mädchen sagte: »Fallt bloß nicht hin.« Es war nicht sehr kalt, und ich lehnte mich an die Rinde. Milo rief noch: »Sei nett mit ihm.«

Die Blonde machte alles, sie knöpfte mir sogar den Mantel wieder zu. Als Milo mich in die Straßenbahn schubste, sagte ich kein Wort. »Morgen geht's los«, erklärte er mir, »und du fährst.«

Einen ganzen Monat lang war ich dauernd betrunken. Wie Amelio, dachte ich, sie hat mich fertiggemacht wie Amelio. Ich bildete mir ein, daß das Trinken mich von allem abbringen könne. Aber bei der Vorstellung, daß ich, kaum war ich nüchtern, schon an die nächste Besäufnis dachte, kamen mir die Tränen. Milo redete mir zu: »Sei doch nicht so dumm.« Aber die Tage wollten kein Ende nehmen, und immerzu betrunken zu sein, war ziemlich anstrengend. »Jetzt ist es März, da macht die Arbeit doch Spaß. Was hast du bloß im Kopf?« Ich gab keine Antwort und hörte ihm mit zusammengebissenen Zähnen zu.

In diesem Monat fuhren wir nach Biella und Novara; und noch einmal nach Casale; was ich eigentlich machte, weiß ich nicht mehr. Im Gedächtnis ist mir nur noch, daß ich erst morgens nach Hause kam, in der Kneipe schlief und mit dem Lastwagen über die Straßen raste. Einmal sprang ich auf ein Rad, das schon rollte, stürzte auf den Asphalt und dachte, jetzt sei alles aus. Es war wie ein Faustschlag zwischen die Augen, und für einen Augenblick hatte ich das Gefühl, geheilt zu sein. Milo schrie auf und rief mich an. Ich schaute blöde zu ihm auf und sagte seelenvergnügt: »Ich war nicht betrunken, und getan habe ich mir auch nichts.«

Ich erinnere mich noch, daß ich in dieser ganzen Zeit hungrig war wie ein Wolf. Zu Hause aß ich, auf dem Lastwagen aß ich, in Casale und Novara aß ich. Nur wenn ich aß, besänftigte sich mein Kummer. Aber so kam ich immer mehr zu Kräften und litt desto mehr. Meine ganze Energie verwandte ich darauf, Kräfte zu sammeln.

Milo meinte, ich solle den Führerschein machen und Fernfahrer werden. Ich wollte davon nichts wissen. So verdiente ich ein bißchen nebenbei, in die Werkstatt ging ich schon längst nicht mehr, und um mehr zu tun, war ich zu unstet. In der Fernfahrerkneipe spielte ich jede Nacht, war es nicht die Gitarre, so waren es die Karten. Ich spielte hoch und verlor. Auch beim Kartenspiel muß man ganz bei der Sache sein, wenn etwas dabei herauskommen soll, und ich dachte an alles andere. Ich wurde vorsichtiger, und Milo sagte: »Du hast einen großen Fehler. Du machst nichts gründlich.«

Aber alles geschieht schließlich von selbst. Carletto war nicht abgereist. Eines Abends im März höre ich, wie jemand auf der Straße nach mir ruft. Er hatte keinen Mantel an. »Den habe ich verkauft«, sagte er, »ich bin wieder ganz am Ende. Und warum kümmerst du dich eigentlich nicht um mich?« Unter solchen Gesprächen kamen wir zum ›Mascherino‹. Als er merkte, daß ich schnurstracks daran vorbei wollte, sagte er mit seinem gewohnten Grinsen: »Du kannst ganz ruhig sein, hier kommt schon seit langem niemand mehr hin.«

Wir gingen hinein. »Bist du etwa im Krankenhaus gewesen?«

»Schön wär's«, antwortete er, »aber die nehmen keine Leute, die essen können.«

Ich überlegte, wem von uns beiden es wohl schlechter gehe, gab ihm eine Zigarette und befühlte mich, ob ich auch so ein Gesicht hätte.

»Niemanden mehr gesehen?« fragte er mich.

»Niemanden.«

Ich bestellte ein Spiegelei für ihn. »Ißt du denn nicht?« fragte er. »Früher hast du doch soviel gegessen?«

An diesem Abend stieg eine böse Freude in mir auf. Carletto hatte mir die Augen geöffnet. Ich aß mit ihm, lud ihn zum Trinken ein, und wir kamen auf den wunden Punkt zu sprechen. »Es geschieht dir recht, daß Lubriani dich so reingelegt hat«, sagte ich ihm.

»Und dabei erwartet Dorina mich«, erwiderte er. »Dort unten kommt man immer durch.«

»Bist du sicher, daß sie auf dich wartet?«

»Das weiß man nie«, antwortete er lachend, »das weiß man wirklich nie.«

Von diesem Abend an trafen wir uns öfter. Carletto schlief in einem Winkel des Theaters beim Nachtwächter. »Wenigstens beherbergt Lubriani mich«, meinte er, »Lili hat das nie getan.«

»Hast du sie jemals wiedergesehen?«

»Ich habe meinen Mantel verkauft.«

Daß ich etwas für ihn tun konnte, war für mich eine Erleichterung. Wir gingen zusammen essen, und ich zahlte. Es war, als ginge ich mit einer Frau aus. »Mit dem ersten Geld, das du verdienst, kaufst du dir eine Fahrkarte und fährst nach Rom. Das ist schade.«

»Wenn ich nach Rom gehe, zahle ich dir alles zurück.«

»Du Idiot. Wer spricht denn von zurückzahlen?«

Es kam soweit, daß er mich in unserem Laden besuchte. Bei Carlottina fand er keine Gnade, sie sah ihn wütend an. Er schlug ihr vor: »Wie wär's, wenn wir zusammen auf der Straße sängen?« Er wollte meine Gitarre sehen und probierte sie aus. »Wir sollten uns zu einem Trio zusammentun, wir beiden singen, und Pablo spielt. Wir ziehen von Platz zu Platz, und Sie gehen mit dem Hut herum.« So ödete er sie eine Weile lang an, und Carlottina wurde immer brummiger. Es hätte nicht viel gefehlt, daß sie zu ihm gesagt hätte: »Sie widerlicher Krüppel.« Da nahm ich meine Gitarre und ging mit ihm fort.

Dann bot sich Carletto die Möglichkeit, abends in einem Kino zu singen. Es lag beim Teufel auf der Rinne, ein gutes Stück jenseits der Dora. »Ich weiß Bescheid«, sagte er, »das ist genau wie auf einer großen Bühne.« Mehr Bedeutung als seine Stimme hatte für seine Rolle sein Buckel. Er sang die Geschichte von einem Juden, der mit einem Buckel schwanger ging. Und so wie die Frauen einen immer dickeren Bauch bekommen, bekam der Jude zusehends einen dickeren Buckel. Dann hißten zwei Mädchen einen grün-weiß-roten Wimpel darauf und sangen: »Raus aus Italien mit dir«, und versetzten ihm Fußtritte. Die Leute lachten und pfiffen.

Das machte er ein paar Abende, verdiente damit zwanzig Lire, und dann wurde er im Ernst wieder hinausgesetzt. Um ihm Mut zu machen, schlug ich ihm vor, wir wollten zusammen singen gehen. »In den Höfen schütten sie uns schlimmstenfalls Wasser auf den Kopf.« – »Ich komme auch so durch«, antwortete er, »glaub nur nicht ...« So zogen wir denn mit Gitarre und Gesang in abgelegene Höfe. Ich tat es nur, um es mal auszuprobieren; bei einer Fahrt mit Milo sprang für mich mehr heraus, aber ich wollte Carletto helfen. Und mich soweit zu erniedrigen, war mir eine Befriedigung. Es war geradezu eine Lust, sich dermaßen zu demütigen und doch nicht klein beizugeben. Einen ganzen Morgen zogen wir so herum. Nach einer Weile gingen wir nicht mehr in die Höfe, sondern blieben auf der Straße. Mich strengte das nicht an, aber Carletto wurde heiser. Ich begleitete ihn nur und gab acht auf die Hausmeister. Aber das Geld aufzuheben, das die Dienstmädchen hinunterwarfen, brachte ich nicht fertig. Ich wäre mir dabei vorgekommen, als ginge ich Kippen sammeln. Ich war erstaunt, wieviel Geld es regnete. »Das ist dein Geld«, sagte ich zu Carletto, »das mußt du aufheben.« Alles in allem waren es keine zwei Lire.

Ich vernachlässigte Milo und war dauernd mit Carletto zusammen. Bei ihm wurde mir der Tag nicht so lang. Ich sprach nicht von Linda. Es genügte mir zu wissen, daß er Bescheid wußte. Ich war noch ganz benommen. Das Herz war mir so schwer, daß ich keine Frau anschauen konnte. Die Morgenstunden waren frisch und kühl, die Abende lockten einen ins Grüne hinaus – wie mochte es jetzt wohl am Meer sein? Manchmal dachte ich, Linda wäre, wenn sie gekonnt hätte, sicher zu mir zurückgekommen, und dann tat auch sie mir leid. Wievielmal hatte ich sie aufgegeben und war dann doch zu ihr zurückgekommen. Vielleicht litt sie mehr als andere darunter und tat nur so fröhlich, weil sie Bescheid wußte. Vielleicht hatte auch Amelio das, was ich jetzt begriff, damals begriffen. Dann war also alles schon von dem Tag an entschieden, an dem sie in den Laden kam und mich Pablo nannte. Und wieder spürte ich, wie es an mir nagte, daß sie mich nur benützt und mit mir gespielt hatte.

»Carletto, hast du auch schon einmal erlebt«, fragte ich, »daß über dich bereits verfügt war, ehe du dich überhaupt auf eine Sache eingelassen hattest?«

Wir sprachen eine Weile darüber, und er meinte, so ergehe es doch allen. Immer gebe es jemanden, der einem dazwischenkomme. Man möchte seinen Kopf durchsetzen und könne es nicht.

»Aber schön ist es doch nur, wenn man seinen eigenen Kopf durchsetzen kann.«

»Natürlich«, antwortete er, »aber es gibt zu viele Leute, die ein Interesse daran haben, einen herumzukommandieren.«

»Das meine ich nicht. Ich denke an die Dinge, die man nur so zum Spaß tut. An das Glas Wein, das man trinkt, die Zigarette, die man raucht, die Mädchen, die einem begegnen.«

»Es gibt zu viel Leute mit eigenen Interessen. Was du trinkst und was du rauchst, entscheidet der Chef.«

»Und die Mädchen?«

»Auch über die entscheidet der Chef. Wenn du keine Arbeit hast und nichts verdienst, dann hast du die Mädchen gesehen.«

Ich verstand nicht, was er meinte. Carletto schaute mich mit erwartungsvollen Katzenaugen an. Er hatte etwas anderes, etwas ganz anderes im Sinn.

»Du siehst doch, was sie aus Italien gemacht haben«, fing

er wieder an. »Steht es in deiner Macht, auch nur einen Finger zu rühren? Bekommst du Arbeit, wenn du keine Mitgliedskarte hast? Wenn du den Nacken nicht beugst, bekommst du keinen Bissen Brot.«

»Auf meinen Lastwagen kann ich ohne weiteres.«

»Was du ohne weiteres tun kannst, ist Gitarre spielen. Aber auch das nur leise. Nicht mal singen kannst du, sonst mußt du Strafe zahlen.«

Richtig, dachte ich, meine Gitarre. Gitarre spielen kann ich, wenn ich will. Nach Novara fahre ich, wenn ich will. Und in die Kneipe gehen kann ich auch. Und mich mit Carletto unterhalten. Alles, was ich so zum Spaß mache, entscheide ich selbst. Aber auf die wichtigen Dinge, auf die Dinge, die einen umwerfen, auf die hat man keinen Einfluß. Sie überfahren einen wie ein Lastwagen, kommen über einen wie eine böse Lungenentzündung, und dahinter steckt jemand, der sein Vergnügen daran hat und sein Spiel mit uns treibt.

»Wer soll denn dahinterstecken? Vielleicht der liebe Gott?« entgegnete Carletto. »Wenn es den gibt«, fuhr er fort, »dann steckt er hinter allem. Auch hinter den Zigaretten und den Lubrianis.«

Es kamen Abende, die vom Duft der Wiesen draußen erfüllt waren. Was hätte ich nicht darum gegeben, wenn ich wieder wie früher ins ›Paradies‹ hätte gehen können. Ja, das waren Nächte, die für die Liebe wie geschaffen waren. Manchmal sah ich mir im Vorübergehen die Auslagen der Damengeschäfte an. Milo wollte immer, daß ich meine Gitarre mitnahm, und eines Sonntags, als wir in Pianezza auf dem Mäuerchen einer Brücke saßen und Mädchen vorüber kamen, überredete er mich zu spielen. Die Mädchen fingen sogar zu tanzen an. Von dem Mäuerchen sah man in die Ebene hinaus, es war wie eine Terrasse in Genua. Aber bei dieser Gelegenheit merkte ich, daß mit mir ernstlich etwas nicht in Ordnung war. Ich hätte die Mädchen am liebsten von der Brücke hinuntergestoßen, ein Glück nur, daß wir etwas zu trinken hatten und daß Milo lachte. Aber ich hatte genug davon und begriff, daß jetzt ganz Turin, meine Fahrerei, die Straßen und die Steine, aus denen die Häuser gebaut waren, mir meinen Frieden nicht wiedergeben konnten. Selbst der Gedanke, daß Carletto nichts zu essen hatte, besänftigte mich nicht. Ich wurde richtig bösartig. Wenn ich sah, wie hungrig er war, ekelte mich das an, weil ich daraus schloß, auch er hätte mich sitzen gelassen, wenn ihm das nur möglich gewesen wäre.

»Keine Angst«, beruhigte er mich, »du glaubst doch nicht etwa, daß ich ohne einen neuen Anzug fortgehe. So kann ich mich in Rom nicht zeigen.«

Er sprach ebensoviel von Rom wie Milo von den Frauen. Rom sei eine große Stadt, erzählte er, wo jeder lebt und leben läßt. »Dort wird so viel und so gut gegessen«, sagte er, »daß du das Fett allenthalben riechst. Kein Mensch schließt dort seine Haustür. Man lebt und ißt auf der Straße.«

»Und Rom steckt nicht voll von Lubrianis?«

Er grinste, und seine Stimme wurde leiser. »Auch dafür findet sich dort Abhilfe«, meinte er, »es gibt dort genug handfeste Burschen, und ich kenne einige davon.«

Dann erzählte er, die Straßen gingen dort bergauf und bergab, und hinter den hohen Häusern sehe man Pinien. »Man kann dort Tag und Nacht draußen sein«, fuhr er fort. »Um diese Zeit ist dort schon Sommer. Ganz Rom ist ein Wirtshaus, und es ist immer schönes Wetter. Wo du auch hinkommst, sogar vor den Toren, triffst du auf Leute, die essen und ihr Leben genießen. Du mit deiner Gitarre würdest dort dein Glück machen.«

Schließlich war es soweit, daß ich eines Morgens zu Milo sagte: »Ich will nach Rom.«

»Das ist keine Reise wie nach Pianezza«, antwortete er. »Man ist sechs Tage unterwegs.«

»Ich will nach Rom und dort bleiben.«

»Mit der Bahn kostet dich das weniger.«

»Wir sind zu zweit.«

Da schaute Milo mich an und sagte: »Na, schön.«

Als der Lastwagen, den Milo für mich aufgetrieben hatte, in Rom hielt, freute ich mich, daß ich eine so lange Reise gemacht hatte und daß die Welt voll war von Dörfern, Städten und Bergen, die ich bisher nie gesehen hatte. Als wir ankamen, war es Nacht. Carletto schlief an den Fahrer gelehnt. Zu Abend hatten wir in einem Ort auf halber Höhe gegessen; und in der Kneipe dort, wo zwei Ochsenhörner von der Decke hingen und die Dörfler herumbrüllten, als seien sie hier die Herren, hatte ich aufgehört, an zu Hause zu denken. Es tat wohl, zu wissen, daß Amelio noch nie hier unten gewesen war. »Das war nun wirklich unsere eigene Entscheidung«, sagte ich zu Carletto.

»Das kann man noch nicht sagen«, antwortete er, »bisher haben wir Glück gehabt.«

Die Nacht war kühl, als der Fahrer uns am Ende einer baumbestandenen Straße am Flußufer absetzte. Ich wollte nicht nach Hause, um die Frauen nicht zu wecken. »Laß uns doch durch Rom bummeln«, schlug ich vor. Aber wir hatten die Gitarre und unser Gepäck. »Und wenn dann eine Streife vorbeikommt?« fragte Carletto.

Dorina wohnte an einem Platz am Ende einer Brücke. »Das ist der Ponte Milvio.« Auf dem Weg dorthin schaute ich mich um. Die Häuser hatten bis zu zehn Stockwerken, und die Hügel im ganzen Umkreis waren erleuchtet. Niemand begegnete uns. »Man hat das Gefühl, mitten in Turin zu sein«, sagte ich, »und dabei sind wir hier doch nur am Stadtrand.«

Am nächsten Tag wachte ich auf einem niedrigen Sofa in einer fremden Wohnung auf. Es war nicht Dorinas Wohnung; bei unserer Ankunft hatten sie, ihre Töchter und die Großmutter einen solchen Krach gemacht, daß die Nachbarn aus ihren Türen gekommen waren, und da es sonst keinen Platz gab, hatte mich eine dicke alte Frau, die im Nachthemd auf der Treppe erschienen war, mit in ihre Wohnung genommen. Sie und Dorina hatten sich angeschrien, als zankten sie sich. Aber das war in Rom so üblich, und die Alte erklärte, ich solle zu ihr kommen, sie habe keine Mädchen im Haus und möge Gitarren und junge Leute. Ich ging zu Bett und war heilfroh, nicht mit den andern weiterfeiern zu müssen.

Am nächsten Morgen wachte ich vom Straßenlärm auf, aber im Haus herrschte Stille, und es war schon lange Tag. Ich merkte sofort, wie anders die Luft hier war, klarer und trockener, wie strahlendes Juliwetter an einem Januartag.

»Wonach riecht es denn?« fragte ich die Alte, die sich in der Wohnung zu schaffen machte. »Nach Kaffee«, antwortete sie, »wollen Sie eine Tasse?« Aber es roch nicht nur nach Kaffee, das wurde mir klar, als ich das Haus verließ. Auf dem Platz vor den zwei Brückenstandbildern kochte ein Trupp von Straßenarbeitern Asphalt. Auch Rom ist also eine zivilisierte Stadt, dachte ich bei mir.

Wir richteten es so ein, daß ich bei der Alten, die Marina hieß, schlief und tagsüber zu Carletto ging und auch bei ihnen aß. Dorina war noch dicker als auf den Fotos in Genua; sie wirkte wie eine Matrone, als sei sie Carlettos Mutter, dabei war sie noch jung. Sie lief im Morgenrock in ihrer Wohnung herum und schimpfte mit ihren Töchtern, zwei kleinen Mädchen, den Kindern eines Sozialisten, der im Gefängnis saß. Merkwürdigerweise sprach Dorina, die singen konnte und gesungen hatte, nie von Kunst. Carletto und mich behandelte sie wie Taugenichtse, Tagediebe und Glücksspieler, dabei nannte sie mich sofort einen Schatz, sagte, ich solle mir keine Gedanken machen und ruhig spazierengehen. Sie fragte mich nicht, wovon ich zu leben gedächte. Als ich ihr Geld anbot, wollte sie es nicht nehmen. Zu Carletto sagte sie, er werde schon im Theater erwartet, und als Carletto dorthin ging, nahmen sie ihn tatsächlich; ich dachte, damit eine Frau sich um einen wie um ihren eigenen Sohn kümmert, muß sie schon verheiratet oder man muß bucklig sein. Warum Carletto sich darüber lustig machte, verstehe ich noch heute nicht. Carletto war eben ein Kind und grinste über alles. Als ich ihm sagte, ich könne vieles verstehen, aber nicht, daß man einem, der im Gefängnis sitzt, sein Mädchen wegnimmt, antwortete er mir, eine Frau nehme man immer jemandem fort, und man müsse sich dranhalten, denn nur zu bald komme der Tag, an dem der andere sie einem wieder wegnehme. »Aber er ist doch im Gefängnis«, wandte ich ein. »Das weiß man doch«, erwiderte er. »Wer ins Gefängnis kommt, weiß, daß seine Frau inzwischen das Leben genießt. In Rom kann man nicht ohne Liebe leben.«

Abends gingen wir zusammen mit Dorina aus und aßen in einer Wirtschaft. Ihr machte es Freude, ihren Carletto ins Varieté zu begleiten; es handelte sich dabei um eine kleine

Bühne in einem Kino der Innenstadt, und die Leute ringsum redeten und schrien wie auf einem Dorfplatz. Sobald Carletto mit seiner Nummer fertig war, kam er wieder zu uns. Wir aßen Salat und Frikadellen. Am ersten Tag mochte ich den gelben Wein nicht, aber dann gewöhnte sich meine Zunge daran, und ich trank und schwatzte. »Es ist anscheinend mein Los«, sagte ich zu Dorina, »daß ich überall, wo ich hinkomme, im Wirtshaus lebe.«

»Du hast eben kein Zuhause«, meinte sie. Auf du und du standen wir freilich erst später, aber das ist ja gleich.

»Ich komme doch gerade von zu Hause; ich habe mein Leben zwischen Weiberröcken verbracht.«

»Daran hast du recht getan«, antwortete sie. »An die mußt du dich auch weiterhin halten, wenn du dir ein Zuhause schaffen willst.«

Ich schaute sie an und lachte. Gerade das gefiel mir an Rom, daß man hier den lieben Gott einen guten Mann sein ließ. Das lag geradezu in der Luft. Wenn ich hier ein Glas Wein trank, war es nicht wie in Turin; ich trank nicht aus Wut und nicht zu meiner eigenen Qual. Ich spürte, wie alles, die Leute, die Häuser und der helle Wein, in mich einging und mir wohltat. Ich fühlte, daß ich hier leben konnte und Arbeit finden würde und daß ich deswegen einen so weiten Weg und die Berge hinter mich gebracht hatte. Jeden Tag kam es mir so vor, als sei ich gerade erst vom Lastwagen gestiegen, und wenn ich nur wolle, liege die ganze Welt offen vor mir wie Rom. Wenn bisweilen die alte Wut wieder in mir hochstieg wie in Turin, ballte ich die Fäuste, schaute auf, lief los und machte mir klar, daß Pablo jetzt in Rom war. Das genügte. Ich war wirklich ein anderer geworden.

Mit dem wenigen, das ich noch von zu Hause hatte, konnte ich mich hier durchaus sehen lassen. Marina verlangte hundert Lire, machte mir dafür Kaffee und wusch meine Wäsche. Ich schenkte ihr Orangen, und einmal spielte ich für sie Gitarre. Auch sie war dick, aber schon so alt, daß sie kaum noch laufen konnte. Morgens blieb sie einfach mit dem Rock über dem Hemd sitzen, schaute mir beim Rasieren zu und sagte, ich sei ja noch so jung. In meinem Bett, erzählte sie mir, habe ein schönes Mädchen geschlafen, schöner noch als Dorina – frischer und jünger; sie habe sich vor meinem Spiegel frisiert und sich an meinem Waschtisch die Zähne geputzt. Dunkel sei sie gewesen und habe Rosario geheißen.

»Was nimmt sie denn?« fragte ich und schaute in meinen Spiegel. Marina lachte auf ihrem Stuhl. »Ihr Turiner seid mir die Richtigen«, schwatzte sie drauflos. »Ihr wißt nicht, wie man Fenchel ißt. Ihr wollt gleich ans Herz heran und werft alles andere weg. Aber der Fenchel hat gar kein Herz.«

»Manchmal bleibt er uns aber im Hals stecken«, erwiderte ich.

Mit Rosario lägen die Dinge ganz anders, fuhr sie fort. Vor zwei Jahren habe die ihr Glück gemacht; sie sei nach Fregene gegangen und habe dort einen richtigen Herrn kennengelernt. Und nun gehöre ihr halb Rom.

»Die taucht ihren Fenchel eben in Öl«, bemerkte ich.

Und Marina erklärte mir, Rom sei wie ein Faß. Sie fuchtelte auf ihrem Stuhl herum und begann zu jammern. »Wenn ich nur nicht so alt wäre«, sagte sie. »Uns Römern schmeckt das gute Essen und der Müßiggang eben zu gut. Deshalb ist es mit uns schließlich soweit gekommen. Als ich geboren wurde, lebten wir im Campitelli; wenn man sonntags hier herunterkam, tat man damals gut daran, vorher mit dem Leben abzuschließen. Glaubst du etwa, daß all die Häuser, Straßen und Hochhäuser vom Piazzale Flaminio bis hier heraus von Römern gebaut worden sind? Ich habe das alles miterlebt, mir kannst du es glauben. Das alles habt ihr erbaut, ihr wart das, ihr Fremden. Wir hatten zwar die Steine, aber wer wäre je darauf gekommen, aus diesen Steinen Geld zu machen?«

»Mir sagen Steine nicht viel«, erwiderte ich.

»Mach es nur nicht wie Carletto«, gab sie zurück. »Als ich die Gitarre in deinen Händen sah, habe ich geradezu darunter gelitten. So gern ich Musik höre, möchte ich doch, daß du es weiter bringst. Denk doch nur an ihn, an unsern Herrn und Meister. Der kommt auch aus eurer Gegend.«

Dann ging ich aus, ging spazieren. Ich schaute mir die Straßen und die Palazzi an, manche waren so alt und so fremdartig, daß nur die Römer sie gebaut haben konnten. Ich konnte mir kaum vorstellen, daß Leute wie ich dabei

Hand angelegt haben sollten. Auch die Luft war hier anders, man atmete freier. Auf einer Brücke blieb ich stehen, schaute mich um und hörte den Leuten zu. Es gab hier Hügel und Bäume, wie man sie bei uns nicht kennt. Die alte Marina hatte wohl nur so dahergeredet. Denn wenn ich mich in diesen Straßen wohl fühlte, dann doch nur, weil mir hier alles so anders vorkam. Und doch glichen an manchen Abenden, wenn ich im Mondschein über den Ponte Milvio ging, der Steilhang über dem Tiber und die Baumgruppen in der Ferne den Wäldern am Po und dem Steilhang von Sassi. Ortschaften am Fuß eines Hügels sehen einander eben alle ähnlich. Das Stück hier am Tiber gefiel mir besser als alle römischen Paläste. Am Brückenkopf begann eine Platanenallee, die mich an den Valentino-Park oder Stupinigi erinnerte. Viele Lastwagen fuhren auf ihr aus der Stadt hinaus. In den Kneipen saßen Straßenarbeiter und Maurer, es roch nach Kalk, und den ganzen Tag hörte man Hammer und Spitzhacke.

»Auch in Rom wird gearbeitet«, sagte Carletto, »der Unternehmer sitzt im Palazzo Venezia. Wer eigentlich dabei verdient, weiß freilich niemand. Aber überall bauen sie Hochhäuser, Brücken und Aborte. Es kommt ihnen gar nicht darauf an, was.«

»Aber die Leute leben doch.«

»Manche sogar im Zuchthaus. Dort wird man sogar verpflegt.« Eine weitere Belehrung erteilte mir die alte Marina. Sie hatte in meinen Sachen gekramt und war davon anscheinend wenig befriedigt. »Du bist ja nicht in der Partei«, sagte sie zu mir, »denn du hast kein Schwarzhemd bei dir.«

»Muß man denn eines haben?«

»Kleider machen Leute. Hat man dir das nicht schon in der Wiege gesungen? Bist du nach Rom gekommen, um Geld zu verdienen oder um welches auszugeben?«

Sie schüttelte den Kopf und sagte: »Gib nur acht. Schon Schlauere als du sind schließlich an einem gewissen Ort gelandet.«

Carletto und Dorina haßten die Partei auf den Tod. Aber sobald sie davon anfing, wurde Dorina auch grob zu Carletto. Wenn die Töchter nicht rechtzeitig nach Hause kamen, wenn sie etwas zerschlugen oder die Ballila-Jungen auf der Straße hinter ihnen her waren, begann die Großmutter zu jammern, die Mädchen seien überhaupt nicht mehr zu Hause und steckten nur noch in dieser Uniform; dann zeterte Dorina, was Frauen schließlich tun sollten, wenn der Mann nicht begreift, was in der Welt vorgeht. Sie schimpfte auf Carletto und ihren eingesperrten Mann. Schimpfte auf die verlorenen Jahre, die fehlgeschlagenen Hoffnungen, das Geld, das sie nicht hatte. Ihrem Mann warf sie vor, er habe Illusionen nachgehangen, und Carletto, er lache immer nur und mache sich über alles lustig. »Wenn ich nicht eine Frau wäre, dann...« – »Was tätest du dann?« fragte Carletto. »Dir geht es doch besser als so vielen anderen.«

Mir kam dabei wieder in den Sinn, wie es war, wenn Amelio die Leute in der Kneipe von Politik reden hörte. Einer war immer da, der laut und deutlich verkündete, der Duce habe alles richtig gemacht, den Italienern gehe es besser als früher, aber das Maul aufreißen könnten sie alle. »Dann halt du wenigstens deinen Mund«, hatte Amelio eines Abends gesagt. Und dabei hatte er so ausgesehen, daß einem alle Lust zum Weiterreden verging.

Mit mir sprach Dorina nicht über die Partei. Wenn wir beide abends zusammen ausgingen, um Carletto zu treffen, fragte sie mich nach Turin und nach den Modegeschäften dort und erzählte mir, sie sei nur aus einer Laune zum Theater gegangen, aber in Genua habe sie dann alles verkaufen müssen, ihre Pelze, ihren Schmuck und ihre Stimme. Sie lachte. »Ich weiß wirklich nicht, warum ihr Turiner es mir angetan habt«, sagte sie fröhlich, »dabei seid ihr doch Narren und Verleumder und habt alle einen Sparren. Wenn ich nicht Familie hätte, dann würde ich vielleicht...« Ich ging mit ihr eingehakt und dachte an Turin. Aber jetzt bin ich in Rom, sagte ich mir, jetzt bin ich in Rom.

»Und denkst du noch manchmal an Turin?« fragte sie mich hin und wieder. Dann wurde sie traurig und sprach davon, wie alt sie schon sei. »Stell dir vor, ich habe bereits eine Tochter, die den jungen Männern Augen macht.«

Wenn Carletto kam, sagte er: »Habe ich euch endlich erwischt.« In unserem Gasthaus war Dorina bei allen beliebt. Anfangs führte ich das darauf zurück, daß sie beim

Theater gewesen war und gesungen hatte. Denn manchmal wurde sie auch hier aufgefordert zu singen. Aber eines Abends hörte ich, wie zwei Kerle zueinander sagten: »Sieh mal, die Frau dort.« Da begriff ich, daß sie Dorina schön fanden. Ich hätte viel darum gegeben, mit Carletto darüber sprechen zu können. Auch das ist Rom, sagte ich mir verblüfft, und das sind die Frauen, die in Rom gefallen. Ich achtete jetzt auf der Straße darauf und merkte, daß viele sich nach ihr umschauten. Wie gut, dachte ich, dann hat sie doch wenigstens diesen Trost.

Wir gingen also ins Wirtshaus, und es zeigte sich, daß Carletto recht hatte, ganz Rom ist ein Wirtshaus, in dem man sein Leben verbringt. Die Leute erschienen dort mit Kind und Kegel, brachten Huhn, Salat und Obst mit, bestellten Wein und begannen zu schmausen. Mir kam das ›Mascherino‹ wieder in den Sinn, in das die Künstler gingen. Aber das war ein dunkles Loch für Klappergreise, und nur Huren und Theaterleute verkehrten dort. Hier aber aß man und musizierte, lachte und trank, und das Wirtshaus war der Mittelpunkt des ganzen Viertels. Ich dachte zurück an die Nacht, die wir mit den römischen Kollegen im ›Mascherino‹ verbracht hatten, und an den nächsten Tag und an vieles andere. Bei der ersten Hitze gegen Ende April taten sich dann die Türen auf, frische Luft drang zu den Tischen, und über den Gassen standen die Sterne. Es dauerte nicht lange, da nahmen wir auch meine Gitarre mit – andere hatten sich schon eingefunden –, Carletto riß seine Witze, und nach und nach nannten alle mich beim Vornamen.

Etwas zu verdienen war nicht schwer, denn Leute wie mich gab es in Rom haufenweise. Alle sagten, ich solle Gitarre spielen, mit einem Wirt eine Vereinbarung treffen und seine Gäste an den Tischen unterhalten. Aber jetzt handelte es sich nicht darum, für Carletto eine Arbeit zu finden, deshalb warf ich beim Herumbummeln einen Blick in die Fenster der Schlosserwerkstätten und ging in alle Garagen, um nachzufragen, ob man mich brauchen könne. Auch in Rom hätte ich wieder eine solche Arbeit angenommen.

Aber die einen fragten nach meinem Führerschein, die anderen verlangten, ich solle Einstand zahlen, und noch andere wollten nicht glauben, daß ich wirklich aus Turin sei. »Ich bin auf einem Lastwagen hergekommen«, erklärte ich ihnen, »ich fahre selbst.« Zu dumm, daß ich mir den Namen und die Adresse des Fernfahrers, der uns mitgenommen hatte, nicht hatte geben lassen. Zwei Schritte von unserem Haus entfernt befand sich an einer großen Straße, die Via Cassia heißt, eine Fahrradwerkstatt, wo auch Sättel und Zaumzeug repariert wurden. Hier hätte man nicht geglaubt, noch in Rom zu sein, und der Junge, der im Laden war, sagte zu mir: »Darüber mußt du mit der Blonden reden.« Ich dachte, es handele sich wirklich um eine Blonde, statt dessen erschien eine Frau mit einem Zigeunerinnengesicht, Röcken, die wie Hosen aussahen, und einer karierten Bluse. Sie schaute meine Krawatte und meine Schuhe an – die Krawatte war noch gut, die Schuhe zerrissen – und fragte: »Kennst du hier jemanden?« – »Noch nicht«, antwortete ich. Sie stellte mich ein.

Bei dem Hin und Her von Straßenarbeitern und Handwerkern, die dicht neben unserer Brücke eine neue Brücke bauten, waren ständig Fahrräder zu reparieren. Pippo, der Junge aus der Werkstatt, war allerdings mehr dafür, auf ihnen herumzurasen. Die Blonde war Witwe – der Blonde war gestorben – und wußte nicht, wie sie es anstellen sollte, um ihre Kunden nicht zu verlieren. Sie gab uns böse Blicke und wenig Worte; es war klar, daß sie befürchtete, wir könnten uns etwas gegen sie herausnehmen; sie gehörte zu denen, die erst ihren Mann ins Grab bringen und ihn dann Nacht für Nacht beweinen. Pippo behauptete, sie sei Schlafwandlerin – das ausgemergelte Gesicht und die Augen danach hatte sie, ein richtiges Witwengesicht. Sie hielt sich immer im Hinterzimmer auf und beaufsichtigte uns durch ein Loch in der Wand. Abends rechnete sie an einem Tisch in diesem Zimmer ab und bezahlte mir einen bestimmten Prozentsatz. Da hinten schlief sie auch in einem finsteren Winkel, es roch dort nach Petroleum und ungelüfteten Betten. Wenn ich morgens kam, wartete sie schon an der Tür auf mich; sie sagte mir nicht guten Morgen und verschwand. Sie mochte so um die dreißig sein.

Als erstes machte ich die Bude sauber und verlangte, daß Pippo, der bisher nur von Trinkgeldern gelebt hatte, einen Lohn bekam. Ihn ließ ich Reifen reparieren, schickte ihn Besorgungen machen und gab ihm ab und zu frei. Ich gewöhnte ihn daran, seine Arbeitszeit einzuhalten. Dann erklärte ich der Blonden, die Sattlerarbeiten sollten wir lieber bleiben lassen, keiner von uns könne einen Sattel ordentlich flicken. Hin und wieder kam ein Karren mit Wein vom Land, einer von den Karren, die wie zu Karneval hergerichtet sind, mit Sonnendach und laubgeschmücktem Pferd. Ein Riemen war zu flicken – machte vier Soldi. Ich sprach darüber mit der Blonden, aber sie wollte nichts davon hören – denn ihre Leute waren ursprünglich Sattler gewesen. Ich schwieg, sagte aber zu den Fuhrleuten, wir hätten im Augenblick keine Zeit. Sie verstand und ließ mich machen.

Wer indessen nicht verstand, daß ich in einer Werkstatt arbeitete, war die alte Marina. »Weißt du, daß du dort abseits von allem lebst?« fragte sie. »Was bist du bloß für ein Kerl? Wozu bist du eigentlich hierher gekommen? Wer weiß denn in dieser Welt was von dir?«

Dann machte sie sich bei Dorina Luft und sagte, noch nie sei jemand vorangekommen, der im Tagelohn gearbeitet habe. »Dein Carletto hilft ihm nicht richtig«, warf sie ihr vor. »Ihr laßt ihn zugrunde gehen wie einen armen Schlukker. Dabei hat der Junge doch goldene Hände und weiß es nur nicht.«

Aber Dorina erklärte ihr, mir sei in Turin etwas Schlimmes widerfahren. Darauf hielt die Alte ein paar Tage den Mund, und Dorina lachte und blinzelte mir zu, wenn sie mich sah. Sie sprachen in aller Heimlichkeit darüber, aber etwas davon erfuhr Carletto doch, der seinerseits grinste. Schließlich nahm die Alte mich eines Abends beiseite, ging mit mir ans Fenster und fragte mich, ob ich schon Ostern gehalten hätte. Ich verstand sie zunächst überhaupt nicht, da drückte sie mir blitzgeschwind ein Heiligenbild in die Hand. »Steck es in die Tasche«, bat sie mich, »das wird dir guttun.«

»Ich glaube aber nicht daran«, erwiderte ich.

»Das spielt keine Rolle, es ist geweiht, es wird dir guttun.«

»Aber ich bin doch nicht krank«, entrüstete ich mich.

»Geh her, krank sind wir alle. Getauft bist du doch?«

Am Tage darauf war sie glücklich und zufrieden und sagte zu Carlettos Grinsen nur: »Das sind ja noch Kinder. Junge Leute, die sich nach einer Frau sehnen.«

Ich ließ sie reden und ging meiner Arbeit nach. Jetzt machte es mir Spaß, abends mit meinem selbstverdienten Geld auszugehen. Es wurde Nacht, eine laue Nacht, und all die blühenden Bäume ließen einen glauben, es sei schon Sommer. Wenn ich über die Brücke in die Wirtschaft ging, sah ich rechts auf den Hügeln die Pinien und begriff nicht, warum sie so dürr und kahl waren.

»Die Stadt frißt sie auf«, erklärte mir Carletto.

»Was für ein Unsinn.«

»Es gibt doch in Rom soviel Bäume, am Boden kann es also nicht liegen. Aber Rom hat Felder und Hügel niedergewalzt und liegt jetzt mitten in einer Wüste.«

Als ich ihn fragte, ob man von den Höhen oder von Sankt Peter etwas vom Meer sehen könne, riet er mir, lieber direkt ans Meer zu fahren; das sei schneller getan. Ohne meinen Leuten etwas davon zu sagen, setzte ich mich eines Morgens in die Straßenbahn. In Ostia stieg ich aus und ging an den Strand. Der Traum von Lili fiel mir wieder ein, in dem wir am Meer entlangrannten. Seit langem hatte ich nicht mehr von Frauen geträumt. Ich wanderte über den nassen Sand. Er war wie eine Wiese, und ich setzte mich und schaute den Wellen zu. Dann ging ich weiter, tiefschwarzen Pinien entgegen, stieß dabei mit den Füßen den Unrat fort und dachte an den Schal, den Amelio gefunden hatte.

Als ich abends nach Hause kam, hatte ich noch den Geschmack des Meeres auf der Zunge. Jetzt begriff ich, warum in Rom alle Leute dauernd auf der Straße waren, und zwar nicht nur die Reichen, sondern auch die Leute aus den Vorstädten. Man brauchte nur den Himmel über den Dächern anzuschauen, um die Gewißheit zu haben, daß das Meer nicht fern war. An ihren Fenstern und Türen und auf ihren Terrassen rochen selbst die armen Teufel das Meer. Handwerker, Mädchen, Kinder und Arbeiter, arme Leute und arbeitsscheues Gelichter, sie alle trieben sich auf den Straßen herum, redeten laut und lachten. Eines Morgens begegnete ich Faschisten. Selbst die lachten. Sie waren auf einer Versammlung gewesen und zogen nun singend nach Hause.

»Denen fliegen die gebratenen Tauben jetzt nur so in den Mund«, sagte Carletto, »und hast du je Leute gesehen, die zu essen und zu trinken haben und dabei Trübsal blasen?«

»Die sehen ja aus wie andere Menschen auch.«

»Hier ist es nicht wie in Turin. Nach Rom kommt man, um Speck anzusetzen. Hier genießt man, was man erreicht hat. Aber nimm denen mal die Futterkrippe, dann kannst du was erleben.«

»Aber wie viele drängen sich zu dieser Futterkrippe?« fragte ich ihn. »Italien ist doch voll von Hungerleidern, die nichts zu essen haben, und wenn du dich danach erkundigst, sind sie alle Faschisten.«

So begannen wir mit den gleichen Reden wie Amelio. Mit Reden, die Amelio immer nur angefangen hatte. Dann schüttelte er den Kopf, sagte »Blödsinn«, setzte sich auf sein Motorrad und fuhr nach Novara, wo man ihn bereits erwartete. Schon damals begriff ich, daß er zu mir kein Vertrauen hatte, weil ich keine Zeitungen las und mich nicht äußerte. Jetzt in Rom dachte ich daran zurück. Ja, jetzt hätte ich ihn gern hier gehabt.

Und Carletto redete wie er. Er sagte, auch ich hätte mein Teil Schuld daran. Ich gehörte zu den vielen, die nichts täten und alles nur mit ansähen. Wie hätten es denn die Faschisten gemacht? Sie hätten in die Hände gespuckt. Hätten Rom genommen und in die Hände gespuckt. Auch wir müßten uns zu einem Block zusammenschließen und Widerstand leisten.

»Was hast du denn vor?« fragte ich ihn. »Willst du etwa Rom einnehmen?«

An diesem Abend schlenderten wir, solange es hell war, über die Brücken. Wir lehnten uns an die Geländer und redeten. Er erzählte mir, daß alle die Alten noch lebten, alle Leute von früher, die bereit seien, etwas zu riskieren. Manche seien im Ausland, manche im Gefängnis. Aber alle seien sie noch da und hielten untereinander Kontakt. »Die Faschisten fühlen sich nicht sicher«, erklärte er mir, »die Gefängnisse sind voll. Und dann gibt es Leute, die sind zwar zu Hause, haben aber einen Polizisten vor der Tür. Weißt du, was das bedeutet?« Als Neue hätten wir die Pflicht, uns um die Massen zu kümmern. Zuzuhören, was die Leute redeten, und sie aufzuklären. Mittel dafür stünden ja bereit, man müsse die Flugblätter nur verteilen. Propaganda bei den Massen machen.

»Einen Streik vorbereiten«, sagte Carletto.

Als er fortging, weil seine Nummer jetzt dran kam, ließ ich mir die Sache noch einmal durch den Kopf gehen und mußte schließlich lachen. Und Dorina? Was würde geschehen, wenn ihr Mann aus dem Gefängnis kam? Aber dann traf ich mich mit ihr in der Wirtschaft, und wenn ich mir jetzt alles noch einmal überlegte, freute es mich eigentlich, daß es für die im Gefängnis noch Hoffnung gab. Die Nacht war schön und klar, die Leute kamen und gingen, überall sah man Leuchtreklamen, Autos und Kutschen; die Wirtshäuser hatten zu tun, das Radio machte Musik – und diese armen Wichte saßen. Es wäre wirklich eine großartige Sache gewesen, den ganzen Laden hier in die Luft zu jagen. Dieses Gesicht nicht mehr auf allen Mauern sehen zu müssen. Alles kurz und klein zu schlagen.

Aber schon bald beruhigte ich mich wieder und bedauerte es, meine Gitarre nicht bei mir zu haben. An diesem Abend erschienen auch Luciano und Fabrizio, Carlettos gute Freunde, man sprach vom ›Mascherino‹, und Dorina wollte mit ihnen feiern. Später tauchte noch ein Gitarrenspieler mit einer Blume im Knopfloch auf und spielte hundsmiserabel. Alle riefen ihm zu, er solle aufhören und mir seine Gitarre geben. Aber er bekam heraus, daß ich ein bißchen weiter nördlich geboren war, und brüllte mich an: »Du Schwein.« Dann schlug er mir einen Stuhl über den Kopf und schrie: »Du Bastard.« Als die Polizei kam, lag er am Boden und rülpste. Da er seine Prügel von mir bezogen hatte, mußte ich meinen Namen und alles übrige angeben, und das war mir unangenehm. Denn wer hatte bisher schon etwas von mir gewußt?

Dorina hatte das alles nicht wenig erschreckt, und wir mußten sie im Wagen nach Hause bringen. Dann gingen wir vier noch spazieren, stiegen den Hügel hinauf und schwatzten.

»So was kommt in Turin nicht vor«, behauptete Luciano.
»Wieso nicht? In Wirtshäusern gibt es das überall.«
»Pablo ist in Ordnung«, sagte Carletto und blieb stehen. »Wenn es darauf ankommt, ist er nie um ein Wort verlegen. Wir müssen ihn dazu überreden, zu uns zu kommen.«

Ich hatte das Gefühl, schon lange von Turin fort zu sein. Wenn ich den beiden so zuhörte, kam mir die Nacht wieder in den Sinn, die wir zusammen bei Wein und Gitarrenspiel verbracht hatten, damals schneite es, und als es Morgen wurde, war ich ganz allein fortgegangen. Auch jetzt war es Nacht, eine römische Nacht.

Ich fragte: »Und was ist mit Giulianella? Singt sie immer noch?« Aber die anderen sprachen über mich und gaben mir keine Antwort. Bei der Vorstellung, daß Carletto anderen Leuten etwas zu sagen hatte, mußte ich lachen. Aber er hatte hier zu entscheiden. »Morgen kommen die Abzüge. Fabrizio, du bringst sie nach Trastevere. Pablo, kommst du mit mir, die Runde machen?«

Die Runde machen hieß Flugblätter in ein bestimmtes Viertel bringen. »Pablo, du hast doch Kontakt mit so vielen Leuten. Die Arbeiter und die Maurer von der Baustelle an der Brücke sind genau die, die wir brauchen. Ein Bauarbeiterstreik – willst du den vorbereiten?«

»Davon verstehen die mehr als ich«, antwortete ich. »Wenn die zu uns ins Geschäft kommen, halten sie mir Propagandareden. Die wissen auf den Pfennig genau, was für Gelder bei der Auftragsvergabe unterschlagen werden.«

»Solche Angaben muß man sammeln«, meinte Luciano, »um sie unseren Freunden zugänglich zu machen.«

Am nächsten Tage erklärte ich mich bereit, die Runde mitzumachen. Wir verließen mittags rasch die Werkstatt, weil die Blonde da war. »Wo sind denn die Flugblätter?« Carletto grinste und sagte: »Hier.« Unterwegs redeten wir von gleichgültigen Dingen. Dann sprangen wir auf eine Straßenbahn auf, die gerade vorüberfuhr. Hinter Sankt Peter stiegen wir aus. »Wenn ich bloß diesen Buckel nicht hätte«, seufzte Carletto, »an dem erkennen mich alle.« Im Vorbeigehen stieß ich an einen Soldaten. Der dreht sich um und will Streit anfangen. Ich setze schon zu einer Antwort an, aber Carletto unterricht mich: »Loß, weiter. Ein andermal.«

Wir verschwanden in einer der Gassen, die von der Brücke abgehen. Sie sind so eng und dunkel wie Ställe. »Wie in Genua«, sagte ich zu Carletto. Der antwortete nicht, sondern schlüpfte in ein Haustor. »Warte hier auf mich.«

Es war eng und stank in dieser Gasse, und Carletto war verschwunden. Nach einer Minute kam er mir auf der Straße entgegen. Er ging langsam und grinste; wir machten uns wieder auf den Weg.

»Und jetzt?« fragte ich. »Wohin bringen wir die Flugblätter?«

»Alles schon erledigt«, flüsterte er mir zu, »jetzt gehen wir in die Stadt zurück.«

Das ist alles? fragte ich mich und schaute mich um.

»Und warum hast du mir keines von diesen Flugblättern zu lesen gegeben? Ich würde schließlich gern wissen, was daraufsteht.«

»Das wäre unvorsichtig«, erwiderte er. »Das sind keine Dinge, die man in der Trambahn liest.«

Ich begriff nicht, was daran so gefährlich sein sollte. Da erklärte mir Carletto, was auf den Flugblättern stand.

Auf dem Heimweg machte ich mir meine Gedanken darüber und versuchte mich in die Lage derer zu versetzen, die diese Blätter bekamen. Was hätte ich dazu gesagt, wenn ich gelesen hätte, wir würden ausgebeutet, aber man müsse die Ohren steif halten und die Italiener nicht verraten, die ganze Welt sei gegen die Faschisten. Es gab Leute, die so etwas schrieben und damit ihr Leben riskierten. Auch meine Straßenarbeiter sprachen in der Werkstatt davon. Ich begriff nicht, was es für einen Sinn haben sollte, solche Dinge zu schreiben und sich dabei erwischen zu lassen. Ich begriff nicht, warum Carletto Geschmack daran fand. Wenn sie jemanden mit diesen Flugblättern festnahmen, waren sie überglücklich. Auch Carletto bestätigte das. Sie lasen sie ihnen noch einmal vor, und dann setzte es Prügel. Lohnte sich das? Wenn man gegen jemanden etwas im Schilde führt, dann tut man doch gut daran, ihm das nicht erst anzukündigen.

Als ich in die Werkstatt zurückkam, war ich noch ganz davon erfüllt. Alles in allem war ich froh, daß ich jetzt wußte, wie das war. Die Blonde hätte sich im Leben nicht vorgestellt, daß ich gerade von dieser Runde zurückkam. Und die alte Marina? Ich weiß nicht, was ich dafür gegeben hätte, wenn ich mit Amelio darüber hätte sprechen können. Ich sah ihn vor mir, wie er mit all seinen Zeitungen im Bett lag. Aber anscheinend war er schlauer. Mir gegenüber hatte er jedenfalls von alledem nie ein Sterbenswort verlauten lassen. Was hätte ich darum gegeben, jetzt mit ihm darüber sprechen zu können.

Statt dessen kam Solino zu uns ins Geschäft, der ein Freund des Blonden gewesen war, jetzt beim Asphaltieren zu tun hatte und den halben Tag beim Wirt im Gasthaus herumsaß.

»Wir werden sowieso bezahlt«, sagte er, »warum sollten wir dann arbeiten?«

»Wer bezahlt euch denn?«

»Der Unternehmer hat ein Interesse daran, daß die Arbeit hier sich noch eine Weile hinzieht. Er bekommt pro Arbeitstag soundso viel.«

Meine Witwe beobachtete uns durch ihr Fensterchen. Ich hatte mir eine Kippe angezündet und stand an der Tür. Ein großer Lastwagen mit Anhänger und einer Nummer aus Ancona fuhr vorüber.

»Auch das ist ein Beruf«, meinte Solino. »Damit verdient man ganz schön.«

»Ich bin Fernfahrer gewesen«, erwiderte ich, »und würde gern ein bißchen auf den Straßen hier in der Gegend herumfahren.« Die Blonde kam mit ihrem trotzigen Schritt in die Werkstatt. »Gib mir Feuer«, bat sie mich. Auch sie stand oft an der Tür und rauchte und hielt ihre Zigarette dabei wie ein kleiner Junge. Sie trug einen Arbeitsanzug, den Arbeitsanzug des Blonden.

»Willst du wieder zurück auf deinen Lastwagen?« fragte sie mich.

Solino spuckte auf die Straße und schickte sich an zu gehen. »Geben Sie bloß acht«, sagte er zu ihr, »wenn der Sie sitzen läßt, dann sind Sie erst richtig Witwe.«

Ich aß jetzt beim Wirt gegenüber, wo ich das Geschäft im Auge behielt. Ich saß im Freien unter den Bäumen und hörte den Maurern zu. Kalkbestäubt trafen sie gegen Mittag ein und bestellten einen Liter.

Nie forderte die Blonde mich auf, mit ihr in ihrem Zimmer zu essen. Man merkte allerdings, daß sie unter dem Alleinsein litt; denn manchmal kam sie an die Tür und rauchte. In ihrer karierten Bluse sah sie aus wie ein Junge. Dunkel, wie sie war, machte die Sonne ihr nichts aus. Es gab Tage, an denen versuchte ich, mir längst Vergangenes vorzustellen: daß sie nicht die Blonde sei und daß wir beieinander lägen. Ich war wie ein Genesender nach einer fiebrigen Krankheit, die geringste Kleinigkeit ging mir ins Blut. Aber abends war ich froh, nach Hause gehen zu können.

Ich aß mit Carletto und Dorina zu Abend, die Gitarre nahm ich überhaupt nicht mehr aus der Wirtschaft mit nach Hause. Es kam immer mal die Gelegenheit, Volkslieder zu spielen, und Carletto sang sie wie ein Römer. Mädchen kamen herein – die römischen Lilis –, jede mit ihrem Kerl. Glücklich und traurig zugleich trieb ich mich zwischen ihnen herum, aber ich wußte, was mit mir los war, und vertrank meinen Kummer. Auch Giulianella, Lucianos Schwester, tauchte wieder auf, und wir zogen eine ganze Nacht lang singend durch die Straßen. Zu dritt oder viert verabredeten wir uns, an den Lido baden zu gehen, aber dann stellte sich heraus, daß keiner von uns richtige Badehosen hatte, und darum machten wir statt dessen einen Ausflug zu den Castelli. Auch das ist eine merkwürdige Gegend. Nirgends sieht man Weingärten, und doch haben sie nichts als Wein. Wir stiegen hinauf nach Rocca di Papa und lachten und schmausten.

Einmal schrieb ich nach Hause, um mitzuteilen, daß ich es gut getroffen hatte. Als der Antwortbrief mit dem Turiner Stempel eintraf, behielt ich ihn in der Tasche und las ihn wieder und wieder. »Deine Schwester Carlotta« stand darunter. Sie waren mir nicht mehr böse und schrieben: »Laß es dir gutgehen.« Es war kaum zu begreifen, daß er von dort oben kam.

Auch Giulianella zog mich gern auf. Sie fragte mich, ob

ich tatsächlich nach Rom gekommen sei, um diese Witwe zu heiraten. Selbst in unsere Männergespräche steckte sie ihre Nase und sagte: »Wenn Pablo das Geschäft erst wieder hochgebracht hat, kehrt er uns den Rücken und wird auch Faschist.«

»Was hat das Geschäft damit zu tun?« fragte ich sie.

»Wo hast du denn sonst dein Mädchen?«

»Besuch mich doch mal, dann sage ich es dir.«

Wenn Dorina uns von Politik sprechen hörte, wurde sie nervös. »Ihr wißt nicht, was es heißt, diese Kerle im Haus zu haben. Sie kehren einem das Unterste zuoberst und ziehen sogar an der Wasserspülung im Klo. Ihr wißt nicht, wie es ist, wenn man seinen Mann im Gefängnis hat. Es wäre mir lieber, er wäre tot. So kommt keiner mehr zur Ruhe. Es ist wie ein Sterben, das monate- und jahrelang dauert.«

»Das alles bringt uns weiter«, wandte Carletto ein, »auch dieses Unrecht.«

»Aber nicht, daß die im Gefängnis sitzen.«

»Wenn sie nur wissen, wofür.«

Eines Tages hörten wir, daß Leute festgenommen worden waren, weil sie sich abends im Café trafen. Luciano, der uns davon erzählte, kannte einige davon. Es handelte sich um Rechtsanwälte, Studenten, wohlhabende Bürger. »Siehst du«, sagte Carletto, »das sind schließlich Leute, die wissen, wofür sie sich einsperren lassen. Du glaubst doch selbst nicht, daß ein Arzt oder ein Anwalt sich dem leichtsinnig aussetzt. Das sind studierte Leute, die viel zu verlieren haben.«

»Sie mögen ihre Gründe dafür gehabt haben«, erwiderte ich, »aber was haben sie eigentlich getan?«

»Auch sie haben dagegen gearbeitet.«

»In einem Café große Reden zu führen, steht doch nicht dafür. Ich möchte mal einen von denen hören, was er jetzt dazu meint.«

»Auch sie haben dagegen gearbeitet.«

Ich fragte ihn, wozu diese Runde denn gut sein solle. Schriftlich niederzulegen was ohnehin alle wußten, sei doch idiotisch. Dafür etwas zu riskieren, lohne sich wirklich nicht. Was wollten diese Studenten und diese Bürgerlichen schließlich und endlich? Ihrerseits an die Stelle der Faschisten treten. Sollten sie es doch tun. Wir, die Arbeiter und Tagelöhner, Luciano und Giulianella, die Familien, die zu zehnt in einem Loch hausten, zählten ja sowieso nicht. Oben auf dem Lastwagen säßen immer andere. Was sie täten, sei doch, als werfe man sich unter diesen Lastwagen. »Die Marina, das alte Luder, die weiß noch, wie es früher war. Damals waren die an der Herrschaft.«

Darin gab Luciano mir recht, aber er meinte, man müsse eben alles dafür tun, damit es anders werde.

»Mag sein«, erwiderte ich, »aber sag mir doch, was. Bisher hat mir das noch niemand erklären können.«

Schließlich schrie Carletto mich an: »Ich kenne dich doch. Du willst alles allein und nach deinem eigenen Kopf machen. Du hast Angst davor, daß ein anderer dich reinlegt. So bist du nun einmal. Aber die Dinge nehmen auch gegen deinen Willen ihren Lauf.«

»Du Scheusal«, erwiderte ich, »das geht auch andern so.«

Aber beim nächsten Mal sagte ich es auch Carletto klar und deutlich: »Um studierten Leuten zu trauen, muß man selbst ein Studierter sein. Hast du bei dem, was sie sagen, schon jemals begriffen, ob sie deiner Meinung sind?«

Das und vieles andere sagte ich nur, um ihn endlich zum Schweigen zu bringen. Aber darüber, daß man studieren sollte, dachte ich schon eine Weile nach. Um die Dinge zu verstehen, müßte man sich Wissen aneignen, aber nicht das dumme Zeug, das sie unsereinem in der Schule beibringen, sondern wie man eine Zeitung liest, was ein Beruf bedeutet und wer in der Welt regiert. Man müßte studieren, um ohne die Studierten auskommen zu können. Um sich von ihnen nicht reinlegen zu lassen. Schon damals begriff ich, daß das der einzig richtige Weg war. Um sich dieses Wissen anzueignen, gab es bestimmt ein System. Und es mußte jemanden geben, der darüber Bescheid wußte. Aber wie sollte ich solche Leute ausfindig machen und wie ihnen zu verstehen geben, daß ich das alles begriffen hatte?

Wir diskutierten jeden Abend und kehrten erst gegen Morgen nach Hause zurück. Um nicht aufzufallen, blieben wir auf den Straßen, gingen immer wieder in andere Lokale und hinaus aufs Land. Dorina und noch ein paar Mädchen kamen mit. Die Gitarre diente uns als Vorwand, aber es gab

Nächte, in denen ich sogar ganz allein wie verrückt gespielt hätte. Im kühlen Mondlicht unter den Bäumen konnte ich es einfach nicht lassen. Die Luft hier in Rom war wie geschaffen, um ganze Nächte aufzubleiben. Damals wäre ich gern ein Mordskerl gewesen, einer, der singen konnte wie ein Neger und der studiert war. Ich bin der jüngste von allen, sagte ich mir, ich kann das alles noch nachholen. Manchmal überlegte ich mir, was ich in einem einzigen Jahr alles erlebt hatte, wie sehr mich das verändert hatte und was für ein Glück diese Reise für mich gewesen war. Wenn es gut geht, geht eben alles gut, sagte ich mir.

Ich hatte mir einmal in einer Fabrik an der Aurelia Ersatzteile besorgt, und seitdem war ich jeden Nachmittag ein oder zwei Stunden mit dem Fahrrad unterwegs. Das Geschäft überließ ich dem Jungen und der Blonden. Sie fragte mich einmal, ob ich weit weg fahre. »Ich treibe mich nur ein bißchen herum«, antwortete ich.

»Und was machst du abends?«

»Was soll ich abends schon machen?«

»Du tanzt nicht, du spielst nicht, du gehst nicht nach Trastevere.«

»Das alles habe ich in Turin getan.«

»Gibt es denn auch in Turin ein Trastevere?«

»So was ähnliches, auf der anderen Seite der Dora. Es heißt Fortino.«

»Und was hast du dort gemacht?«

Sie redete und schaute dabei zu Boden. Dumm war sie wirklich nicht. Sie wippte auf ihren Füßen und sah mich an.

»Damals habe ich keine Fahrräder repariert.«

Sie legte die Hände auf den Rücken wie ein kleines Mädchen und schaute mich, ohne zu lachen, an. Auch ich schaute sie, ohne zu lachen, an und wußte schon Bescheid.

»Solche Lokale liegen immer am Wasser«, sagte ich zu ihr. »Warum wohl?«

»Ja, warum wohl?« wiederholte sie.

Und damit ließen wir das Thema fallen, weil ich nicht weiterreden wollte. Sie erzählte mir, sie gehe heute Abend ins Kino. Ich fragte mich: In dieser karierten Bluse? Und bei diesem Gedanken warf ich einen Blick auf sie. Sie verstand mich sofort, und ich sah, wie es in ihren Augen aufblitzte.

Donnerwetter, die war ja helle. Und dabei sah sie aus wie ein Junge. Bis in die Nacht hinein sah ich immer wieder ihren Lockenkopf und ihren Mund vor mir und wie sie so in ihrem Arbeitsanzug herumlief. An diesem Abend machte ich mich davon, ehe die Werkstatt geschlossen wurde.

Tagelang dachte ich immer wieder darüber nach. Etwas war nämlich wichtig dabei. Sie blieb immer in ihrem Zimmer und sah keinen Menschen. Die Abende in der Innenstadt würde sie mir also nicht verderben. Das überlegte ich mir und lachte. Seit langem wußte ich schon nicht mehr, wie das eigentlich war. Wenn ich mich mit den anderen unterhielt und neckte, fühlte ich manchmal mein Blut pochen und wußte, daß sie auf mich wartete. Um so schöner war es dann, bis in die späte Nacht mit den anderen zusammenzubleiben.

So verging Abend um Abend, und ich tat ihr keinen Schritt entgegen. Entkommen konnte sie mir ja doch nicht mehr. Und es war so schön, sie den ersten Schritt tun zu lassen. Diesmal wußte ich, worauf ich aus war, und brauchte keinen Finger zu rühren. Morgens sagte ich im Spaß zu Marina, ob ich nicht ein Goldsohn sei, daß ich immer allein schliefe. Sie schaute mich schief an und brummte etwas vor sich hin. Da behauptete ich, das Heiligenbild sei daran schuld, denn seit ich es in der Hosentasche bei mir trüge, gefielen mir die Frauen zu gut. Sie schaute mich mit zusammengekniffenen Augen an und meinte: »Lach du nur. Du wirst schon noch was erleben.«

Eines Abends fragte mich die Blonde: »Kommst du morgen mit mir zum Fußball?«

Manches hätte ich erwartet, nur das nicht. Alle gingen zu dem Spiel, auch Luciano. Ich erklärte ihr, daß ich schon mit den anderen dazu verabredet sei.

»Ich komme mit«, erwiderte sie, »besorg mir eine Eintrittskarte.«

So kam sie also mit und setzte sich mitten zwischen uns. Sie hatte sich nicht übel hergerichtet und machte mir keine Schande. Mit aufgeregtem Gesicht saß sie zwischen Carletto und mir, schaute so gespannt zu, als ob sie gewettet hätte, und schrie manchmal hinter vorgehaltener Faust auf. Giulianella, die sie unterhalten wollte, lud sie dazu ein, sich

Carletto im Varieté anzuhören. Sie antwortete mit ganz leiser Stimme, aber bei den Höhepunkten des Spiels faßte sie nach meinem Arm und klammerte sich fest an mich. Das endete damit, daß auch ich mich wortlos an sie klammerte.

Danach gingen wir alle zusammen in eine Wirtschaft, um etwas zu trinken, aber sie leerte ihr Glas nicht. Alle nannten sich beim Vornamen, und es wurde viel gelacht. Wir hatten die Gitarre nicht dabei, trotzdem sang Carletto seine Revue. Wir fragten sie, ob sie den Abend nicht mit uns verbringen wolle. Wir könnten doch irgendwo draußen zu Abend essen. Auch ich bat sie mitzukommen. Wir gingen also noch in unserem Stammlokal vorbei, um meine Gitarre zu holen, und fuhren dann zum Essen vor die Tore hinaus. Dort gab es einen hübschen Platz an einer antiken Straße, zu dem man durch einen alten Bogen, groß wie ein Haustor, kam. Giulianella kannte ihn. Wir wanderten zwischen Mauern und Feldern hindurch, sahen dunkle Bäume und Felsbrokken. Nie wieder habe ich eine so öde Landschaft gesehen. Man wäre am liebsten eine Schwalbe gewesen und darüber hingeflogen.

Wir setzten uns im Freien an einen der Tische, die unter einer schilfbedeckten Pergola standen. Wir waren nur ein paar Schritte von Rom entfernt, und doch war Rom wie versunken. Es wurde Abend, aber kein Licht brannte.

Wir aßen, musizierten, lachten und tranken dazu. Sie schwieg und schaute zu, wie närrisch wir es trieben. Sie wollte gern meine Gitarre hören. Auch die andern drängten mich immer mehr, und ich trank, denn spielen wollte ich erst, wenn alle schwiegen. An diesem Abend sollte mein Spiel rein klingen.

Als es Zeit fürs Theater wurde, wollte die Blonde nicht mit. Sie sagte, es sei ihr ein Vergnügen gewesen, aber jetzt wolle sie nach Hause. Noch in der Straßenbahn versuchten wir, sie zu überreden, aber sie blieb dabei. Alle sagten: »Pablo, dann bring sie nach Hause.« Ich hatte soviel getrunken und war mit meinen Gedanken noch so sehr dort draußen im Grünen, daß ich sie allein hätte gehen lassen, aber das ließen die anderen nicht zu. »Du kannst ja ins Theater nachkommen«, meinte Dorina.

So machten wir uns also auf den Heimweg, die Gitarre

hatte ich umgehängt. Solange wir in der Straßenbahn waren, ging alles glatt. Als ich sie dann aber allein neben mir hatte, mußte ich schließlich etwas sagen.

»Ich wußte nicht, daß Sie Gina heißen.«

Sie schaute mich flüchtig an: »So wie du Pablo.«

Schweigend erreichten wir die Werkstatt. Sie schloß auf und fragte: »Magst du noch einen Kaffee?«

Während sie ihn im Hinterzimmer heiß machte, legte ich die Gitarre ab und wartete. Ich hörte sie hinter dem erleuchteten Fenster pfeifen.

»Pfeifen können nicht viele Frauen«, bemerkte ich.

Das Pfeifen hörte auf, und dann ließ sie sich vernehmen: »Aber verboten ist es doch wohl nicht.«

»Eine Frau, die Männerhosen trägt«, erwiderte ich, »kann ruhig auch pfeifen.«

Sie gab keine Antwort, und mir war nicht klar, warum.

»Die Hosen stehen Ihnen gut«, fing ich wieder an, »wenn ich an Sie denke, sehe ich Sie Tag und Nacht in diesem Arbeitsanzug vor mir.«

Wieder gab sie keine Antwort, und man hörte nun gar nichts mehr. Da stellte ich mich an die Tür und wußte nicht, was ich anfangen sollte. Um diese Zeit kam hier niemand vorbei, und die Werkstatt war dunkel. Dann ging das Licht an. Ich drehte mich um. Sie stand in ihrem Arbeitsanzug vor mir und lachte.

Wir lagen die ganze Nacht beieinander in ihrem Bett. Sie gehörte zu den Frauen, die daran Spaß haben. Ab und zu sagte ich: »Jetzt ziehe ich mich an.« – »Geh noch nicht«, bat sie dann, »wer weiß, ob du noch einmal eine Nacht hier bei mir schläfst.« Ich nannte sie Ginetta. Sie lachte und weinte und lag keinen Augenblick ruhig. Als sie sich endlich ausstreckte und nichts mehr sagte, blieb auch ich mit offenen Augen im Dunkeln liegen.

Frauen sind doch merkwürdige Wesen, dachte ich, die hier hat bereits begriffen, daß ich mir im Grunde nichts aus ihr mache. Eine beinahe vergessene Wut stieg in mir auf, als sei sie eine andere, die sie nicht war, und als mache es mir keinen Spaß, so mit ihr zusammen zu sein. Sie hatte viel von den vergangenen Tagen gesprochen – von Worten, Gesten und Blicken, denen sie entnommen habe, daß ich sie brauche. Das stimmt nicht, dachte ich, aber sie ist halt eine Frau. Und sie will darum nicht zugeben, daß sie es ist, die auf mich aus ist. Ich wäre gern nach Hause gegangen und allein gewesen. Ob ich sie nun Tag und Nacht immer um mich haben mußte?

Es wurde Morgen, und als ich erwachte, war sie schon auf. Sie machte mir Kaffee. »Hast du nicht Hunger?« Sie trug dieselbe Bluse wie immer, trat ans Bett und schaute mich an.

»Chefin«, fragte ich sie, »ist was nicht in Ordnung?«

Sie warf mir die Arme um den Hals und drückte mich wie wahnsinnig an sich. Ich küßte sie wie zuvor und fragte: »Was hast du denn?«

»Du bist nicht nett zu mir«, antwortete sie, »du bist mit deinen Gedanken woanders.«

An diesem Morgen begriff ich, wie alles so geht. Wenn man jemanden liebhat, lacht er einen aus. Auch ich hätte wider meinen Willen beinahe lachen müssen. Das sagte ich ihr nicht, aber ich sagte ihr, sie solle sich hüten. »Wir sind schließlich nicht verheiratet, das weißt du doch? Wir wollen immer so tun, als wären wir gerade am Tag davor.«

Ich ging hinaus um am Fluß eine Zigarette zu rauchen. Das Steilufer mit seinen Terrassen und Villen war schön wie immer. Und schön war auch das Wasser unter der Brücke und im Sonnenlicht. Vom Brückenbau klangen Hammerschläge herüber. Mir kam wieder in den Sinn, wie ich im vergangenen Winter am Ende des Korsos die Berge gesehen hatte.

Dann kehrte ich in die Werkstatt zurück, und der Vormittag nahm seinen Lauf. Sie kontrollierte zusammen mit Pippo Reifen. Ich überlegte gerade, ob ich sie zum Essen mitnehmen solle, da rief Pippo aus dem Hinterzimmer nach mir. Es sei jemand am Gartentörchen, der mich sprechen wolle. »Er soll doch hereinkommen«, antwortete ich. Es war Carletto, und diesmal lachte er nicht.

»Ach, hier bist du«, sagte er und lief auf mich zu. »Heute morgen haben sie Luciano festgenommen.«

»Ausgerechnet heute nacht bis du nicht nach Hause gekommen«, warf er mir vor, »als ich nach dir gefragt habe und du nicht da warst, dachte ich, mich trifft der Schlag. Wo bist du denn heute nacht bloß gewesen?«

Ich dachte an alles andere, und auch er dachte daran, aber er war so aufgeregt, daß er nur von mir sprach. Wie alles sich zugetragen hatte, erfuhr ich erst später. Ich erfuhr es nur zu genau. Von diesem Morgen an war Carletto wie ausgewechselt. Beinahe hätten auch wir es mit der Angst zu tun bekommen.

Morgens früh hatte Giulianella bei ihnen geläutet. Carletto war an die Tür gegangen, und Giulianella fiel ihm weinend um den Hals. Zu viert oder fünft waren sie gekommen, als Luciano noch schlief, und hatten die ganze Wohnung durchsucht. Dann hatten sie ihn aus dem Bett geholt und hatten ihn festgenommen. Giulianella war noch bei uns zu Hause, um zu erfahren, was mit mir sei; sie hatte geglaubt, man hätte uns alle verhaftet.

»Das ist ja nicht so wichtig«, antwortete ich Carletto.

»Aber stell dir doch mal vor, wie es war, als ich bei dir läutete und Marina mir sagte, du seiest nicht nach Hause gekommen. ›Den haben sie auf der Straße festgenommen‹, hat Dorina geschrien. ›Die verhaften alle. Auch dich.‹ Da bin ich fort, um nach dir zu suchen.«

»Wer weiß, was Luciano angestellt hat«, sagte ich unbekümmert.

Aber Carletto zitterten die Hände. Das sei nämlich noch nicht alles. Giulianella behaupte, sie hätten Flugblätter bei ihm gefunden, und wenn Luciano jetzt rede, sei alles aus.

»Der Unglücksjunge«, jammerte Carletto, »du wirst sehen, daß sie ihn schlagen und damit zum Sprechen bringen.«

Ich hörte mir das alles an und schwieg. Am liebsten hätte ich »Siehst du wohl?« gesagt, aber er tat mir leid, und deshalb tröstete ich ihn: »Noch bist du ja nicht im Gefängnis.« Reden kann man eben vom Gefängnis, als handele es sich um eine Kleinigkeit.

Ich fragte Carletto, ob er auch Flugblätter zu Hause habe, und er verneinte das. Dann ging er im Zimmer auf und ab, blieb aber plötzlich stehen und rief: »Ach, du lieber Himmel.«

»Was ist?«

»Da sind ja noch Bücher von Dorinas Mann.«

Darauf erklärte er, er wolle nicht nach Hause zurück. »Die nehmen die Leute nicht nur nachts fest. Es kann sein, daß sie abwarten, um mich festzunehmen, wenn ich Flugblätter austrage. Oder am Ende sogar im Theater. Oder sie stellen mir bei den Frauen eine Falle.«

Ich ließ ihn reden und überdachte alles. Wenn Carletto plötzlich von der Bildfläche verschwand, war die Sache für alle klar. Das war ein unnötiges Risiko. Vor allem mußte man jetzt herausbekommen, was vorgefallen war und warum sie Luciano und nicht ihn festgenommen hatten. Vielleicht hatte Luciano noch andere Bekannte gehabt. Zum Beispiel die Studenten und die Rechtsanwälte aus dem Café.

Ich unterbreitete meine Idee Carletto, der immer noch im Zimmer auf und ab ging. Zunächst antwortete er überhaupt nicht. Er war blaß und aufgeregt. Dann blieb er stehen und fragte: »Verstehst du, wie das mit den Flugblättern zugegangen ist? Verhaftet können sie ihn nur haben, weil jemand geredet hat. Und auch er wird reden, wenn er nicht weiß, daß sie mich noch nicht haben.«

Es kam mir wieder in den Sinn, wie ich damals durch Turin gelaufen war und mich betrunken hatte, und je mehr ich trank, um so mehr verbohrte ich mich in bestimmte Gedanken, und in meinem Innern kochte mein Blut wie in einem Ofen. Damals konnte ich ebensowenig wie er jetzt einen Augenblick still stehen und redete laut vor mich hin. Tag und Nacht hatte ich damals nur das eine vor Augen.

»Ich rühre mich nicht von hier fort«, erklärte Carletto. »Niemand weiß, daß ich hier bin.«

»Wenn ich es schaffe, gehe ich rasch wegen der Bücher nach Hause«, erwiderte ich. »Wer weiß, was für Gedanken Dorina sich schon macht.«

Ihm sagte ich, er solle im Garten bleiben, und machte mich auf den Weg. Auf dem Platz vor unserem Haus war alles still. Die Treppe stieg ich, das muß ich gestehen, sehr langsam hinauf und wollte schon zuerst zu der Alten gehen, als die andere Tür aufging und ich »Pablo« rufen hörte. Sie waren alle dort drüben. Dorina, Giulianella, meine Alte und die Großmutter. Ich hatte erwartet, Giulianella niedergeschlagener zu sehen. Sie war nur ein bißchen nervös. Lästig aber war die Großmutter, die immer mit dabei war. Ich forderte Dorina sofort auf, die Bücher für mich zusammenzuschnüren. Dann erklärte ich, Carletto habe die Angst gepackt, und dagegen sei nichts zu machen.

»Er muß fort«, riefen die Frauen, »fort von hier.«

»Und was ist mit Fabrizio? Haben sie Fabrizio auch festgenommen?« – »Ach wo.«

Um etwas zu tun, sprachen wir darüber, daß Carletto und Dorina wegfahren sollten. Es genügte, wenn sie in das Haus von Verwandten außerhalb von Rom gingen. Dorina lief in die Werkstatt, um mit Carletto darüber zu sprechen und alles vorzubereiten. Ich nahm Giulianella und das Bücherpaket unter den Arm und sagte: »Die werfe ich in den Tiber.«

Statt dessen gingen wir in ein Café, denn Giulianella war vom vielen Herumlaufen müde geworden. Sie sei nicht sicher, erklärte sie mir, ob das mit den Flugblättern wirklich stimme. Sie hätten Briefe und sogar Noten und etwas mit der Maschine Geschriebenes mitgenommen, aber vielleicht sei das überhaupt nur sein Rollenbuch gewesen. Während sie sprach, sah ich, daß sie rote Augen hatte. Sie war nicht böse auf ihren Bruder, sie war überhaupt auf niemanden böse. Sie sagte nur, sie sei sicher, daß sie ihn schlagen würden. »Wenn sie feine Leute einsperren«, behauptete sie, »dann werden die gut behandelt. Aber Leute wie wir gelten als Kommunisten.«

»Am Ende sind wir das auch.«

Sie lachte kaum und fragte mich, ob ich ins Theater mitkäme. Man müsse dem Chef erklären, wieso heute drei Leute ausfielen.

»Ich hab doch noch diese Bücher. Ich gehe erst nach Hause. Wir sehen uns später.«

Auf der Straße dachte ich darüber nach, ob es stimmte, daß sie nur die Arbeiter schlugen. Das hätte bedeutet, daß sie uns mehr fürchteten als die Bürgerlichen. Allmählich begann ich, die Zusammenhänge etwas zu durchschauen.

Carletto und Dorina saßen auf dem Bett und besprachen sich immer noch. Gina wartete an der Tür und war klug genug gewesen, Pippo zu Besorgungen wegzuschicken.

»Es ist allerhand geschehen«, flüsterte ich ihr im Vorübergehen ins Ohr.

Sie antwortete nicht, sondern wandte mir nur ihr rotes Gesicht zu.

Damit Carletto schließlich begriff, daß er hier nicht bleiben konnte, mußte man ihm zeigen, daß es nicht mehr Betten gab. Ich erklärte ihm, Flugblätter seien wahrscheinlich gar keine gefunden worden, und bat ihn, sich zu beruhigen, Luciano werde sich schon richtig verhalten. Dorina ging, um Fabrizio zu benachrichtigen, und Carletto aß einen Happen im Hinterzimmer. Ich sagte Gina, sie solle schließen, und nahm sie mit. Zusammen gingen wir in die Wirtschaft gegenüber.

Gegen Abend erschienen Dorina und Fabrizio, sie hatten viele Leute gesprochen, und überall war es ruhig. Jedesmal wenn an die Tür geklopft wurde, lief Carletto an das Fensterchen. Wir erklärten ihm, es habe keinen Zweck, aufs Land zu fahren, wenn die Polizei ihn suche, dann finde sie ihn auch dort. Ich merkte, daß Carletto das einsah, aber aus Trotz nicht mehr zurück wollte. Schließlich brach er mit Dorina und seinem Bündel auf, und Fabrizio ging ins Theater.

So verstrichen die Tage, und niemand ließ sich mehr blicken. Jeden Abend, wenn Pippo fortging, sah Gina mich mit erwartungsvollen Augen an. Tagsüber war sie kühl und schroff gegen mich; dann aber warf sie mir verzweifelte Blicke zu. Wenn ich zu ihr trat und etwas sagte, nahm sie meine Hände.

Es war Juni, und die Leute im Gefängnis konnten einem leid tun. Warum sie und nicht wir? Ich weiß nicht, aus welchem Grund, war ich fest davon überzeugt, daß sie sie nachts verprügelten. Ich konnte durch die Straßen bummeln, die Nacht bei Gina verbringen und erst morgens nach Hause kommen – die Leute im Gefängnis gingen mir nicht mehr aus dem Sinn. Je kühler es war und je mehr fröhliche Menschen auf den Straßen waren – am Tiber, in den Anlagen und in den Cafés –, um so mehr litt ich darunter. Wenn ich nachmittags mit dem Fahrrad unterwegs war, fuhr ich in die entferntesten und stillsten Viertel; an den Straßenkreuzungen der Innenstadt, wo es heiß war und von

Autos und Menschen nur so wimmelte, wo der Asphalt glänzte und wo es stank, hielt ich es nicht aus. Piazza Venezia war nahe, und von dort drang der Gestank zusammen mit jener Stimme zu mir. Man roch ihn, wenn man die Palazzi und die Zeitungen anschaute. Er haftete an den Passanten. Man brauchte nur um eine Ecke zu biegen, und schon war man in einem jener Altstadtgäßchen, die wie Aborte sind. Seit wann pinkelten die Römer an diese Mauern? Ich war die Via Lungara entlanggefahren, um das Gefängnis zu sehen. Auch dort brütete dieser Gestank unter der Sonne.

Ich suchte im Wirtshaus nach Giulianella, aber sie war nicht da. Wo sie wohnte, wußte ich nicht und wollte es auch gar nicht wissen. Ich traf Fabrizio, der meinte, ich solle lieber damit warten. Giulianella bringe Sachen ins Gefängnis, und sicher werde sie überwacht. Es sei besser, sich nicht zusammen mit ihr sehen zu lassen.

Bei alledem verging einem die Lust zu lachen. Jetzt waren nur noch Gina und Marina übrig. Ich hörte auf, mit dem Fahrrad umherzufahren, und blieb in der Werkstatt. Alles in allem fiel die alte Marina einem ja nicht lästig. Zusammen mit der Großmutter hütete sie Dorinas beiden Töchter. Auch Gina hatte begriffen, wie eigenwillig ich war, und ließ mich kommen und gehen, wie ich wollte, und kümmerte sich selbst um die Werkstatt. An meiner prozentualen Bezahlung änderte sich nichts. Am Tag danach hatte sie das zwar versucht – sie wollte mich halten. Aber sie tat es so schüchtern, daß ich lachen mußte. »Liebe Frau«, erklärte ich ihr, »du willst doch nicht etwa, daß wir den Laden mit ins Bett nehmen. Ich bin Pablo und arbeite im Tagelohn. Alles andere ist Unsinn.«

Ich ging in die Wirtschaft gegenüber und aß Fenchel. Dann nahm ich die Gitarre und setzte mich auf eine Kiste. Die Arbeit in der Werkstatt drängte. Ab und zu kam ein Motorrad, und ich bekam wieder einen Motor in die Hände. Wenn ich Geld gehabt hätte, wäre es der richtige Augenblick gewesen, um das Geschäft zu vergrößern. Gina verstand das und beobachtete, was ich tat. Sie lag ganze Nächte wach und machte sich Gedanken darüber. Ich besprach es mit dem und jenem und rechnete hin und her, aber wirklich glaubte ich wohl nicht an eine Zukunft. Seit dem Morgen mit Luciano war etwas anders geworden. Irgend etwas lag in der Luft. Es konnte nicht so bleiben. Manchmal packte mich jetzt die Angst. Und nicht einmal bei Gina beruhigte ich mich.

Sie tat alles, um mich glücklich zu machen, damit ich im Bett liegen blieb und ihr eine halbe Stunde zuhörte. Sie erzählte mir von ihrer Kindheit, von dem Geschäft, das sie jenseits der Berge gehabt hätten, wo ihr Vater Fuhrmann und Hufschmied gewesen war und ab und zu ein Gitarrist wie ich aufgetaucht sei. Sie wollte selbst meine Sachen waschen und flicken. Sie kochte für mich, und eines Abends erzählte sie mir unter Tränen, sie habe eine Operation hinter sich und könne deshalb keine Kinder bekommen. »Du brauchst also keine Angst zu haben«, sagte sie und zog mich zu sich herab. Ich antwortete, das wisse man nie genau.

Es war Juni, und ich wäre gern an den Tiber gegangen. Aber ich hatte dazu nicht die nötige Ruhe. Am liebsten wäre ich die ganze Zeit zu Hause geblieben, um möglicherweise eintreffende Nachrichten sofort zu hören. Irgendwann mußte Dorina ja zurückkommen. Und Fabrizio hatte mir versprochen, mich auf dem laufenden zu halten. Manchmal dachte ich allerdings, vielleicht sei es besser so. Ich würde niemanden mehr sehen und auf keine abwegigen Gedanken mehr kommen. Diesen Sommer würde ich in der Werkstatt arbeiten. »Einen in Turin und einen in Rom«, murmelte ich vor mich hin. »Bleib doch bei mir«, bat Gina mich an diesen Abenden.

Eines Tages holte ich das Bücherpaket hervor. Ich hatte es nicht in den Tiber geworfen. Die Bücher waren alt und sehr schmutzig. Ich schaute sie mir zum Zeitvertreib an und sagte zu Gina: »Wenn jemand dich danach fragt, dann haben die dem Blonden gehört.« Ein Teil davon war auf französisch oder in anderen Sprachen geschrieben. Schon am nächsten Tag warf ich sie von der Brücke. Aber die italienischen behielt ich. Sie schilderten, wie es zum Krieg 1915, zum Faschismus und zum Marsch auf Rom gekommen war. Es war von den Sozialisten die Rede und von allen anderen, von Bauern, Arbeitern, insbesondere Metallarbeitern und Aktionsgruppen. Die Faschisten hatten sie eingesperrt und verprügelt, die Tüchtigsten umgebracht und die Volkshäuser angezündet. Sieh mal einer an, dachte ich, und wenn man die Zeitung liest, ist da immer nur vom italienischen Volk die Rede. Bezahlt wurden die Faschisten immer von den Bürgerlichen, deren Söhne zu den faschistischen Kampfgruppen gingen. Die Wut konnte einen pakken, wenn man so las, wie all die Werktätigen sich von einer Handvoll Arbeitgeber hatten übers Ohr hauen lassen. Und trotzdem vertraut Carletto ihnen immer noch, dachte ich, und Luciano sitzt ihretwegen.

Jeden Tag las ich ein Stück weiter und bekam Herzklopfen, wenn ein Schritt vor unserer Tür innehielt. Es wurde mir klar, daß ich diese Bücher nicht wegwerfen durfte. Ob Carletto das alles wohl gelesen hat? fragte ich mich. War das denkbar? Dann gab es noch eines, das *Rom und Moskau* hieß, und ich las es, weil ich ja in Rom lebte. Wegen dieses Buches konnte niemand mich einsperren. Von Rom war darin überhaupt nicht die Rede. Dafür war zu lesen, daß in Rußland die Leute im Gefängnis umkamen, daß sie zu zehnt in einem einzigen Zimmer hausten, daß die Frauen auf die Straße gingen und abtrieben. »Hier haben sie den Marsch auf Rom gemacht, aber es ist doch genauso«, sagte ich zu Gina. Sie verschlang mich mit den Augen, war sich der Gefahr bewußt und wartete darauf, daß ich sie küßte.

Dann kam Luciano wieder aus dem Gefängnis, und sie taten ihm nichts. Carletto kam beschämt zurück, und wir trafen uns in der Wirtschaft; sie waren eben immer noch dieselben. Luciano behauptete, geschlagen hätten sie ihn nicht, aber das sagte er nur, um sich nicht wichtig zu machen. Giulianella erzählte mir später, sie habe gesehen, wie sie der Mutter eines anderen mit seinen Sachen auch ein blutiges Hemd ausgehändigt hätten.

»Sie haben mich festgenommen, um mich jemandem gegenüberzustellen«, erklärte uns Luciano. »Die Sache geht auf die Zeit zurück, als ich noch in Turin arbeitete. Dort kannte ich ein hübsches, leichtlebiges Mädchen. Vor einem

Monat kam ich auf den Gedanken, ihr zu schreiben: ›Viele Küsse – Luciano.‹ Das hat genügt. Denn sie war bereits eingelocht.«

»Sie haben dich also nicht wegen den Leuten im Café festgenommen?« fragte ich ihn.

»Das hatte ich zuerst auch gedacht. Aber nein. Dieses Mädchen ist Kommunistin. Als sie mich sah, hat sie den Polizisten ins Gesicht gelacht. ›Der singt doch im Nirvana.‹ Sie wußte nichts Näheres über mich, und das war meine Rettung. Weißt du, wenn du als Roter giltst, dann ist es um dich geschehen.«

»Aber bist du denn kein Roter?« fragte Dorina.

Sie blieben eben immer dieselben. Carletto schwieg. Fabrizio meinte, es sei besser, wenn wir uns für eine Weile nicht sähen. »Gut dran bist nur du«, sagte Giulianella zu mir. »Du rauchst in aller Ruhe vor dich hin. Hör doch damit auf und laß uns tanzen gehen.«

Wir verbrachten den Abend am Tiber, und wir beiden tanzten. Ich forderte auch Dorina auf. Carletto saß in sich zusammengesunken da, man hätte meinen können, er käme aus dem Gefängnis. Von seinem Luciano konnte er sich überhaupt nicht mehr trennen und redete leise mit ihm. Er lachte den ganzen Abend nicht. »Erinnerst du dich an deinen Traum von den Katzen?« fragte ich ihn.

»An welchen Traum?«

Er tat sehr bekümmert. Beinahe hätte ich ihn gefragt, ob es auf dem Land schön gewesen sei. Aber ich hielt mich zurück und behauptete, die Bücher hätte ich in den Tiber geworfen.

»Welche Bücher?«

»Jetzt hör aber auf, du Trottel«, sagte ich. »Aufs Land kann schließlich jeder mal wollen. Hast du eigentlich Dorinas Bücher gelesen?«

Er hatte sie tatsächlich gelesen, und wir stritten uns darüber, bis es Tag wurde. Er ließ Dorina allein schlafen gehen; er blieb mit mir auf dem Platz vor der Brücke stehen und redete und redete wie ein wildgewordener Kater. Auch in Rußland sei es nicht anders als in Italien, behauptete er. »Sieh dir bloß Spanien an, da tun die Roten doch alles, um den Krieg zu verlieren.«

»Wenn sie ihn verlieren, sind alle daran schuld«, fuhr ich auf. »Bist du vielleicht nach Spanien gegangen? Aber in Rußland haben sie schließlich gesiegt, ja oder nein?«

Er behauptete, in Rußland sei es wie im Gefängnis. »Manche Leute gehören eben ins Gefängnis«, erwiderte ich. »Aber daß die Werktätigen dort regieren, ist eine großartige Sache.«

»Die Werktätigen regieren dort aber gar nicht«, widersprach er. Als wir hinaufgingen – er, um sich ins Bett zu legen, ich, um mich zu rasieren –, stand Marina im Hemd auf dem Balkon.

»Wenn du schon um diese Zeit unterwegs sein mußt«, sagte sie, »dann nimm lieber deine Gitarre mit. Es wäre gescheiter gewesen, du wärest in die Messe gegangen.«

Mir gefiel die frische Luft in Rom. Ich würde immer um diese Zeit aufwachen. In der Küche standen Kirschen, und während ich sie auf dem Balkon aß, dachte ich an den vergangenen Winter zurück, als ich immer im Morgengrauen nach Hause gegangen war und im Bahnhof oder in den Bars Kaffee getrunken hatte. Selbst wenn es ganz übel kommen sollte, dachte ich zufrieden, gibt es selbst im Gefängnis diese Morgenstunde. Sollte sich in ganz Rom wirklich kein Kommunist auftreiben lassen, mit dem ich sprechen konnte? Nur Lucianos Mädchen, das sie eingelocht hatten? Ja, die hätte ich gern gesehen und mit ihr gesprochen.

Ich fragte in diesen Tagen alle, ob sie einen Kommunisten kannten. Sie lachten mich aus, und Carletto wurde wütend. Er sagte, eine Ausrede habe man immer schnell zur Hand, aber jetzt gehe es vor allem darum, erst einmal den Faschisten den Garaus zu machen. »Hör mal«, sagte ich ein andermal zu ihm, »wenn die Faschisten vor allem etwas gegen die Roten haben, dann hat das doch bestimmt seinen Grund.«

»Bloßer Konkurrenzneid«, behauptete er.

Luciano mischte sich ein. »Pablo meint, solange es den Kapitalismus gibt, gebe es auch Faschisten.«

Sie kamen jetzt auch zu mir in die Werkstatt, insbesondere Carletto, aber ich unterhielt mich beinahe lieber mit Luciano, der verstand manchmal, daß ich recht hatte.

»Dann trenn dich doch von denen, die ins Café gehen, und tu dich mit den Roten zusammen.« – »Das ist nicht nötig«, erwiderte er, »es gibt sie, und es gibt uns. Zum Schluß werden sie siegen, und wir werden ihnen auf unsere Weise geholfen haben.«

»Wenn wir dann noch leben«, grinste Carletto.

Auch Gina hörte zu, ohne je etwas dazu zu sagen. Sie verstand das noch weniger als ich, aber sie folgte unseren Gesprächen.

»Warum Carletto bloß so dumm und eigensinnig ist«, sagte ich eines Abends zu ihr. »Warum begreift er nicht, daß auch er arbeitet, um leben zu können?«

»Weil er einen Buckel hat«, antwortete sie.

Ich schaute mir jetzt die Leute näher an, die in die Werkstatt kamen, und versuchte sie ins Gespräch zu ziehen. Wenn jemand kam, der intelligent aussah, holte ich die Zeitung. »Was wird nur aus diesem Krieg in Spanien?« fragte ich. Aber Solino war der einzige, der mir eine Antwort gab. Er pendelte zwischen der Wirtschaft und der Straße hin und her, kaute an seiner Kippe und blieb stehen, um sie auszuspucken. »Wenn der Krieg erst mal aus ist, wird's dort viel Arbeit geben«, meinte er, »die zerstören doch so viele Häuser.«

Aber die jüngeren, die Leute von der Brücke, hörten kaum hin. Keiner von ihnen warf auch nur einen Blick in die Zeitung. Verdammt noch mal, dachte ich, entweder werde ich alt oder ich vertrottele. Früher bin ich wie sie gewesen und habe auch nur den Sportteil gelesen.

An manchen Tagen war die Schwüle in Rom nicht auszuhalten. Ich bekam Lust, das Meer wiederzusehen. Ein paarmal fuhr ich mit Gina in der Straßenbahn hinaus, aber das taten wir immer sonntags, und das Gedränge war schlimmer als abends auf dem Korso. Und wenn man draußen ankam, mußte man zu Fuß noch wer weiß wie weit laufen, um ein paar Meter freien Sand zu finden. Aber im Sonnenschein auf das Meer zu schauen, war schön. An manchen Tagen schienen Wasser und Luft zu einem einzigen Himmel zusammenzuschmelzen, und wenn man hinausschwamm, verlor man die Orientierung. Gina blieb im Sand sitzen und wartete auf mich. Manche Mädchen, die ins Wasser gingen, gefielen mir. Ob von ihnen wohl auch einige hinausruderten und sich dort auszogen, fragte ich mich bei ihrem Anblick.

Nach den Tagen am Meer kehrten wir abends in die Stadt zurück, und ich ging mit den anderen essen und tanzen. Jetzt versammelten sich wieder alle in der Wirtschaft. Auch Gina war mit dabei. An diesen Abenden kamen mir beim Trinken und Tanzen der ganze letzte Winter und das ›Paradies‹ und die Lastwagen wieder in den Sinn. Ich stellte mir vor, nichts hätte sich verändert, statt mit Gina bummele ich mit jemand anderem durch Rom, und wir lachten, seien zusammen und tränken Wein. Ich war sicher, daß ich sie eines Tages wiedersehen würde; daß irgend etwas sich ereignen mußte. Dann kam auch Amelio mir wieder in den Sinn, und darunter litt ich.

Die Fabrik an der Aurelia gefiel mir. Zwischen hügeligen Wiesen hindurch fuhr man zu ihr ganz aus Rom heraus. Das Vulkanisieren der Reifen war dort nicht teuer, der weite Weg lohnte sich also. Dort arbeiteten Arbeiter vom ›Trionfale‹; in der toten Zeit standen immer vier oder fünf von ihnen vor der Fabrik und spielten Boccia. Ich blieb stehen und unterhielt mich mit ihnen. Die verstanden wirklich jede Andeutung auf Anhieb. »Wir stehen bereit, wenn der Augenblick kommt«, erklärten sie mir. Die meisten waren um die Vierzig und erinnerten sich noch an den Krieg und die Streiks. »Damals waren wir noch zu jung und begriffen nicht, was vorging«, meinten sie. »Aber noch mal läßt der Arbeiter sich nicht übers Ohr hauen.« Einer war jünger, er hieß Giuseppe, dessen Vater hatten sie den Schädel eingeschlagen. Er wußte, warum die faschistischen Kampfgruppen gesiegt hatten. »Sie behaupteten, wir seien rot, dabei waren wir es gar nicht. Sonst hätten wir uns gewehrt. Hätten es ihnen heimgezahlt. Wo es wirklich Rote gibt, geht die Sache anders aus.« Als ich ihn fragte, ob es denn jetzt Rote in Rom gebe, antwortete er: »Schwer zu sagen. Auf jeden Fall halten wir uns bereit.«

Eines Nachmittags nahm er mich mit zu seinem Alten. Sie wohnten in einem Loch, im fünften Stock eines riesigen Hauses. Ich weiß nicht, warum, hatte ich auf der Treppe das Gefühl, schon einmal in diesem Haus gewesen zu sein. Von allen Seiten hörte man Kindergeschrei, und es roch wie am Meer nach Schmutz, Gewürzen und Hitze. Giuseppe sagte: »Vater, hier ist ein Freund, der dich sprechen möchte.« Der Alte saß in der Küche und aß ein Stück Brot. Er stützte die Arme auf den Tisch, kaute und starrte in dem trüben Licht vor sich hin. Er rührte sich nicht; Giuseppe schlug vor: »Wollen wir uns setzen?«

Ich mußte mit meinem Anliegen herausrücken und mich erklären. Weder Giuseppe noch der Alte sagten etwas dazu. Sie stellten drei Gläser auf den Tisch und hörten mir zu. Auch ich wurde bei dem, was ich sagte, nicht allzu deutlich. Ich erklärte dem Alten, ich hätte von seinen Ideen gehört, und er solle mir doch etwas Näheres darüber sagen. Ich sei neu in Rom, fügte ich hinzu. Der Alte hörte mich an und musterte mich. Seine Augen waren still und grau wie Wasser.

»Wen kennst du denn?« fragte er mich.

»Darüber reden wir später«, antwortete ich.

Ich hätte gern gewußt, erklärte ich ihm, was 1920 eigentlich geschehen sei. Warum die Führer es nicht schlauer gemacht hätten. Warum die Roten von damals im Grunde keine Roten gewesen seien. Ob jetzt alle in Spanien mitmachten und ob es dort schließlich genauso ausgehen werde wie hier in Italien.

»Hat dir Giuseppe nichts davon erzählt?« fragte er mich.

»Wir haben darüber gesprochen«, antwortete ich, »aber nur kurz.« – »Was soll ich dir sagen«, erwiderte er, »du siehst doch, was sie mit uns machen. Hast du denn in Turin mit deinen Bekannten nicht über das gesprochen, was geschieht?«

»Ach, in Turin. Da hatte ich nichts im Kopf als tanzen.«

»Aber bei der Arbeit? Bist du dort denn nicht in die Fabrik gegangen?«

Ich erzählte ihm von dem Tabakladen und von all der vergeudeten Zeit. Er schaute mich immer noch mit seinen grauen, undurchdringlichen Augen an. Da bat ich: »Wollen wir nicht offen miteinander sein?«

»Wer ist hier denn nicht offen, mein Sohn?« erwiderte er. »Ich möchte nur wissen, was mit dir los ist. Wen kennst du denn in Rom?«

Ich erzählte ihm, wo ich wohnte und mit wem ich verkehrte.

»Und mit denen redest du nicht von dem, was 1920 und 1921 geschehen ist?«

»Das sind Menschen, die von alledem nichts verstehen. Aber ich habe gelesen, daß ...« Und ich berichtete von den Büchern, die ich in die Hand bekommen hatte.

Er fragte mich nicht, wem sie gehörten, und begann über die faschistischen Kampfgruppen zu sprechen. Er meinte, anfangs seien das eigens dazu abgestellte Leute gewesen, die keine Hemmungen kannten und wußten, was sie wollten: ihr Glück machen. »Aber der Kampf, den sie uns jetzt liefern, ist ganz anders. Die Kampfgruppen haben sich zur Ruhe gesetzt. Mit den Handgreiflichkeiten von damals ist nichts mehr auszurichten. Jetzt haben wir die Polizei und die Funktionäre auf dem Pelz. Und verprügeln tun allenfalls die dich.«

Als er mich fragte, ob ich zu allem bereit sei, wußte ich nicht, was ich ihm antworten sollte. Etwas war seltsam an ihm: er hörte sich meine Antworten gar nicht richtig an, sondern fiel mir immer ins Wort. Wenn ich etwas sagte, war er schon bei etwas anderem.

Zum Schluß sagte er mir, ich solle mich ruhig verhalten, mich um die Werkstatt kümmern und mit Giuseppe Kontakt halten. In dem Zimmer war es bereits dunkel.

Als ich wieder auf die Straße kam, war ich alles andere als befriedigt. Es wurde mir klar, daß ich töricht dahergeredet und mich kindisch benommen hatte und daß der Alte und Giuseppe eben nicht wie Carlettos Leute waren. Was ich hatte wissen wollen, hatte ich nicht erfahren. Möglicherweise hatten sie mich für einen Spitzel gehalten; aber vor allem wurde mir klar, daß ich für sie bloß ein Schwätzer war. Warum dies. Warum das. Wenn wir offen sind. Warum haben es die Führer nicht schlauer gemacht? Wenn ich jetzt an das alles zurückdachte, verschlug es mir den Atem. Ich wanderte durch Rom, ließ mir alles noch einmal durch den Kopf gehen und versuchte es zu verstehen. Aufrichtig war ich aber doch wohl gewesen. Offener und aufrichtiger als sie. Sogar von Gina hätte ich ihnen erzählt, wenn es darauf angekommen wäre. Dann überlegte ich mir, daß ich

Giuseppe ja wiedersehen konnte und daß die Gespräche mit ihm jetzt anders verlaufen würden. Ich überdachte alles noch einmal und ging nach Hause.

In die Fabrik ging ich nicht wieder so ohne weiteres. Ich wartete eine passende Gelegenheit ab. Tagsüber arbeitete ich, und abends las ich. Mit Luciano und Carletto führte ich immer die gleichen Gespräche, aber besonders von Luciano konnte ich manches lernen. Er wußte haargenau, wie der Krieg in Spanien stand, und je mehr er davon erzählte, desto klarer wurde mir, daß die Roten meine Leute waren.

Zu Giuseppe kam ich das nächste Mal mit Radreifen über der Schulter. Ich radelte am Haus des Alten vorbei. Dabei schaute ich zum fünften Stock hinauf und überlegte mir, daß es in Rom viele derartige Häuser gab. Wenn hinter jedem Haustor nur ein einziger Roter wohnte, ergab das schon eine stattliche Anzahl. Dazu kamen die im Gefängnis. Wieviel mochten es wohl im ganzen sein?

Giuseppe kam mit mir in die Wirtschaft, und wir tranken einen halben Liter. Wir sprachen von Spanien und allem, was damit zusammenhing. Ich erzählte ihm von Carlettos Kreis und fragte ihn, was er davon halte. Er fragte: »Wer sind die eigentlich?« Leute, antwortete ich, die den Dingen niemals auf den Grund gingen. Giuseppe setzte mir auseinander, alles bringe uns schließlich weiter, selbst die Bürgerlichen. »Du darfst nicht auf ihre Hände schauen«, meinte er, »wichtig ist nicht, was sie wollen, sondern was sie tun.« Ich erklärte ihm, ich könne aber einen armen Schlucker wie unsereinen nicht verstehen, der auf der Seite der Arbeitgeber stehe. »Darum machen wir ja Propaganda«, antwortete er.

Diesmal gab er mir verbotene Flugblätter mit und ein Büchlein, das anscheinend ihr Katechismus war. Als ich am Tag darauf mit Luciano diskutierte, fragte er mich: »Wer bringt dir denn all das bei, was du weißt. Seit wann liest du eigentlich die Zeitungen?« In der Nacht zuvor hatte ich die Schriften gelesen, und schon kam mir das zugute. An diesem Tag begriff ich, daß diese Schriften nicht nur als Drohung gemeint waren, sondern überzeugen sollten. Früher hätte ich mir das nicht träumen lassen.

Nach dem Abendessen versuchte ich es bei Gina zu

Hause. Sie lief in ihrem Arbeitsanzug herum und trocknete das Geschirr ab. Ich las ihr den ganzen Katechismus vor. Sie ließ mich zu Ende lesen, dann kam sie zu mir aufs Bett und legte sich hin.

»Werden sie diese Dinge tun«, fragte sie mich, »oder sagen sie das nur?«

»Es gibt Länder, in denen sie es schon getan haben. Jetzt sind wir an der Reihe.«

Sie rauchte und schaute zur Decke. »Das ist alles so schwierig, Pablo. Man bekommt richtig Angst davor. Und wenn sie dich festnehmen?«

»Beschrei das bloß nicht«, sagte ich und lachte.

»Damit es allen besser gehen soll«, meinte sie, »fangt ihr erst einmal damit an, es euch schlechter gehen zu lassen. Bleib hier«, sagte sie heftig und umarmte mich, »geh nicht wieder fort.«

Jedesmal, wenn ich ihr vorlas oder davon mit ihr sprach, brachte sie es fertig, mich zu sich ins Bett zu holen. Das hatte sie längst heraus und legte es darauf an. Auch diesmal ließ ich sie machen und blieb.

Daran tat ich gut, denn im Lauf des Abends klopfte es an die Tür. Es war Giuseppe, der kam, um sich mit mir über diese Dinge weiter zu unterhalten.

In Rom nimmt der Sommer kein Ende. Immer noch waren die Nächte sehr kurz. Ich war mit Giuseppe außerhalb von Rom unterwegs, und er nahm mich mit in ein Dorf, das Sant' Oreste hieß. Dort feierten die Leute ein Fest und unterhielten sich in kleinen Gruppen unter den Olivenbäumen am Straßenrand. Ich saß an einer Straßenbiegung und paßte auf, wer kam und ging und ob der Wachtmeister auf dem Dorfplatz blieb. Ein andermal schickte mich Giuseppe in die Via Salaria, um dort einem Soldaten ein Paket in eine Kneipe zu bringen. Der Soldat kam in Hemdsärmeln aus dem Hinterzimmer; anscheinend war er hier zu Hause; seelenvergnügt setzte er sich an meinen Tisch und fragte mich, ob ich eigentlich nichts anderes zu tun hätte. Dann begann er zu flüstern und mir Fragen zu stellen: ob mir diese Arbeit gefalle, ob ich noch bei anderen in der Gegend zu tun hätte, ob ich den und jenen kenne. Ich ließ ihn reden. Ich gab ihm nicht zu verstehen, daß ich alles durchschaute; ich antwortete einfach nicht. Befriedigt trennten wir uns.

Ich erinnere mich, daß ich Carletto seit ein paar Tagen nicht gesehen hatte; Gina hatte am Meer zuviel Sonne abbekommen und konnte nicht aus dem Haus, abends kamen Luciano und Giulianella, um sie zu besuchen. Eines Morgens erscheint überraschend Carletto in der Werkstatt, sagt mir, er habe jemanden gesprochen, und fragt mich, ob ich in die Innenstadt mitkomme. Er erzählte mir, vielleicht gelinge es ihm, wieder beim Varieté anzukommen. Unterwegs sprachen wir über die Zeit, als wir noch in Turin waren; er wurde dabei so lebhaft, daß sein Buckel nur so hüpfte, und ich hatte das Gefühl, wieder im ›Paradies‹ zu sein. Plötzlich fragte er mich, ob ich nachts Gitarre spielte und ob ich nicht mehr daran dächte, mir damit mein Brot zu verdienen.

»Was ist denn bloß los?« fragte ich ihn.

»Jemand möchte dich sehen.« Wir waren auf dem Korso. Er ging die Stufen zum ›Plaza‹ hinauf und fragte: »Kommst du nicht mit herein?«

Während ich in der Halle auf ihn wartete, wußte ich nicht, was ich von alledem halten sollte. Zum Glück hatte ich wenigstens eine ordentliche Jacke an. Mehr als alle anderen schüchtern mich immer die Kellner ein.

Auf einmal sah ich sie, in einem Sommerkleid. Sie saß in einem Sessel und schaute mich an. Mehr als an ihrem Gesicht oder an ihren Beinen erkannte ich sie an dieser Regungslosigkeit. Sie winkte mich zu sich.

Ich dachte: Weglaufen kann ich nicht, weil ich auf Carletto warten muß. Es dauerte eine Sekunde, bis ich begriff, daß Linda ihn zu mir geschickt hatte und daß die Erinnerungen an Turin nur ihr galten. Als mir das klar war, stand ich schon vor ihrem Sessel und sprach mit ihr.

Sie begrüßte mich herzlich und fragte mich aus. Sie tat, als sei sie es, die Grund habe, gekränkt zu sein, und scherzte und lachte. Dieser verdammte Carletto hatte sich natürlich aus dem Staube gemacht. Ich sagte ihr das, und sie lachte und machte dann ein verdrossenes Gesicht. »Freust du dich denn kein bißchen, mich zu sehen? Dann geh nur.«

»Sollen wir zusammen ausgehen?« fragte sie mich etwas später.

Wir bummelten also durch die Straßen, ich prallte dabei mit Leuten zusammen, und bald waren wir am Tiber und lehnten uns an eine Uferbrüstung.

»Was willst du mir eigentlich sagen?« fragte ich sie.

»Nichts«, antwortete sie, »wenn du es so meinst. Ich hatte nur Lust, dich wiederzusehen und zu erfahren, ob es dir gutgeht.«

»Und wieso kommst du nach Rom?«

Sie war braungebrannt und kam mir in ihrem leichten Kleid ganz verändert vor. »Bist du am Meer gewesen?« fragte ich sie. »Auch du bist brauner als damals«, erwiderte sie. Dann behauptete sie, ans Meer zu gehen, sei immer ein Risiko, dort sei man den Leuten ausgeliefert, sei darauf angewiesen, wem man zufällig begegne, und könne nie allein sein. »Sechs Tage war ich dort«, erzählte sie, »an denen ich richtig glücklich war. Nur war niemand mit mir. Ich dachte: Wenn jetzt Pablo hier wäre. Von morgens bis abends war ich allein. Gehst du auch ans Meer?«

»Sonntags für einen halben Tag, und dabei langweile ich mich.« »Du bist doch immer noch derselbe«, sagte sie. »Aber vieles erzählst du mir sicher gar nicht. Bist du gern in Rom? Was treibst du? Verdienst du etwas?«

»Carletto hat mir etwas angedeutet», fuhr sie fort. »Aber Carletto ist nicht wie wir. Er versteht vieles nicht. Ich möchte wissen, ob du immer noch vorhast, viel Geld zu verdienen ... Hast du ein nettes Mädchen gefunden? Carletto behauptet das. Willst du sie heiraten?«

Ich erzählte, es gehe mir gut, weil mir alles und alle gleich seien. »Meine Arbeit gefällt mir, und ich habe begriffen, daß man am meisten Geld verdient, wenn man ganz andere Dinge im Kopf hat. Es kommt mir immer noch so vor, als sei ich erst seit vorgestern in Rom. Hier ist alle Tage Sonntag.«

»Hör mal«, bat sie mich, »du mußt mir so vieles erzählen. Wo ißt du? Wo wohnst du? Wollen wir heute zusammen zu Abend essen?«

»Heute abend kann ich nicht«, antwortete ich, »und tagsüber muß ich arbeiten.«

Aber wir trennten uns nicht, sondern gingen zum Essen in

eine Kneipe. Sie sagte: »Ich werde erwartet. Ich muß Bescheid geben.« Aber es gab in der Kneipe kein Telefon. »Wer erwartet dich denn?« fragte ich. Sie blieb an der Tür stehen, sah mich an und lächelte. »Sollen die doch allein gehen«, sagte sie, »ich möchte bei dir bleiben.«

Sie setzte sich und sprach mit mir, als seien wir gute Freunde. Meine Gitarre fiel ihr ein, und sie fragte mich danach. »Rom ist für dich genau das richtige, das ist mir ganz klar. Ein Gitarrenspieler gefällt hier allen.«

»Du hast mir nie erzählt, daß du schon in Rom warst.«

Sie lächelte und schaute mich an. Sie erzählte mir vom Atelier und von vielem anderen. »Es war nicht nett von dir, daß du einfach fort bist, ohne mir etwas davon zu sagen.«

»Sieh mal einer an«, antwortete ich.

Sie zog an ihrer Zigarette und nahm meine Hand, die auf dem Tisch lag. »Du darfst nicht glauben, ich wüßte nicht, was du durchgemacht hast. Es tut mir leid.«

Als sie in der Menschenmenge auf dem Korso verschwunden und ich wieder allein war, kam mir Rom wie verwandelt vor. Wir wollten uns um fünf wieder treffen, um zusammen zu Abend zu essen. Sie hatte erklärt, sie wolle mit mir dorthin gehen, wo ich auch sonst hingehe, um wenigstens an diesem Abend mein Leben zu teilen. »Ich möchte wieder einmal mit dir tanzen. Und ich möchte mich noch länger mit dir unterhalten.«

In drei Stunden mußte ich wieder zurück sein und mich vorher umziehen, noch einmal nach der Werkstatt schauen, alles erledigen. »Was ist denn los?« rief mir Marina entgegen, als sie mich kommen sah. In der Werkstatt stand Gina, um mir etwas von Guiseppe auszurichten. Er hatte kurz zuvor hereingeschaut und hatte nichts gesagt, aber ich wußte, daß er mich dann abends erwartete. Ich schickte ihm Pippo mit einem Reifen, er solle ihm ausrichten, ich hätte zu tun. Gina merkte, daß etwas in der Luft lag. Normalerweise wäre ich erst ins Geschäft und dann nach Hause gegangen. »Ich habe mich schon umgezogen, weil ich mich mit jemandem treffen muß«, erklärte ich ihr. »Heute abend komme ich nicht zurück.«

Schließlich trafen wir uns im letzten Sonnenlicht auf dem Korso. Linda hatte dasselbe Kleid an wie zuvor, bloße Beine

– und ein goldenes Armband um das Handgelenk. Es war, als wären wir am Meer. Ich benahm mich, rannte und lachte wie einer, der sich sagt: »Heute soll mir alles einerlei sein, der Ernst des Lebens beginnt erst morgen wieder.« Ich hatte so oft Mädchen auf der Straße gesehen und dabei gedacht, das ist Linda, daß ich wegen eines einzigen Tages nicht befürchten mußte, wieder auf sie hereinzufallen.

»Wohin gehen wir?« fragte sie.

Wir bummelten herum. Wir sprachen noch einmal über dieselben Dinge. Sie meinte, noch heute sei es ihr unbegreiflich, wie es zu der Szene damals im Atelier habe kommen können. Böse sei sie nur auf Carletto, diesem Verleumder. »Du wolltest es einfach nicht wahrhaben«, sagte sie, »du kannst nicht verstehen, daß auch eine Frau ein Leben hat wie andere Menschen. So bist du nun einmal.«

Im ersten Augenblick hatte ich das Gefühl, wieder Herzklopfen zu bekommen, und war nahe daran, ihr zu glauben und zu sagen: Du täuscht dich. Wenn all diese Nächte und meine ganze Wut umsonst gewesen waren, dann tat ich wirklich am besten daran, mich in den Po zu stürzen. Aber ich bekam nicht wieder Herzklopfen – ich hatte zu oft über das alles nachgedacht. Es war mir gleich, daß Lubriani mit ihr zusammen in Rom war. Es war mir gleich, daß Gina in ihrer Bude auf mich wartete. Wichtig war mir nur, daß sie bei mir war, daß sie an meinem Arm ging, daß ich sie duzte. Daß sie für mich ein ganz neues Mädchen war und daß auch sie das wußte.

»Für mich«, erklärte ich ihr, »ist es heute abend was ganz anderes. Wir haben uns erst heute kennengelernt; irgendein Amelio hat dich hergeschickt, und jetzt gehst du mit mir spazieren.«

Da schrie Linda auf und blieb plötzlich stehen.

»Das habe ich dir ja noch gar nicht erzählt, und dabei habe ich die ganze Reise über daran gedacht. Weißt du schon, was Amelio zugestoßen ist?« Sie flüsterte mir ins Ohr: »Er war ein Roter, ein Kommunist, und sie haben ihn geschnappt. Auf der Bahre haben sie ihn ins Gefängnis gebracht.«

Ich zuckte mit den Schultern und tat, als glaube ich das nicht. »Ausgerechnet dir hätten sie das erzählt? Wer behauptet denn, daß er ein Roter war?« Aber diesmal zitterten sogar mir die Hände. »Wie soll denn das möglich sein? Wo er doch keinen Schritt aus dem Bett tun konnte.«

»Muß man dazu vielleicht herumlaufen können?« erwiderte sie. »Er hat schon früher für die gearbeitet. Erinnerst du dich nicht an all die Zeitungen, die er las? Sie haben in seinem Zimmer Material gefunden.«

Wir bogen in eine Straße ein, in der die Menschen sich nicht so drängten. Der ganze Himmel war herrlich rot und spiegelte sich in Lindas Augen; sie sprach abgehackt, als lache sie.

»Linda, ich bin nicht mehr wie damals«, sagte ich energisch. »Eines Tages bringe ich noch jemanden um.«

Sie sagte leise: »Es tut mir so leid. Aber was willst du daran ändern?«

Sie hatte mich nicht verstanden, und das war gut. Sie erzählte mir, anfangs, als sie noch zusammen nach Vercelli und Novara gefahren seien, habe sie ihm ein bißchen dabei geholfen. In der Nacht, als er sich das Rückgrat brach, hatte sie die Papiere aus seiner Tasche genommen. Und als sie sie las, hatte sie verstanden, wie gefährlich sie waren. Denn es stand darauf klar und deutlich, man solle sich bereithalten, der Augenblick werde kommen.

»Darum hast du ihn also sitzen lassen?« fragte ich sie. Als sie antwortete, wurde sie rot, jedenfalls kam es mir in dieser Beleuchtung so vor.

»Und jetzt ist er im Gefängnis und liegt wie ein Toter auf seiner Pritsche?«

»Das Ende vom Lied wird sein, daß sie ihn nach Rom bringen«, antwortete sie. »Festgenommen haben sie ihn Ende Mai.«

Bis zum Abendessen sprachen wir von Amelio. Schließlich sagte sie: »Jetzt aber genug damit. Wenn er lebend herauskommt, kannst du ihn ja selbst fragen, wie alles gekommen ist.« Sie versuchte zu lachen.

Wir tranken, um nicht mehr daran zu denken. Linda fragte: »Gehen wir nicht ins ›Paradies‹?« Noch vor einer Stunde hätte mir dieser Einfall Spaß gemacht, aber jetzt erinnerte er mich an den vergangenen Winter, als ich noch ganz anders gewesen war. »Trink noch was«, forderte ich sie auf, »ich habe keine Lust auf Musik.«

Dann erschienen ein Sänger und ein Gitarrespieler und störten uns. Linda lachte und fragte mich, ob ich diesen Beruf, der so gut zu Rom passe, noch nicht ergriffen hätte. Wir gingen an den Tiber tanzen. Es war das übliche. Sie flüsterte mir ins Ohr und schmiegte sich dicht an mich. Schließlich sagte ich zu ihr: »Laß uns nach Hause gehen.«

»Ich bin hier nicht zu Hause«, antwortete sie und sah mich an. »Ich bin nicht allein hier.«

Ich dachte an Giuseppe, der nach mir gesucht hatte. Ich dachte an Turin und meinen schrecklichen Kummer. Ich dachte an all mein Herzklopfen und all meinen Hochmut und brachte es doch nicht zu wirklicher Empörung. Was würde Amelio jetzt wohl sagen, wenn er hier wäre, fragte ich mich. Wenn er wüßte, daß ich zu seinen Leuten gehöre.

Es bedrückte mich nicht mehr, daß ich ihm Linda fortgenommen hatte. An diesem Abend wurde mir klar, daß die Frauen nicht so wichtig sind. Allenfalls fragte ich mich, ob sich das überhaupt lohne. Ob ich mich nicht lieber mit den anderen schnurstracks an die Arbeit machen solle. Amelio, sagte ich mir, wartet im Gefängnis auf uns.

Ich tanzte noch einmal mit Linda, und sie sagte: »Weißt du noch den Abend im ›Mascherino‹, als wir Zukunft gespielt haben?«

»Die Zukunft kennt man nicht«, antwortete ich. »Man kann nur aus dem, was man bislang gemacht hat, auf das schließen, was man in Zukunft tun wird.«

»Das stimmt«, antwortete sie, »man tut immer wieder das gleiche.«

»Aber man ist sich nicht immer bewußt, was man bisher getan hat. Jeden Tag lernt man dazu.«

Da hielt Linda inne und sagte: »Laß uns gehen.«

Wir gingen über das Pflaster, auf dem man immer das Gefühl hat, man gehe auf Holzsohlen. Linda sagte: »Rom ist wunderbar.«

»Sollen wir in einen Park gehen?« fragte ich sie.

Sie begann zu lachen und sagte: »Du bist ja mit allen Wassern gewaschen.«

Ich blieb stehen und küßte sie, sie hielt meine Hände. »In Turin hast du mehr Umstände gemacht«, meinte sie.

Wir gingen die Spanische Treppe hinauf, auf der sonst

kein Mensch war. Unter den Bäumen küßten wir uns eine Weile.

»Wunderbar ist es hier«, sagte sie.

Ich roch den Duft der Bäume und ihren Duft.

»Bist du schon mit vielen Frauen hier gewesen?«

Ich sagte ihr, ich hätte immer gehofft, einmal mit ihr hierher zu kommen. »Wenn du nicht entschlossen wärest, nicht zu heiraten, wäre es herrlich, dich hier in Rom bei mir zu haben.«

Sie drückte meine Hände und sprach von der Blonden. »Wenn man Carletto glauben soll, ist sie ein dummes Frauenzimmer. Sie läuft dir nach wie ein junger Hund. Aber ich glaube, du hast ihr den Kopf verdreht. Hast du ihr von mir erzählt?«

»Das ist ganz was anderes«, antwortete ich, »und jetzt bist du hier.«

Wir küßten uns noch einmal. Dann sagte sie: »Jetzt gehen wir ins ›Plaza‹.«

Kurz vor Tagesanbruch sagte sie mir, ich solle jetzt gehen. »Du weißt, wie es ist, und ich kenne dich doch. Du würdest es nicht verstehen.« Ich hatte es schon seit gestern abend gewußt, aber jetzt war ich müde.

»Würde er es denn verstehen?« fragte ich sie auf den Kopf zu.

Sie wandte sich ab und räkelte sich seufzend.

»Laß mich jetzt ausschlafen. Heute abend sitze ich schon im Zug.«

Ich stand auf dem Teppich, zog mich wieder an und atmete die frische Luft ein, die durch die Fensterläden drang.

»Rom ist zu dieser Tageszeit wunderschön«, sagte ich. »Wenn ich in Turin vor Morgengrauen fortging, fühlte ich mich immer sehr glücklich.«

»Du bist abscheulich.«

»Damals war ich noch das reinste Kind. Wenn man mir gesagt hätte, wer an meine Stelle treten würde ... Linda, warum bist du zu mir zurückgekommen?«

Da sprang sie aus dem Bett und umarmte mich. Sie wollte nicht, daß ich, wenn ich jetzt ging, schlecht von ihr dächte. Sie wollte nicht, daß ich jetzt Wein trinken ginge. Sie konnte nicht begreifen, warum ich das alles nicht verstand.

»Jetzt hör mir mal gut zu«, sagte ich zu ihr, »was heute nacht geschehen ist, ist geschehen. Ich weiß, was du wert bist und was du kostest. Du bist immer noch dieselbe, aber ich nicht.«

Ihr Armband drückte mich im Nacken. Ich machte mich los.

»Was kostet dich dieses Zimmer?« fragte ich.

Das war meine letzte Dummheit. Sie lachte. Sie hatte sich auf das Bett gesetzt und sah mich an. »Willst du nicht verstehen, oder verstehst du wirklich nicht?« murmelte sie.

Ich stieß die Fensterläden auf – als ich den Kopf hinausstreckte, war der Himmel schon hell.

»Laß uns in aller Freundschaft noch eine Zigarette rauchen«, bat sie mich.

Wir rauchten also und schauten zum Fenster hinüber.

»Bist du sicher, daß sie Amelio nach Rom bringen?«

»Denkst du immer noch an ihn?« fragte sie. »Wenn ich das gewußt hätte, hätte ich den Mund gehalten.«

»Sie werden ihn ins Gefängnis an der Via Lungara bringen«, sagte ich. »Das ist das ›Plaza‹ für unsereinen. Wann fährst du ab?«

»Heute abend um neun. In Turin werde ich sehr einsam sein.« Sie lehnte sich beim Reden an meine Schulter und zitterte dabei vor Kälte. Ihre Stimme klang weinerlich, sie schaute mich an. »Wenn du nach Turin kommst, besuchst du mich dann?«

Ich warf die Kippe fort und machte mich los. »Was hätte das denn für einen Sinn?«

Sie schaute mich schmollend an. »Du hast mich eben nie wirklich geliebt«, sagte sie leise.

Als ich unten in der Halle war, dachte ich noch einmal daran. Auf der Treppe hatte ich mich nicht mehr zurückgewandt. Zwei Kellner in großen Schürzen rollten die Teppiche auf und rückten die Sofas von den Wänden. Die Fenster standen offen, alle Lampen brannten, aber das Licht von draußen war heller als das künstliche Licht.

Ich stellte mir vor, wie Lubriani im Bett lag und schlief. Ich sah ihn in Unterhosen vor mir, wie er Linda umarmte. Was ich in diesen Räumen hinter mir ließ, war bloße Einbildung, Torheit. Da war es hier draußen im Freien, auf der Straße mit all den Menschen, schon besser.

Am Piazzale Flaminio hielt ich inne und trank einen Kaffee. Arme Linda mit ihr gab es nur eins: aufhören. Jetzt war sie es, die viele Worte machte. Ich dachte daran, was für einen Höllenspaß es mir bereitet hätte, wenn ich das damals schon gewußt hätte. Aber was bedeutete all das nach dem, was Amelio zugestoßen war? Vielleicht hatte Linda das verstanden.

Ich sprang auf die Straßenbahn und fuhr zu Giuseppe. Um nicht aufzufallen, wartete ich unten auf der Allee und überlegte schon, ob sie etwa jemanden festgenommen hätten, da kam Giuseppe aus dem Haus, und ich ging ihm erleichtert entgegen.

Es handelte sich darum, daß ich sofort in die Werkstatt sollte. Jemand von auswärts war gekommen und brauchte eine Unterkunft. Gestern nacht hatten sie überall nach mir gesucht. Ich war der einzige, der über zwei Betten verfügte, deswegen sollte ich mich dazu hergeben.

So lernte ich Gino Scarpa kennen, der aus Spanien zurückkam. Eigentlich hieß er anders, aber wer wußte das schon? Als ich in die Werkstatt kam, saß er bereits da und unterhielt sich mit Pippo.

»Ich bin Pablo«, stellte ich mich vor.

Er war mager und braungebrannt und hatte fröhliche Augen. Er sagte sofort: »Ich bin müde. Laßt mich bloß ins Bett gehen.« Ich schickte Pippo einkaufen, und wir besprachen uns mit Gina. Vielleicht war es besser, ihn in meine Wohnung mitzunehmen. »Hier gehen die Kunden aus und ein, und der Junge hört alles.« »Lieber hier«, antwortete er, »das Gute hier ist, daß man durch den Garten hinaus kann.«

Als Pippo zurückkam, schlief er schon eine Weile. Er hatte sich auf Ginas Bett geworfen. Ich arbeitete den ganzen Morgen auf der Straße; Gina hatte den Vorhang vorgezogen und kochte. Ab und zu schaute sie durch das Loch nach Pippo und mir. Irgendwann warf der Junge ein Fahrrad um; es fiel auf einen Eimer und machte einen Höllenlärm. Ich sagte: »Nur zu. Mach ruhig alles kaputt.« Schweigend schaute er mich an und hob das Fahrrad auf.

Schließlich schickte ich ihn essen und lief selbst rasch zum Platz hinüber, um mir eine Zeitung zu kaufen. Im Stadion hatte eine faschistische Feier stattgefunden, Rom wimmelte von Schwarzhemden und von Balilla, in der Zeitung war von nichts anderem die Rede. Aus Spanien wurde kaum etwas berichtet. Dann stehen die Dinge dort also gut, dachte ich.

An der Tür stieß ich auf Gino Scarpa, der den Arbeitsanzug des Blonden anhatte. Er aß einen Apfel. »Wieso heißt du eigentlich Pablo?« fragte er mich. »Bist du auch dort unten gewesen?«

»Ach wo. Ich habe Gitarre gespielt.«

Da fragte er mich, ob ich in Turin den und jenen kannte.

»Damals war ich noch sehr jung«, antwortete ich, »ich las nicht mal die Zeitung.«

Gina rief, das Essen sei angerichtet. Sie hatte ein weißes Tischtuch aufgelegt und Brot aufgeschnitten.

Mit einem leichten Schmunzeln sah ich sie an. »In deinem Arbeitsanzug ähnelt er dir.«

Seit ich am Tag zuvor mit Linda zusammengewesen war, hatte ich keinen Gedanken mehr an sie gewendet und ihr nicht einmal mehr richtig in die Augen geschaut. Jetzt gab Scarpa allem einen anderen Anstrich und war eine Erklärung für die vergangene Nacht. Ich konnte sie wieder ansehen. Man wußte nicht recht, war sie in sich gekehrt oder schlecht gelaunt. Sie lächelte nicht und setzte sich nicht mit an den Tisch.

»Ihr habt also schon Freundschaft geschlossen«, wandte ich mich an Scarpa, »du hast ihr die Hosen gestohlen, und Gino heißt du auch.«

»Das ist eine Uniform, die ich mag«, erwiderte er, »die einzig richtige, und niemand erkennt dich darin.«

Dann erzählte er von Spanien, als handele es sich um Trastevere. »Ich hatte vier Piemontesen in meiner Abteilung. Tolle Burschen. Auf eigene Gefahr waren sie aus Dijon gekommen. Wenn sie noch nicht gefallen sind, werden sie jetzt wohl in Madrid eingeschlossen sein.«

»Was sagt man denn hier in Rom?« fragte er mich dann unversehens.

»Über Spanien lacht man ...«

Er kaute und schaute auf seinen Teller. Er ließ mich reden – auch Gina hörte zu –, dann schüttelte er den Kopf. »Dieser Krieg kommt uns zu teuer zu stehen. Die Faschisten schicken bloß Kanonenfutter, aber wir verlieren unsere besten Kader, ohne daß es einen Sinn hätte. Sie sind die Angreifer. Sie sind es, die Ort und Zeit bestimmt haben.«

»Hier heißt es, das sei Schuld der Russen.«

In der Werkstatt rief jemand nach Bedienung, und Gina ging hinaus. »Nichts von Bedeutung«, sagte sie hinter dem Vorhang.

Ich fragte Scarpa leise, ob er etwas aus Turin wisse. Ich nannte Amelios Namen und sagte, daß er bettlägerig sei. Scarpa wußte nichts von ihm. Damals war er in Spanien. »Dort sind viele von unseren Verwundeten dem Feind in die Hände gefallen. Ich habe welche gesehen, denen sie die Augen ausgerissen hatten.«

Gina kam wieder herein und mit ihr Giuseppe, der »Grüß euch« sagte und uns dann zuhörte. Einen Augenblick später hörte Scarpa auf zu reden.

»Heute nacht«, sagte Giuseppe ganz ruhig zu ihm.

Dann schenkte Gina uns Kaffee ein. »Hast du die hiesigen Genossen nicht nach deinem Freund gefragt?« wandte Scarpa sich an mich.

So sprachen wir von Turin, und ob dort etwas Besonderes vorgefallen sei. »Gefallen sind viele«, sagte Giuseppe, »aber von denen sprechen die Zeitungen nicht.«

»Den einen oder anderen Namen liest man doch ...«

»Wenn Namen genannt werden, dann handelt es sich um bellende Hunde, die nicht beißen, das weiß man doch«, sagte Scarpa mit fröhlich blitzenden Augen. »Nur wenn jemand nicht erwähnt wird, gehört er zu unseren Leuten.«

Mit seinem braungebrannten Gesicht sah er wirklich wie ein Spanier aus, und dabei hatte er doch nur die Kriegsmonate dort verbracht. Es fiel mir auf, daß er ähnliche Augen wie Gina hatte. Gina war verschlossener, aber genauso warmherzig.

Weder Giuseppe noch Scarpa schienen zu merken, daß sie uns zuhörte. Schließlich rief wieder jemand, und Gina ging in die Werkstatt. Wir redeten weiter wie vorher. Ich war der einzige von uns dreien, der an ihren Arbeitsanzug dachte.

»Heute nacht«, erzählte mir Giuseppe, »wollten wir eigentlich bei dir zusammenkommen. Aber für manche ist das zu abgelegen.« Er erklärte mir, wo Scarpa sich einfinden solle, und bat mich, vorsichtig zu sein. Ich selbst solle Wache halten. »Am besten nimmst du deine Gitarre mit, das macht sich immer gut.«

Dann stand er auf, um zu gehen. Ich folgte Scarpa und ihm in die Werkstatt. Dort saß Linda und harrte der Dinge, die da kommen sollten.

Sie und Gina schauten sich erwartungsvoll an. Linda saß auf einer Kiste, stand nicht auf und begrüßte mich mit einem »Ciao«. Dann lächelte sie mir boshaft zu und wartete darauf, daß ich etwas sagte.

»Ich störe doch nicht?« fragte sie schließlich.

»Fährst du denn heute abend nicht fort?«

»Reg dich bloß nicht auf. Ich habe mir nur deine Firma anschauen wollen.«

Giuseppe sagte: »Alles klar« und ging. Ich spürte, daß Scarpa mich belustigt anschaute. Gina stand immer noch vor Linda und tat keinen Mucks.

»Ohne Carletto hätte ich den Weg hierher gar nicht gefunden. Es hätte mir leid getan, wenn ich hätte abfahren müssen, ohne dir auf Wiedersehen zu sagen. Hier wird ja anscheinend Tag und Nacht gearbeitet.«

Sie stand auf und sagte: »Pablo ist immer derselbe. Er möchte, daß ich seine Grüße mit nach Turin nehme, und spricht das nicht aus. Und ich bin dumm genug, das zu tun. Er braucht niemanden, aber alle sollen für ihn dasein.«

Beim letzten Satz schnappte ihre Stimme über. Scarpa sagte zu mir: »Du hast zu tun. Wir gehen.« Aber da begann Linda zu zetern und zu lachen und geriet völlig außer sich. »Mit Pablo hat man keine Geheimnisse, das ist doch bekannt. Er ist ein ungezogener Junge, der mütterlicher Aufsicht bedarf. Das wissen wir doch alle drei. Kein Obst, Frau Meisterin. Wenn er ungezogen ist, bekommt er kein Obst.«

»Und um mir das zu sagen, bist du hierher gekommen?« fuhr ich sie wütend an. Das stimmte alles. Ich warf einen

Blick auf Gina, ob auch sie lachte. Aber ich sah, daß sie in sich gekehrt, verwirrt und sehr zornig war. Das genügte, um mich wieder zur Vernunft zu bringen. Ich sagte zu Scarpa: »Kann ich einen Augenblick allein mit ihr sprechen?«

Linda entgegnete: »Das ist nicht nötig, ich gehe ja schon. Und dann lachend: »Ich wollte nur wissen, wie du eigentlich bist.«

An der Tür blieb sie stehen und schaute uns alle drei noch einmal an. »Im Grunde hättest du eine Freundin auch ein bißchen netter empfangen können. Man hat hier ja das Gefühl, in ein Wirtshaus zu kommen.«

Gina raffte sich auf und entgegnete: »Warum eigentlich? Was er Ihnen zu sagen hatte, hat er Ihnen doch schon heute nacht gesagt.«

Linda erwiderte: »Wenn die anderen das erlauben, würde ich gern ein Wort allein mit dir reden.«

»Das ist nicht nötig. Du kannst vor allen reden.«

Da schüttelte Linda den Kopf und schaute mich an. Sie hob die Hand, sprang auf, und fort war sie. Das letzte, was ich von ihr noch sah, war das Armband.

Scarpa hatte sich ins Zimmer zurückgezogen. Gina lehnte sich an den Ladentisch und schwieg. Sie schaute mich nicht an. Sie schaute mit leeren Augen auf die Tür und auf die Straße.

»Das tut mir der anderen wegen leid«, erklärte ich schroff.

Gina sagte: »Wenn die wiederkommt, bringe ich sie um.«

Alle beide starrten wir auf die Tür. »Du weißt doch, wie so was ist«, sagte ich. »Geändert hat sich gar nichts, du bist doch viel mehr wert.«

»Wenn die wiederkommt, bringe ich sie um.«

Ich berührte sie nicht, sagte nichts, um sie zu trösten. »Ich habe zu tun«, erklärte ich nur. »Und dazu ist sowieso nichts mehr zu sagen.«

Am Nachmittag nahm Scarpa mich mit in die Wirtschaft gegenüber. »Komm raus auf die Straße«, sagte er, »es ist besser, man läßt sich dort sehen.«

Wir setzten uns in einen Winkel unter die Myrthensträucher. Pippo schickten wir, uns einen Stumpen kaufen, und bestellten ein bißchen Wein. »Mit dem ganzen Quatsch«, sagte er, »ist man gezwungen, sich entweder zu verstecken oder ununterbrochen unterwegs zu sein. Wie kann ich mal die Beine ausstrecken und Feierabend machen?«

Er behauptete, er hätte die größte Lust, sich auf dem Land zu verkriechen, Schweine zu züchten und sich nicht mehr von der Stelle zu rühren. »Das Schlimme ist, daß überall, wo ich hinkomme, Krieg ist. Entweder bei den anderen oder bei uns, aber Krieg ist immer. Früher hatte ich einmal ein Zuhause. Doch das ist lange her.«

»Und du bist an zu vielen Orten zu Hause«, fuhr er dann fort. »Gib nur acht, ich habe mehr als einen gesehen, dem das schwer zu schaffen gemacht hat.«

»Eine Geschichte ist eben nie im richtigen Augenblick zu Ende«, antwortete ich. »Dabei hatte ich diesmal geglaubt, alles in Ordnung gebracht zu haben.«

Scarpa lachte mit seinen fröhlichen Augen. »Weißt du nicht, daß man eine Geschichte immer zweimal erlebt? Erst im Ernst und dann noch einmal zum Spaß. Solche Geschichten sind wie Tote, wie Ertrunkene, die wieder an die Oberfläche aufsteigen.«

Ich hatte mehr Lust zu trinken als zu lachen. Ein Glück, daß Scarpa für zwei redete. Was Linda mir zugeschrien hatte – daß für mich eine Freu eine bloße Laune sei –, stimmte, und auch er hatte das gemerkt. Ich muß mit ihm darüber reden, dachte ich.

Spät am Abend gingen wir dann zu der Versammlung in der Kneipe. Um auf dem Heimweg nicht festgenommen zu werden, blieben wir bis zum Morgengrauen. Scarpa stieg mit den anderen in einen Kellerraum hinunter, aus dem man in einen zweiten Keller kam, von dem man im Notfall direkt ins Freie konnte. Ich blieb mit Giuseppe im oberen Raum. Ich hatte meine Gitarre mitgebracht, aber wenn ich um diese Zeit gespielt hätte, hätte das einer Streife auffallen können. Ich war müde, die vergangene Nacht steckte mir noch in den Knochen. Giuseppe ging die Treppe hinauf und hinunter und rief mich dabei jedesmal an. »Bleib bloß wach«, sagte er, »stell dir vor, was für ein Schlag es wäre, wenn die uns überraschten.«

Aber mich hielt schon mein Herzklopfen wach. Ich wußte, daß im Keller viele Genossen waren und daß Scarpa allein soviel wert war wie alle anderen zusammen. Nicht umsonst diskutierten sie so lange. Ich bat Giuseppe, etwas über Turin in Erfahrung zu bringen. Aber erst als es gegen Morgen »Schluß« hieß und der Wirt auch uns einen Kaffee brachte, sagte Giuseppe ganz gelassen zu mir: »Du hast recht, dein Freund war ein Genosse.«

Mehr wußte er nicht oder wollte es nicht sagen. Inzwischen verließen von den Jüngeren einige, die zur Arbeit mußten, durch einen der beiden Ausgänge das Haus. Der Wirt hatte die Tür angelehnt und tat so, als kehre er. Von den anderen bekam ich niemanden zu sehen.

Als ich mit Gino Scarpa aufbrach, war es schon hell. Dem, was er sagte, entnahm ich, daß die Versammlung ihn nicht befriedigt hatte. Anscheinend sollte noch eine weitere abgehalten werden.

Im Morgensonnenschein gingen wir durch den Park auf dem Pincio. Das Gehen fiel mir so schwer, als müsse ich gegen den Strom schwimmen. Wenn Scarpa nicht dabei gewesen wäre, hätte ich mich auf eine Bank geworfen. »Was meinst du?« fragte er. »Wollen wir frühstücken? Es wäre doch schön, das hier unter den Bäumen zu tun.«

Statt dessen gingen wir auf den Piazzale Flaminio hinunter, in dasselbe Café, in dem ich am Vortag gewesen war. Anscheinend ist es mir beschieden, dachte ich bei mir, immer erst um diese Zeit nach Hause zu kommen.

»Nimm dich zusammen«, sagte Scarpa, »auch das ist ein Krieg.« Aber aus seinem Gesicht war alles Leben gewichen. Plötzlich hatte er Falten, wie sie magere Leute bekommen. Falten, die davon sprachen, wieviel er schon durchgemacht hatte. Seine ganze Kraft konzentrierte sich jetzt in seinen Augen. Als er seinen Milchkaffee schlürfte, dachte ich an Amelios Kehle, wenn er ausgestreckt im Bett lag.

»Man braucht uns nur anzuschauen, dann weiß man über uns Bescheid«, sagte ich. Zum Glück war niemand da.

Scarpa warf der Kassiererin einen müden Blick zu und brummte vor sich hin: »Alle Genossen sehen aus wie Leute, die unter dem Bett schlafen. Das kommt von dem Leben, das wir führen.«

Ich tat mir einen Schnaps in meinen Kaffee und dachte immer noch darüber nach, was mir beschieden war. Aber es wurde mir klar, daß ich früher alles nur hingenommen hatte, während ich jetzt wußte, für wen ich arbeitete. Auch darüber hätte ich gern seine Meinung gehört.

Wir gingen nach Hause, und auf der Straße sah ich, daß er unruhig war. Er schaute hinauf zu den Wolken und zu den Pinien auf dem Hügel.

»Rom«, meinte er schließlich, »ist einfach nicht zu begreifen. Die haben doch alle genug Verstand. Aber wenn man mit ihnen spricht, könnte man meinen, man hätte es mit der Regierung selbst zu tun. Wie man es auch dreht und wendet, hier herrscht eben der Faschismus. Und bekämpfen wollen sie ihn mit seinen eigenen Mitteln. Das sind doch alles Kleinstädter. Wie es in der Welt draußen aussieht, ahnen die nicht einmal.«

Ich fragte ihn, ob sie denn keine Genossen seien.

»Mitreden wollen sie alle«, antwortete er. »Heute nacht warst du ja nicht dabei.« Belustigt und zugleich verschlafen schaute er mich an. »Diskutieren macht eben Spaß. Du ahnst gar nicht, wieviel Spaß es macht.«

Ich erzählte ihm, daß ich mir immerhin hier in Rom klar über alles geworden war.

»Trotzdem ist es so«, beharrte er. »Das kommt immer mal vor. In Rom sieht eben alles leichter aus. Auch ich bin mir hier über vieles klargeworden, als ich hier studierte. Alles übrige habe ich, zu meinem Unglück und zu meinem Glück, erst später kennengelernt.«

Daß Gino Scarpa studiert hatte, überraschte mich. Er wirkte wie einer von uns, nur aufgeweckter. Inzwischen waren wir zu Hause angekommen.

»Du kennst Rom also«, sagte ich.

»Seit meiner Zeit hat sich hier viel verändert«, antwortete er lachend, »nur die Römer ändern sich nicht.«

Gina nahm uns glückstrahlend an der Tür in Empfang. Sie hatte auf uns gewartet, um uns etwas zu essen zu machen, aber ich sagte ihr, ich fiele vor Müdigkeit um. Gino Scarpa ging in den Garten und schaute den Wolken nach; ich warf mich auf das Bett und schloß die Augen.

Gegen Abend ging ich zu Hause vorbei, um mit Marina zu sprechen.

»Du guter Kerl«, begrüßte sie mich, »nützt wenigstens den Schlüssel nicht ab.«

»Wir haben viel Arbeit«, antwortete ich.

»So siehst du gerade aus.«

»Wie geht's bei den Nachbarn?«

Ich bezahlte meine Monatsmiete und fragte, ob sie etwas dagegen habe, wenn heute nacht ein alter Freund von mir hier schlafe.

»Den kennst du genau einen Tag«, antwortete sie, »und läßt ihn schon bei dir schlafen?«

Dann ging ich zu Dorina hinüber und fand alle in heller Aufregung. Carletto war nämlich wieder am ›Teatro Argentina‹ angekommen. Heute abend sollte der Vertrag unterschrieben werden. Er war unterwegs und sollte jeden Augenblick zurück sein. »Euretwegen freut es mich«, sagte ich zu Dorina, »aber Carletto bleibt eben ein Spaßvogel.«

Sie nahm das übel und fragte mich, was ich meinte.

»So was gibt es nur in Rom«, antwortete ich, »hier endet alles in allgemeiner Fröhlichkeit.«

Da sagte Dorina, ich solle den Mund halten. Ich sei eben nicht mehr wirklich Carlettos Freund. Seit ich mit Gina gehe, sei ich wie ausgewechselt. Seit der Geschichte damals mit Luciano hätte ich etwas gegen sie. Ich verkehrte mit Leuten, die vor Dreck nur so stänken. Das werde mir schließlich noch schlecht bekommen. Das sei ihrer aller Meinung.

Sie wurde rot, und es verschlug ihr die Stimme. Was sie im Grunde meinte, war, ich täte besser daran, die Abende mit ihnen zu verbringen, Gitarre zu spielen und zu versuchen, auch am Theater anzukommen. »Carletto kann dir jetzt dabei helfen«, sagte sie. »Verlaß dich bloß nicht auf deine neuen Freunde.«

Mir wurde klar, daß es besser war, wenn Scarpa dort schlief, wo er war. Für zwei Tage mußte das auch so gehen. In der Werkstatt war er gut aufgehoben und hatte begonnen, mit Pippo zusammen Reifen zu montieren. An diesem Abend aßen wir im Garten. Von den anderen hatten wir nichts gehört. Um Mitternacht sollten wir wieder zusammenkommen. Ich erwartete Giuseppe.

»Spiel doch ein bißchen Gitarre«, forderte Gino mich auf.

»Wenn du wirklich studiert hast und dein Vater ein Bürgerlicher war, wieso arbeitest du dann mit uns zusammen?« fragte ich ihn. »Warum hast du von hier fort gemußt? Warum paßt es dir nicht, daß Italien faschistisch ist?«

»In allen Klassen gibt es Verrückte«, antwortete er. »Wäre es anders, so ständen die Dinge immer noch wie im alten Rom. Die Welt verändern wollen nur Verrückte. Hast du dir noch nie überlegt, was die Verrückten in dieser Welt sollen?«

Dann fuhr er fort: »Auch du bist ein Verrückter. Oder hast du vielleicht etwas von der Arbeit, die du tust? Wer bezahlt dich dafür, daß du es in Kauf nimmst, möglicherweise an die Wand gestellt oder eingelocht zu werden?«

»Wir alle werden doch ausgebeutet ...«

»Wer beutet denn dich aus? Etwa Gina?«

Er wirkte zugleich distanziert und erheitert. Ich hatte gute Lust, ihm zu antworten.

»Ich will dir was sagen«, fing er noch einmal an, »der einzige Unterschied zwischen uns beiden ist der, daß mich der Entschluß, der für dich und deinesgleichen ganz natürlich ist, sehr viel Schweiß gekostet hat und Herzklopfen und eine monatelange Lektüre. Euch dagegen kommt das ganz selbstverständlich vor.«

»Auch für mich ist es schwer gewesen, die Genossen ausfindig zu machen.«

»Und warum hast du dich auf die Suche nach Ihnen gemacht? Hast du dir etwas davon versprochen? Du hast sie ganz instinktiv gesucht.«

»Diese Bücher würde ich gern lesen. Wenn die Schulen eines Tages für uns da sind ...«

»Aus Büchern lernt man nicht viel. In Spanien habe ich Intellektuelle gesehen, die nicht weniger Dummheiten machten als die anderen. Wichtig allein ist der Klasseninstinkt.«

So unterhielten wir uns im Garten. Es war noch nicht dunkel, aber in der Ferne wurden schon die Laternen angezündet. Ein paar Fenster waren erleuchtet. Bei dem Gedanken, daß Scarpa morgen fortgehen würde, wurde ich ganz eifersüchtig. Er hätte mich so vieles lehren können.

Als es dunkel war, kam Guiseppe und sagte: »Jemand hat geredet.«

Die Kneipe wurde überwacht. Ein Genosse hatte gesehen, wie sie sich ablösten, einer an einem Tisch, der andere an einer Ecke. Noch hatten sie niemand verhaftet, sondern warteten auf die großen Fische. »Den Wirt werden sie bestimmt festnehmen«, sagte er, »aber der weiß nicht, wo Scarpa sich aufhält. Also, Augen auf, Genossen.«

Gelassenen Schrittes, wie er gekommen war, ging er auch wieder fort. Scarpa erklärte mir, in solchen Fällen falle der Wirt immer um; aber ihm wäre es nur recht, wenn die stursten von diesen Dickschädeln Schwierigkeiten bekämen. »Wollen wir ein paar Schritte gehen?« schlug er mir vor.

Ich schaute aus der Tür, ob fremde Gesichter zu sehen seien. »Komm auch mit«, sagten wir zu Gina, die nur darauf wartete. Von der Kirche aus stiegen wir den Hügel hinauf. Menschen kamen und gingen, lärmten ohrenbetäubend. Aus den Wirtschaften drang Weingeruch. Wer nicht den Mund voll hatte, schrie. Über ganz Rom glühte ein schwarzer Himmel. »Wenn sie uns heute nacht festnehmen«, sagte ich, »ist das das letzte, an das wir uns erinnern können.«

»Was?« fragte Gina.

»Wie die Leute in Rom essen, schreien und trinken«, antwortete Scarpa, »das meinst du doch?«

Ich fragte ihn, ob er tatsächlich immer alles verstehe.

Er antwortete, es sei, wie wenn ein Freund sich verliebt habe. Dann wisse man auch schon vorher, was er sagen werde. Denn verliebt sind wir alle einmal gewesen.

»Pablo ist da anderer Ansicht«, meinte Gina.

In ihrer Stimme schwang etwas mit, das mich erheiterte.

»Ach, Unsinn«, antwortete Scarpa, »Pablo ist in Ordnung.«

Dann erzählte er uns von der Zeit, als er hier in Rom im Gefängnis gesessen hatte. »Das war vor zehn Jahren. Ich war gerade zwanzig. Damals war ich Anarchist. Und ich wurde entlassen, weil sie meinten: ›Der ist sowieso verrückt.‹«

»Wie wird man denn im Gefängnis behandelt?« fragte ich.

»Im Gefängnis nicht schlecht. Schlimm sind die Leute draußen. Damals war auch ich verliebt, und schon nach einem Monat hatten sie mir Hörner aufgesetzt.«

Gina fragte: »Stimmt das auch?«

»So ist das Leben nun einmal. Sobald sie dich einsperren, geht alles schief. Und dann kommt noch was hinzu. Wenn du eine Zeitlang gesessen hast, vergißt du, wie die Leute draußen sind. Und wenn du rauskommst, merkst du, daß sie weitergelebt haben. Dann begreift man, was es heißt, tot zu sein.«

«Dann schon lieber wirklich tot«, meinte Gina.

Wir kamen aus den Häusern heraus und hatten einen Blick über halb Rom.

Ich sagte zu Scarpa: »Morgen hättest du fort sollen.«

»Es ist schlimm«, antwortete er, »nur bleiben zu können, wenn man weiß, daß man gesucht wird.«

Wir kehrten um, und ich schickte Gina in mein Zimmer bei der Alten. Wir beiden gingen wieder in die Werkstatt und redeten noch die halbe Nacht. Fliehen müssen oder geschnappt werden, sagte Scarpa, sei beinahe das gleiche. Wichtig sei nur, daß andere da seien, die weitermachten. Aber es komme der Augenblick, wo man sich am liebsten festnehmen ließe, nur um sich nicht mehr rühren zu müssen.

»Hier bei euch das ist doch gar nichts«, sagte er und erzählte mir von Deutschland und von den spanischen Gefängnissen. Bei diesen Erzählungen brach mir der kalte Schweiß aus. »Wir haben die ganze Welt gegen uns«, erklärte er. »Darüber darfst du dir keine Illusionen machen. Das wollt ihr hier zwar nie wahrhaben. Aber die Bürgerlichen verteidigen ihre Teller und ihre Taschen. Um ihre Futterkrippe nicht zu verlieren und sich nicht aus dem Sattel heben zu lassen, sind sie bereit, die halbe Welt umzubringen und selbst Kinder abzuschlachten. Auch in Italien wird es noch so kommen, da kannst du sicher sein. Und reden werden sie dabei vielleicht auch noch von Gott und deinem Mütterlein.«

Mir kam in den Sinn, daß Carletto ähnliches behauptet hatte. Das erzählte ich ihm.

»Wenn du nicht begriffen hättest, wie die Dinge laufen«,

setzte er mir auseinander, »so wärest du kein Genosse. Aber eins ist es, Bescheid zu wissen, und ein anderes, sich danach zu richten. Wenn wir Angst haben, werden wir alle wie die Bürgerlichen. Und die Augen vor dem Gewitter schließen, es nicht sehen wollen, heißt eben Angst haben, bürgerliche Angst. Und was ist der Marxismus denn anderes, als die Dinge so sehen, wie sie sind, und sich darauf einstellen?«

Er erklärte mir, daß in Italien die Bürgerlichen ein Spiel betrieben. Ihr guten Leute, sagten sie zu uns, uns geht es auch schlecht. Tun wir uns doch zusammen und sagen wir der Regierung, daß es uns jetzt reicht. Das ist für uns von Vorteil und für euch noch mehr. Schaut doch nur mal ins Ausland, was die Bösen dort tun. Tut euch mit uns zusammen, wir sind eure Rettung.

»In Wirklichkeit aber«, schloß er an diesem Abend, »müssen wir selbst für unsere Rettung sorgen oder mit den anderen untergehen. Der Krieg in Spanien ist verloren.«

Am nächsten Morgen kam Gina uns wecken. Ich machte mich an die Arbeit; er wusch im Garten seine Sachen. Ich fragte Gina, was die Frauen zu Hause sagten. Sie antwortete lachend: »Sie wundern sich, daß du mit ihm schläfst.«

»Haben sie Carletto im Theater wirklich genommen?«

»Heute abend sollen wir mit ihnen zu Abend essen.«

Den ganzen Tag über dachten wir nicht an die Einladung. Scarpa blieb ruhig im Bett oder im Garten. Wir hatten gerade beschlossen, wenn es dunkel würde, spazierenzugehen und einen Liter zu trinken, um irgend etwas zu unternehmen, als ein Radfahrer kam, der Reifen umgehängt hatte. Ich kannte ihn, er war einer von der Via Aurelia. »Der Wirt hat geredet«, erzählte er uns, »es werden Leute verhaftet. Die Genossen haben beschlossen, Scarpa dürfe nicht in der Stadt bleiben. Ich soll ihn an den Bahnhof Trastevere bringen.«

Scarpa sagte: »Ein Glück, daß ich meine Sachen gewaschen habe.« Er zog sie wieder an, legte den Arbeitsanzug beiseite und gab mir und Gina einen Kuß.

»Vergiß die Genossen in Spanien nicht«, sagte er und ging.

Wir sind alle Feiglinge. Als er verschwunden war, fühlte ich mich erleichtert. Ich war sicher, daß der Wirt nicht wußte, wo ich wohnte, und fragte Gina: »Sollen wir ins Theater gehen?«

Sie schaute mich strahlend an.

Carletto, die Frauen, Luciano und die Kollegen aßen in der Nähe des ›Argentina‹ zu Abend. Als wir dorthin gingen, machte ich einen Umweg, um mir die Kneipe von gestern nacht anzuschauen. Sie war geschlossen und mit Brettern verrammelt; die Leute gingen daran vorbei, ohne auch nur darauf zu achten. An wie vielen Orten geht unsereiner vorüber, dachte ich, wo Gewalt geübt worden ist, und niemand weiß es. Vielleicht würde eines schönen Tages, wer weiß wann, jemand von alledem berichten können.

Die Revue war das übliche; aber ich hatte mir schon lange keine mehr angeschaut. In Turin hatte ich es der Beine wegen nicht mehr getan; und auch in Rom hatte ich nie daran gedacht. Ich hatte das Gefühl, in Rom habe niemand so etwas nötig. Aus irgendeinem Grund bildete ich mir ein, daß hier, wo es überall Faschisten, die Piazza Venezia und den Papst gab, dergleichen nicht erlaubt sei. Andere Länder, hatte ich mir gesagt, andere Sitten. Aber dann hatte ich die Bikinis am Lido gesehen. Wo es Männer gibt, da gibt es immer auch Frauen, die mit von der Partie sind. Wo es darum geht, sich einen guten Tag zu machen, sind alle Menschen gleich.

Diesmal trat sogar eine Schwarze als Tänzerin auf. Ein splitterfasernacktes, riesiges Weibsbild, das wie eine Grille herumhüpfte. Die wäre was für Lubriani, dachte ich sofort, ob er sie wohl herbeigeschafft hat? Aber Negerinnen sind nie nackt genug, darum stoßen sie diese Schreie aus und machen alle diese Sprünge. Ihre Stimme erschreckt und geht ins Blut. Den Römern gefiel das, und sie verlangten eine Zugabe.

Dann entdeckten wir Carletto im Parkett. Gina sagte ihm, sie habe erwartet, ihn zu hören. Er schaute uns verlegen an und erklärte, sein Vertrag beginne erst in sechs Tagen. Es wird sich noch zeigen, dachte ich, ob die Torre Littoria ihn wieder mal reinlegt.

Dann tauchten auch die anderen auf, und wir begrüßten

einander lachend und mit überströmender Herzlichkeit. Ich kam mir mitten unter all diesen Gesichtern nicht recht am Platze vor. Ich hatte das Gefühl, Gino Scarpa dabei zu haben, seine Stimme und sein Lachen zu hören und plötzlich aus der Menschenmenge jemanden auftauchen zu sehen. »Gehen wir essen?« fragte Dorina.

Das Lokal, in dem wir aßen, war berühmt für seine Spanferkel und seine Mozzarella. Carletto spielte uns einige Szenen vor; er machte es noch besser als früher, aber ein Kellner in weißer Jacke bediente uns, und das nahm ihm etwas von seiner Wirkung. Wer wie verrückt lachte und sich in die vorgehaltene Faust biß, war Gina; mir wurde klar, daß die arme Frau noch Herzklopfen um uns beide hatte und deshalb wie eine Betrunkene lachte. Sie hatte in diesen beiden Tagen kein einziges Mal gejammert.

So verging der ganze Abend, und wir kehrten alle zusammen an den Ponte Milvio zurück. Es kam mir seltsam vor, daß ich wieder mit ihnen zusammen war, die Stimmen und die Gespräche von früher wiederhörte; in diesen beiden Tagen war soviel geschehen, daß ich das Gefühl hatte, nicht mehr derselbe zu sein. Wir redeten, gingen und lachten; es fiel mir sogar wieder ein, daß auch sie etwas getan hatten und, wenn man Luciano glauben sollte, noch immer taten, aber ich spürte, daß etwas wie eine Mauer oder eine Dornenhecke zwischen uns stand. Wir verstanden uns nur noch, wenn wir uns neckten, und so lachte ich mit Giulianella über meine Angelegenheiten. Dann spielte ich bei Carletto auf die Sache im ›Plaza‹ an. Ich sagte ihm, daß er gekommen sei, um mich abzuholen, möge noch hingehen, aber für den Einfall, sie mir ins Haus zu schicken, habe er Prügel verdient. »Mit dieser Geschichte hast du doch immer irgendwas zu tun«, sagte ich, »wie kommt das eigentlich? Sind sie jetzt wenigstens abgereist?« Er bejahte. Das tat mir leid.

Eine Weile lang ließen die Genossen nichts von sich hören. Ich wußte nichts mehr von dem Wirt und von den anderen. Wenn wenigstens Scarpa in Rom gewesen wäre, dann hätten wir uns zufällig treffen können. An manchen Tagen hatte ich keine Ruhe. Schließlich schickte ich Pippo mit Reifen an die Via Aurelia und sagte ihm, er solle achtgeben, wer an den Maschinen stehe. Sie ließen mir sagen, ich solle mich ruhig verhalten. Es sei noch Gefahr und nichts zu machen.

So verbrachte ich die letzten sorglosen Tage. Gina spürte, daß etwas in der Luft lag. Sie fragte mich: »Warum willst du denn arbeiten? Mach doch den Laden dicht und laß uns Dorina abholen. Willst du diese Tage nicht mal richtig genießen?« Wir fuhren wieder nach Ostia, in den Pinienwald und auf die Straßen vor den Toren der Stadt. Denn wir zwei waren einander genug, um fröhlich zu sein. Es war September, und die Luft war glasklar.

Ich nahm meine Gitarre wieder zur Hand, und wenn ich gegen Abend ausging, glaubte ich wieder die gleiche Freude daran zu haben wie früher. Als alles noch vor mir lag und Amelio noch zu dieser Welt gehörte. Seither war nicht mehr als ein Jahr vergangen. War das zu glauben?

»Bist du mit Rom zufrieden?« fragte mich Carletto, der hinter mir hertrottete. »Ja, man fühlt sich eben wohl auf dieser Welt, altes Schwein.«

Giulianella sagte: »Du bist so gut wie verheiratet. Du hast alles, was du brauchst.«

Ich dachte an die anderen. Dachte an die Leute im Gefängnis. An die Toten und die Sterbenden auf dieser Erde. Was wäre diese Welt, wenn der Sieg schon errungen wäre? Aber wer weiß, vielleicht war das Schöne daran gerade, daß es nur einen Augenblick dauert und daß das alles nicht zu ändern ist.

Eines Nachts überraschte uns ein Wolkenbruch auf der Straße, als wir gerade aus dem Theater kamen, und wir mußten im ersten besten Loch unterkriechen. Wie es so geht, versetzt einen dergleichen immer in Festtagsstimmung, und man gerät auch immer an einen geeigneten Ort dafür. Dann werden alle wie die Kinder. Ganz Rom hallte vom Donner und stand unter Wasser, Blätter wirbelten durch die Luft, und außer uns war keine Menschenseele in dieser Kneipe. Wir tranken Wein; auch Gina trank. Carletto hielt eine gewaltige Rede gegen den Faschismus; der Wirt verriegelte die Tür, machte eine Flasche für uns auf, die er eigentlich bis zu jenem Tag hatte aufbewahren wollen, und begann seinerseits loszulegen. »Wenn ich den Sturm heulen höre«, schrie er, »dann denke ich immer, die Trompeten begännen zu blasen. Ein Blitz wird kommen, wird über den Himmel von Rom zucken und im Palazzo Venezia einschlagen, und an diesem Tag werden wir den Tod der Maus erleben, die sich dort eingenistet hat...«

Zum Schluß, als das Gewitter vorüber war und wir aufbrechen wollten, war er betrunken, aber nicht so sehr, daß er uns nicht angefleht und wie seine eigenen Kinder beschworen hätte, den Mund zu halten, Menschlichkeit walten zu lassen und selbst die Erinnerung an dieses Gelage in uns auszulöschen. Er behauptete, wenn ein Gewitter komme, drehe er durch, denn sonst redeten nur seine Gäste von Politik. Um ihn zu beruhigen, sagte Luciano: »Wir wissen ja nicht einmal, wo deine Bude liegt.«

Das Gesicht des Wirts war unvergeßlich, und Giulianella brummte: »Ob der wirklich so blöd ist?« Carletto erschreckten wir damit, daß wir ihm sagten, ihn habe der Wirt sicherlich im Theater gesehen. Erst machte ihn das stutzig, dann aber meinte er: »Der war doch aufrichtig. Wer sollte ihm denn die Flaschen bezahlen, die er für uns aufgemacht hat?«

Gina aber meinte: »Aufrichtig wart ihr alle miteinander. Aber wenn den die Angst packt, ist er der erste, der euch anzeigt.«

»Mit Italien ist es doch weit gekommen«, wandte Luciano sich an mich. »Man denunziert einander, um nicht denunziert zu werden.«

So fingen wir vor unserm Haus noch einmal mit denselben Gesprächen an, und sie baten und beschworen mich, zu ihnen zu kommen. »Von einem Tag auf den anderen kann es soweit sein«, sagten sie. »Der ist doch krank und hat die Syphilis. Wir müssen uns für den Endspurt bereithalten. Wenn uns in diesem Augenblick die Masse aus der Hand gleitet, kommt es zu einem furchtbaren Blutvergießen.«

»Das kann schon sein«, sagte ich, »und warum auch nicht?«

»Aber das darf nicht geschehen«, erklärten sie. »Man darf es nicht zum Krieg kommen lassen. Es würde hier wie in Spanien.«

Ich sah durch sie hindurch, als seien sie Glas. Hinter aller

Angst steckt etwas Unausgesprochenes, ein verborgenes Interesse, das sich durchsetzen will. Man wehrt sich seiner Haut, man verteidigt seinen Frieden, das alles ist verständlich – das kann jedem so gehen. Aber daß diese beiden das Geld der Bürgerlichen verteidigten, das Geld, das den Faschismus in den Sessel gehoben hatte – das konnte ich nicht verstehen. Lachend erklärte ich es ihnen.

Carletto meinte, vielleicht hätte ich recht. Aber dann kam er wieder auf den Endspurt zu sprechen. »Es ist schon mehr als einmal vorgekommen«, sagte er, »daß man die richtige Gelegenheit verpaßt hat. Eine Masse, die man nicht mehr in der Hand hat, läßt sich abschlachten. Es hat im Lauf der Geschichte schon genug solcher Massaker gegeben.«

Letzten Endes wollten sie mit den Führern sprechen. Ich erwiderte, an die Führer komme man nicht so leicht heran, außerdem wüßten sie das alles längst. »Dann komm du doch«, schlug Luciano vor, »sprich du doch mit jemandem von uns.«

Dieser Jemand war ein Herr mit goldener Brille und weißer Weste, mit dem wir uns vor dem Theater trafen. Er stand dort mit Giulianella und war anscheinend hoch erfreut. Er lud uns alle zu einem Kaffee ein, und dann plauderten wir. »Der Major«, erzählte uns Luciano, »geht viel ins Konzert. Er würde dich gern spielen hören.«

»Nichts leichter als das«, erwiderte ich, »er braucht nur mal abends zu uns in die Kneipe zu kommen.«

Und jetzt gehen wir zu Beppe«, schlug er vor, »und unterhalten uns ein bißchen.«

Der Major war ein vorsichtiger Mann. Er sprach tatsächlich über Gitarren und Celli. Jeden Augenblick blieb er mitten auf der Straße stehen und legte uns seine Meinung dar. Dann standen wir um ihn herum und hörten zu, bis er fertig war. Giulianella reichte er den Arm und sah dabei genau so aus, als sei er ihr Großvater.

Im Restaurant setzten wir uns ein wenig abseits. Auf allen Tischen gab es Tischtücher und Blumen. Ich verstand nicht, warum man ausgerechnet hierher kommen mußte, um ein Glas zu trinken. Aber das war ja schließlich gleich, und Carletto, Giulianella und Luciano machte es jedenfalls Spaß.

Immer noch drehte das Gespräch sich um Musik. Der Major hielt schwer verständliche Reden. Er schaute mich an. Ich schaute Luciano an.

Schließlich unterbrach ihn Carletto. »Kommen wir doch zur Sache. Pablo weiß, wer wir sind. Sprechen Sie jetzt mit ihm, Herr Major.«

Der Alte lehnte sich in seinem Sessel zurück. Seine Brille funkelte. Er begann mir Komplimente zu machen. Leute wie uns brauche man. Es gebe davon noch viel zu wenige. Wir seien wahre Heilige. Aber es sei ein Fehler, daß wir uns verborgen hielten. Warum vereinten wir unsere Kräfte nicht mit denen der anderen Italiener? Was die anderen Italiener denn wollten? Schluß machen mit diesen Gewaltmenschen, diesen Barbaren und Räubern, zu Selbstachtung und Gesetzlichkeit zurückkehren, Italien und seine Freiheiten wiederherstellen. »Den Faschismus stürzen, ohne weiteren Schaden anzurichten«, unterbrach ihn Carletto.

Der Major blinzelte ihm zu und fuhr in seiner Rede fort. Schon einmal habe man den Massen freie Hand gelassen, und was sei dabei herausgekommen?

Ich entgegnete, die Massen seien wir, und was dabei herausgekommen sei, wüßten die Bürgerlichen wie er doch am besten.

Wieder lächelte der Major. Gewiß seien die Wurzeln des Faschismus weit verzweigt, meinte er, aber dadurch, daß wir den Leuten Furcht einflößten, gäben wir ihm doch Auftrieb. Wir sollten diskutieren und den Leuten Gelegenheit geben, uns kennenzulernen. Wir sollten uns auf ein gemeinsames Programm festlegen. Das, so sagte er, werde er auch unseren Führern vorschlagen, wenn er zu ihnen Kontakt aufnehme.

Er war ein alter Schwerenöter. Das wurde mir allmählich klar. Jetzt schauten alle mich erwartungsvoll an, was ich darauf antworten würde. Noch sehe ich Giulianella vor mir, wie sie nervös ihre Kippe ausdrückte.

Ich sagte und versuchte dabei ruhig zu bleiben, wir täten ja schon seit geraumer Zeit etwas. Nicht ich, der ich nichts bedeutete, aber die wichtigen Leute diskutierten andauernd. Die Verantwortung hätten alle zu tragen. Es sei sinnlos, sich einzubilden, die goldenen Zeiten würden wiederkehren. Wir flößten zwar vielleicht Angst ein, aber es gebe auch Leute, die Mitleid einflößten. Es machte mir richtig Spaß zu sehen, was sie für Gesichter zogen, als ich sagte, wir verhandelten schon seit einer Weile.

Der Major lächelte skeptisch. Er sagte, eine Schwalbe mache noch keinen Sommer, und in diesen Dingen müsse man vor allem Vernunft walten lassen. Jedenfalls freue es ihn, mit mir gesprochen zu haben, und ich solle mir alles noch einmal durch den Kopf gehen lassen und mit meinen Freunden darüber sprechen. Und dann schlug er vor, wir wollten auf unsere gemeinsamen Hoffnungen trinken.

Zum Gitarrespielen trafen wir uns ein paar Tage später. Diesmal nicht bei Beppe, sondern auf Lucianos Terrasse. Ich war noch nie dort gewesen, und Giulianella zeigte mir von dort oben halb Rom. Der Major hörte sich mein Spiel an, redete mit mir und erklärte, die Parteien seien wie die Saiten eines Instruments. Man bringe sie nicht zum Klingen, indem man sie zerreiße, sondern indem man sie behutsam anfasse.

Wir trafen uns noch mehrmals und bummelten zusammen durch Rom. Gina fragte mich, ob es mit den Genossen aus sei. Und dabei sah sie keineswegs unglücklich aus.

Auch mir war es recht, Atem holen zu können. Aber das lange Schweigen wurde immer bedrückender. Ich ging wieder zu der Kneipe von damals, die immer noch verschlossen war. Das tat ich an einem Sonntag. Morgen, überlegte ich mir, gehe ich auf einen Sprung in die Via Aurelia. Zum Glück kam es nicht mehr dazu. Noch vor Tagesanbruch holten sie mich aus dem Bett und verhafteten mich.

Sie holten mich aus dem Bett und kehrten in einer halben Stunde das Unterste in unserer Wohnung zuoberst. Marina schaute mich entgeistert an. Ich glaubte, es handele sich um die Geschichte mit Scarpa, dachte an Gina und hätte am liebsten gelacht. Wenigstens das nicht, sagte ich mir. Dann gingen wir hinunter. Carlettos Tür blieb verschlossen.

Carletto, dieser Dummkopf, verschläft natürlich alles.

Wer weiß, überlegte ich, was das für ein Schrecken für ihn sein wird. Wahrscheinlich gehen sie wieder aufs Land.

Ich war froh, daß Scarpa nicht mehr in Rom war, als der Wagen in die Via Lungara fuhr, wo wir ausstiegen und sie mich einsperrten, ohne daß ich noch einen Blick auf die Straße oder hinauf zu den Wolken hätte werfen können. Als ich daran dachte, war es zu spät dazu. In der Zelle erinnerte ich mich dann daran, daß ich auf der Brücke ein Mädchen mit wehendem Haar gesehen hatte. Es mußte zu dieser mir nicht deutlich erinnerlichen Stunde also windig gewesen sein. Von der Zelle aus sah ich nur Mauern und den klaren Himmel.

Als die Aufseher mich allein in der Zelle zurückließen, tat mir der Mund weh. Da merkte ich, daß ich auf der Straße, in den Büros und bei der Registratur niemals aufgehört hatte zu lachen und zu tun, als sei mir das alles nicht neu. Ich hatte mit Schlimmem gerechnet. Statt dessen sahen alle mich so gleichgültig an, als wären wir im Café. Der letzte kam, als ich schon in der Zelle war, öffnete die Klappe und rief nach mir. Es ist soweit, dachte ich, jetzt setzt es Prügel. Statt dessen gab er mir Napf, Handtuch, Besteck und was ich sonst noch zu bekommen hatte. Ich war dumm genug, ihn zu fragen, warum ich festgenommen worden sei. Er würdigte mich keiner Antwort und schloß die Klappe.

So verging der Tag ohne Zwischenfälle. Da war die Pritsche, und ich legte mich auf sie. Wenn ich so dalag, sah ich ein Stückchen vom Himmel. Das Fenster war vollständig vergittert, und die Glasleisten waren so gestellt, daß man nicht in den Hof schauen konnte. Hier fühlt man sich sogar ganz wohl, dachte ich, man müßte nur wissen, ob es so bleibt. Hin und wieder klopfte jemand an die Klappe – wegen des Brotes, der Bestellungen, der Zählung, des Kübels. Wenn es nur so bleibt, dachte ich. Sogar Zigaretten konnte man sich besorgen lassen.

Seit dem Morgen hatte ich nur eine Angst: nicht genug Zeit zu haben, um mir meine Antworten zurechtlegen, mich darauf einstellen zu können, was sie wußten. Wenn sie auch Pippo festgenommen haben, dachte ich, dann ist alles aus. Aber dann sagte ich mir wieder: Wenn sie mich verhaftet haben, bedeutet das ohnehin, daß sie schon alles wissen.

Nicht das Eingeschlossensein ist das eigentlich Schlimme im Gefängnis, sondern die Ungewißheit. Ich ging in der Zelle auf und ab. Die Genossen, der Major, Scarpas Reden kamen mir wieder in den Sinn. Daß es ist, als sei man tot, ist wahrhaftig nicht das Schlimmste, dachte ich. Er war eben verrückt.

Dann legte ich mich wieder hin und durchdachte alles noch einmal von Anfang an. Scarpa ist ihnen also entwischt, sagte ich mir. Aber stimmte das auch? Wer außer Giuseppe wußte, wo ich wohnte? Dann kamen mir die Gewitternacht und der betrunkene Wirt mit dem Ziegengesicht wieder in den Sinn. Aber wenn der überhaupt einen von uns kannte, dann Carletto und nicht mich. Der Major? Aber der setzte sich gewiß keiner Gefahr aus. Bei diesem Gedanken, daß alles vielleicht meine eigene Schuld war, überlief es mich kalt. Wenn einer von denen geredet hat und sie Genossen festgenommen haben, dann konnte ich mich nur noch in den Po stürzen.

Bei dem Gedanken an den Po fiel mir wieder ein, daß ich mich einmal wirklich in ihn hatte stürzen wollen. Erst im vergangenen März, und zwar wegen dieses Mädchens. Ich sah sie wieder vor mir, wie sie am Abend, als wir dann ins ›Plaza‹ gingen, verärgert und böse von Amelio gesprochen hatte. Jetzt, dachte ich, steht es mit uns beiden gleich. Ich lag auf der Pritsche. Ich schloß die Augen und murmelte vor mich hin: »Amelio.«

Gegen Abend klopften sie die Gitterstäbe ab. Es begann in entfernten Zellen. Ein Gehämmer wie ein Lied – man hörte eine Eisenstange wie verrückt an die Gitterstäbe klopfen, man hörte sie singen und klopfen; Schlüssel rasselten und Türen schlugen. Die Geräusche kamen näher und näher; die Tür ging auf. Ein Aufseher kam herein, und während ein anderer mir einen guten Abend wünschte, ging er ans Fenster und klopfte gründlich die Gitterstäbe ab. Dann gingen sie wieder und schlugen die Tür hinter sich zu. Ich begriff, daß es jetzt Nacht war.

Daß jemand an Flucht dachte, schien mir unmöglich. Das war wie das Läuten von Kirchenglocken – sie wollten uns damit ein bißchen aufmuntern, damit wir nicht traurig schlafen gingen. Ich blieb am Fenster stehen, um eine letzte

Zigarette zu rauchen, und sah zwischen den Leisten hindurch den klaren Himmel. An diesem Streifen Himmel glaubte ich ganz Rom zu erkennen. Es war die Zeit, zu der ich auszugehen pflegte und wir in die Innenstadt zogen, die Zeit, zu der überall die Lichter aufflammten und die Leute zu Abend aßen, zu der man tanzte, trank und Gitarre spielte. Wer weiß, ob Gina, Luciano, Carletto und die Frauen sich getroffen hatten. Wenn Gina nur nicht unvorsichtig war. Ich hatte ihr nicht einmal ein Dankeschön sagen können. An diesem Abend machte ich mir darüber noch wenig Gedanken, ich war noch zu verstört. Dann ging das Deckenlicht an, ein scheußliches Licht, grell wie im Krankenhaus. Eine Stimme ertönte hinter der geschlossenen Klappe: »Schlafen gehen.«

Ob ich wirklich schlief, weiß ich nicht. Ich erwartete, daß sie kämen, um mich zum Sprechen zu bringen. Ich dachte immer noch, daß man uns in der Nacht schlagen würde, und horchte, ob etwas geschah. Mir fiel wieder ein, was ich aus Deutschland und Spanien gehört hatte; ich sagte mir: Bei den Roten kennen sie kein Pardon. Plötzlich wachte ich auf, jemand war an der Tür. Aber noch ehe ich richtig zu mir kam, wurde sie wieder geschlossen – es war die Kontrolle.

Der Morgen kam, nach und nach erhellten sich die Fensterscheiben. Ich hatte mich die ganze Nacht auf der Pritsche hin- und hergeworfen. Mein Rücken war zerschlagen, mein Kopf schwer. Aber noch hatte ich die Augen nicht geöffnet, als ich schon wieder darüber nachdachte, was ich antworten sollte.

Eine Glocke läutete, um uns zu wecken. Der Kaffee und der Wassereimer kamen. Dann erschienen sie wieder, um die Gitterstäbe abzuklopfen. Jemand sagte: »Es ist ein Paket für Sie da.« Das Paket kam, es waren Sachen von zu Hause, auf dem Begleitzettel standen mein Vor- und mein Nachname in Ginas Handschrift.

Das sind die Dinge, die einem Mut machen – es war, als hätte ich mit ihr gesprochen. Fröhlich rauchte ich meine erste Zigarette; dann begann ich wieder umherzuwandern. Während ich auf und ab ging – fünf Schritte hin, fünf Schritte her –, fiel mir ein, daß es jemanden gab, der nicht auf- und abgehen konnte und den man auf der Bahre ins

Gefängnis gebracht hatte. Auch das gab mir Mut, und ich schaute die Gitterstäbe an. Wenn ich jetzt hier bin, dann deshalb, weil ich es selbst so gewollt habe, überlegte ich mir.

Dann wurde mir gesagt, ich könne für eine halbe Stunde an die Luft gehen. Ich wurde in einen zementierten Hof geführt und darin eingeschlossen. Ganz hoch droben sah man einen Streifen vom Himmel.

So verging der zweite Tag, und noch immer geschah nichts. Dann kam noch eine Nacht, in der ich mit den Wanzen Bekanntschaft machte. Und noch ein Morgen und noch ein Spaziergang. Ständig legte ich mir Antworten zurecht und kam dann damit nicht ins reine. In der nächsten Nacht fielen mir die Bücher des Blonden wieder ein. Ob alles damit zusammenhing? Das wäre ja verrückt gewesen. Wieder bekam ich ein Paket. Ich wurde aufgefordert, nach Hause zu schreiben. »Ich habe kein Zuhause.« – »Dann schreiben Sie doch an einen Freund.«

»Ich rechne mit meiner baldigen Entlassung.«

»Haben Sie denn kein Mädchen?«

»Darf man seinem Mädchen schreiben?«

»Das können Sie beim Direktor beantragen.«

»Ich rechne mit meiner baldigen Entlassung.«

Jeden Abend dachte ich, am nächsten Tag sei es soweit. Fünf verriegelte Tore trennten mich von der Via Lungara. Und nur sie konnten eines nach dem anderen öffnen. Ich bildete mir ein, es handele sich um einen Irrtum, sie hätten mich mit jemand verwechselt, am Ende sogar mit Carletto: der Augenblick mußte kommen, an dem sie mich holten und mir die Tore öffneten. Die dümmsten Dinge begannen fixe Ideen für mich zu werden: ein Obstladen oder ein Glas Bier. Was hätte ich darum gegeben, eine noch so schmutzige Arbeit tun zu können – als Lastträger oder als Arbeiter an den Hochöfen von Cogne oder als Matrose, dem der Sturm um die Ohren heult. Hätte ich mich nur bewegen und meine Meinung sagen können und nicht unablässig an die Fragen und Antworten denken müssen. Das Mädchen mit dem wehenden Haar auf der Brücke kam mir wieder in den Sinn, ich dachte mir aus, was sie gerade tat, woran sie dachte, woher sie kam. Ich versetzte mich an einen Straßenübergang, auf dem Piazzale Flaminio oder an der Fontana del

Tritone – ich sah die Menschen vor mir, ich erkannte ihre Gesichter, ich hatte das Gefühl, immer die schönsten Augenblicke verpaßt zu haben. Ausgerechnet in Rom muß mir das zustoßen, sagte ich mir. Ich stellte mir vor, krank zu sein, auf den Arzt zu warten, nicht mehr von meiner Pritsche aufstehen zu können. Ich bewegte meine Finger, als spielte ich eine bestimmte Melodie; ich erfand Musikstücke. An manchen Tagen stellte ich mir vor, ich sei nur ein Kind, nur ein Tor; ich hätte bloß Dummheiten gemacht, und alle lachten darüber. Aber Gina, die lachte gewiß nicht. Ich dachte an die Werkstatt, an Solino, an die Brücke, die gebaut wurde. Ich armer Tor, sagte ich mir, hätte lieber Gitarre spielen und dort bleiben sollen, wo ich war.

Und doch warf ich an dem Tag, an dem sie mich holten und aufs Polizeipräsidium brachten, noch einen letzten Blick in meine Zelle. Ich hatte unvorstellbares Herzklopfen. Das war nicht so sehr Angst als der Wunsch, allein zu bleiben und sie nicht zu Gesicht zu bekommen. Wir mußten wieder durch all die Gitter und blieben dann eine Weile in der Registratur; aus ihren Fenstern sah man die Bäume über dem Tiber. Als wir hinausgingen, führten sie mich am Arm. Ich spürte, wie unwillig ich dreinblickte.

Auf dem Polizeipräsidium erwarteten sie mich hinter einem Tisch, und sie waren es, die redeten. Zuerst Vor- und Zuname, Name des Vaters, Geburtsjahr und ob ich vorbestraft sei. Dann woher ich käme, was ich hier triebe und seit wann ich in Rom sei. Schließlich wo ich meine Abende verbrächte und was es mit diesem Buch auf sich habe.

Sie gaben es mir. Das Buch des Blonden.

Gina also auch, dachte ich. Ich wollte sagen, das Buch gehöre in die Werkstatt, unterbrach mich aber sofort. Ich blätterte ein paar Seiten durch, las und überlegte mir, daß Gina nicht im Gefängnis sein konnte, daß sie mir die Pakete geschickt hatte und darum mit der ganzen Sache nichts zu tun haben konnte. Diese Dreckskerle, dachte ich, sind also auch bei ihr gewesen.

»Wo stammt das her?« fragte ich leise.

»Das möchten wir von dir wissen.«

Ich dachte an Carletto und seinen Buckel. Am liebsten hätte ich ihm einen Fußtritt versetzt.

»Ich lese keine Bücher«, sagte ich. »Ich lese ja kaum die Zeitung.«

Einer fragte mich: »Aber ins Theater gehst du doch?«

»Wenn es sich gerade so ergibt.«

»Kennst du Giulianella?«

»Ich kenne Carletto. Einen Buckligen. Den habe ich begleitet, wenn er sang.«

»Wann und wo?«

Da erzählte ich von Lubriani. Erzählte von Turin. Ich verbreitete mich darüber, bis sie sagten, es genüge.

»Und den Major, kennst du den?«

»Den Major?«

Ich erzählte, ich sei oft ins ›Argentina‹ gegangen, um Carletto und seine Frau zum Abendessen abzuholen. Manchmal hätte ich meine Gitarre mitgenommen. Tagsüber hätte ich gearbeitet, und abends sei ich zum Essen ausgegangen. Von vielen Leuten hätte ich nicht einmal den Namen gewußt. Der Major sei einer, der seine Tage im Theaterparkett verbringe.

»Drück dich deutlicher aus«, forderten sie mich auf. »Weshalb bist du nach Rom gekommen? Bist du Fahrradhändler oder was sonst?«

Ich verzog das Gesicht und schaute sie an.

»Ging es dir in Turin nicht besser?«

Ich schaute sie an.

»Wer hat dir dieses Buch gegeben?«

»Das gehört nicht mir.«

»Hat der Major es dir gegeben?«

»Ich weiß nichts von diesem Buch.«

Da packte mich einer an der Schulter. Ein Faustschlag traf mein Ohr. Der hinter dem Tisch fragte: »Weißt du jetzt etwas davon?«

Immer noch spürte ich die Hand auf meiner Schulter. Der andere zog ein Schubfach auf und sagte:

»Hier ist ein Brief.«

Er gab ihn mir. Er war von Gina.

»Du kannst ihn lesen«, sagte er.

»Sie hat nichts damit zu tun«, erwiderte ich.

Gina schrieb, sie hoffe mich bald wiederzusehen, und ob ich Sachen oder Geld brauche. In der Werkstatt sei alles in

Ordnung, und ich solle zum Herrgott beten. Der Brief schloß: »Ich denke immer an Dich.«

Immer noch lag die Hand auf meiner Schulter. Jemand fragte mich: »Willst du rauchen?«

»Wir möchten wissen«, fing der andere wieder an, »was der Major und diese Leute trieben. Haben sie dich nie aufgefordert, dich mit ihnen zu treffen, Pakete für sie auszutragen, mit ihnen aufs Land zu fahren?«

»Nein.«

»Deine Freunde sind alle Rebellen. Wußtest du das?«

»Nein.«

»Was hast du mit ihnen geredet?«

»Blödsinn.«

»Giulianella behauptet aber, du hättest ihnen geholfen. Bist du Mitglied der faschistischen Partei?«

»Nein.«

Er begann zu lachen. Die Hand auf meiner Schulter packte fester zu.

»Das ist das erste wahre Wort, das du gesprochen hast. Wir haben dich gerade noch im richtigen Augenblick erwischt. Hast du nur Giulianella oder auch die andere gevögelt?«

Wieder bekam ich einen Faustschlag. »Giulianella hat nämlich auch der Major gevögelt, wußtest du das? Hat Giulianella dir die Reise nach Rom bezahlt?«

Ich fragte: »Was hat denn Giulianella damit zu tun?«

»Das weißt du ganz genau.«

Als sie ihr Mütchen an mir gekühlt hatten, schrieben sie alles auf ein Blatt Papier. Sie lasen es mir vor und befahlen: »Unterschreib.« Ich überflog es noch einmal: da stand nur, wo ich den und jenen kennengelernt hatte. Von den Genossen wurde keiner erwähnt. Ich unterschrieb.

Im Taxi fuhren wir in die Via Lungara zurück. Ich hatte mir geschworen: Unterwegs schaue ich mir Rom, die Leute und die Cafés an, aber auch diesmal dachte ich erst in der Zelle wieder daran. Die Genossen haben sie nicht gefaßt, sagte ich mir, diese Rindviecher.

Gina schrieb ich, sie solle sich nicht aufregen, die Dinge kämen schon wieder in Ordnung. Unsere Freunde, die Armen, hätten nicht mehr schuld als wir, und sie möge Dorina trösten. Unschuldige könne man nicht im Gefängnis behalten.

Am Abend klopften sie wieder die Gitterstäbe ab, und ich dachte an die vier. Wer weiß, ob auch sie gerade dachten: Jetzt gehen sie zu Pablo. Als das Getöse begann, stellte ich mich an das Gitter, lauschte, wie das Klirren von Zelle zu Zelle weiterwanderte, und sagte mir: Jetzt kommen sie zu Carletto und jetzt zu Giulianella. Ich konnte mir nicht vorstellen, daß man auch sie auf das Polizeipräsidium geholt und geschlagen hatte. Ich wagte kaum, mir vorzustellen, wie es erst gewesen wäre, wenn es sich um Scarpa gehandelt hätte. Mir fiel wieder ein, wie wir mit Luciano darüber gesprochen hatten, und jetzt verstand ich ihn. Das sind Dinge, die man niemandem erzählt.

Der arme Luciano, so zurückzukommen. Jetzt begriff ich, was es heißt, im Gefängnis zu sitzen. Du denkst dauernd an etwas und wagst doch nicht, es dir auszumalen. Deine Antworten hast du gegeben, deine Prügel hast du bekommen, was wollen sie nun noch von dir?

Morgens und abends stand ich an dem vergitterten Fenster. Jetzt dachte ich wieder an Milo und die Fahrten auf seinem Lastwagen. Jetzt auf den Straßen unterwegs zu sein und halten zu können, wo man wollte, mußte herrlich sein. Von der ganzen freien Welt bekam ich nur dieses Stückchen blauen Himmel zu kosten. Manchmal dachte ich: Laßt mich doch hinaus. Ich gehe nur ein bißchen am Tiber spazieren und komme wieder zurück. Das schwöre ich.

Ich meinte das im Ernst. Ich saß jetzt seit einem Monat. So sind wir nun einmal, dachte ich, ich weiß, daß die Genossen frei sind, und doch genügt mir das nicht. Abends ging es mir immer besonders schlecht. Morgens sagte ich mir dann wieder: Heute ist es sicher soweit.

Aber es geschah abends, als sie die Gitterstäbe abklopften. Die Aufseher kommen herein, veranstalten ihr kleines Konzert; dann sagt der Oberaufseher zu mir: »Nehmen Sie Ihre Sachen.«

Ich verstand ihn nicht. »Los«, sagte er, »packen Sie Ihre Sachen, es geht in die Freiheit.«

In der Registratur übergaben Sie mich einem Beamten in Zivil, der aussah wie ein Neapolitaner und zu mir sagte: »Kommen Sie.« Wir fuhren im Taxi zum Polizeipräsidium.

Als ich allein auf den Platz hinaustrat, war es noch Tag. Ich drückte mich an den Leuten vorbei. Ich hörte sie reden. Ich sah, daß die Luft golden und glasklar war. Ich ging und las meine Papiere noch einmal durch. Innerhalb von zwei Tagen hatte ich mich auf dem Polizeipräsidium in Turin zu melden. Eine bezahlte Fahrkarte. Sonderüberwachung.

Nach Sonnenuntergang durfte ich mich nicht auf der Straße aufhalten. Ich ging also mit meinem Bündel in eine Wirtschaft und trank ein Glas Bier. Als ich hinausging, riefen sie mich zurück, ich mußte noch zahlen.

Auf dem Ponte Milvio blieb ich stehen und betrachtete die Hügel. Rom war immer noch dasselbe. Das Wasser floß langsam unter dem Himmel dahin. Auf der Seite, die an Sassi erinnerte, sah man das Gerüst der Brücke, die gebaut wurde, und alles war klar und warm. In Turin steigen um diese Zeit die Nebel zwischen den Bergen und Hügeln auf, dachte ich. Ganz langsam machte ich mich wieder auf den Weg. Ich wußte nur zu gut, wie rasch alles Schöne vorüber ist.

Als ich in die Werkstatt kam, rief ich: »Chefin.« Gina schaute auf. Sie hatte keinen Arbeitsanzug an. Wie ein kleines Mädchen rannte sie auf mich zu.

Als es dunkel wurde, durfte ich nicht bleiben. Wir gingen also zusammen nach Hause, und Marina rief mir schon vom Fenster aus etwas entgegen. Auf der Treppe begrüßten uns Dorina und die Alte mit lautem Geschrei, und wir aßen bei ihnen zu Abend. Ich erzählte Dorina alles, was ich wußte, und sie hatte zwar verweinte Augen, weinte aber nicht. Sie sagte nur immer wieder, auch Carletto müsse freigelassen werden. »Du wirst sehen, sein Buckel bringt ihm Glück«, sagte Marina, »er hat ihm schon einmal Glück gebracht.«

»Was haben sie denn nun eigentlich getan?« fragte ich.

Das war nicht herauszubringen. Dorina war so von dem Gedanken durchdrungen, daß Carletto freikommen mußte, daß sie sogar seine Bekanntschaft mit dem Major nicht zugeben wollte. Nachts erzählte Gina mir, sie hätten bei Carletto Zeitungen gefunden, und der Major habe sich vom Balkon gestürzt.

»Hat Fabrizio dir das erzählt?«

Sie lachte. »Das hat mir Giuseppe erzählt. Er kam, um nach dir zu fragen. Die Genossen wissen eben alles.«

Sie wußte sogar schon seit zwei Tagen, daß ich nur unter bestimmten Bedingungen entlassen würde. »Aber ich kann mich nicht damit abfinden«, jammerte sie, »mußt du wirklich nach Hause zurück?«

Es wurde Morgen, und Marina machte uns zum letzten Mal Kaffee. Das Heiligenbild fiel ihr wieder ein, und sie sagte mir in Ginas Beisein: »Diese Gnade hat dir die Mutter Gottes erwiesen. Du bist krank gewesen.«

»Welche Gnade?« fragte Gina.

Marina wandte die Augen zum Himmel. »Halt du den Mund«, erwiderte sie, »du hast sie ebenso nötig.«

Wir packten meinen Koffer, und Dorina sah uns fortgehen. »Wie traurig«, sagte sie, »daß du nun allein fortgehst.«

»Auch mir tut es leid. Aber ich bin sicher, daß ich euch im nächsten Jahr im ›Mascherino‹ wiedersehe.«

»Nicht alle«, sagte sie. »Guilianella muß es auslöffeln.«

Gina und ich gingen noch einmal in die Werkstatt. Abends sollte ich abreisen. Als ich an der Tür stand und rauchte, sah ich, daß Pippo wegfuhr. »Wo fährt der hin?«

»Giuseppe will kommen«, antwortete Gina, »er möchte dich sprechen.«

Sie sagte das so, als habe es damit gar nichts auf sich.

»Bist du denn verrückt?«

Sie zuckte die Schulter. »Das ist doch deine Arbeit.«

»Früher hast du anders darüber gedacht.«

»Aber nun ist es einmal so«, sagte sie.

Als Pippo wieder zurück war, ging ich mit ihr in die Wirtschaft. »Willst du nach Turin nachkommen?« fragte ich sie.

Sie schaute mich unter ihren Wimpern hervor an und sagte: »Ich komme.«

Wir aßen zusammen und sprachen über das Geschäft. »Laß dir von Giuseppe helfen. Verkauft alles, und dann komm nach Turin.«

Giuseppe kam gegen eins. Über das Gefängnis verlor er nicht viele Worte. »Wir hatten schon Angst, daß sie dich gesehen hätten«, meinte er. »Wenn es nur immer so abginge.«

Dann erklärte er mir, wer die Genossen in Turin seien. »Such sie auf«, sagte er, »inzwischen schicken wir jemanden hin. Man darf niemandem trauen.«

Ich sprach mit ihm über das Geschäft, und er sagte: »Gut.«

Was ihn interessierte, war, ob zusammen mit dem Major alle seine Leute erwischt worden waren. »Hinter dem steht jemand«, meinte er. »Es ist wichtig, diesen Kontakt aufrechtzuerhalten.«

»Die bringen doch nichts zustande.«

»Das weiß man nie«, antwortete er, »die sind doch eine Macht.« Dann erzählte er mir noch, Gino Scarpa sei in der Toskana, und danach ging er.

Gina schloß für diesen Tag ihre Werkstatt. Ich legte die Gitarre fort, aber erst spielte ich noch ein bißchen. Gina hörte mir zu und sagte: »Laß uns in diese Kneipe gehen«. Damit meinte sie die an der Straße, die aufs Land führte, wo wir mit den anderen beim erstenmal, an dem Abend draußen im Freien, gewesen waren. Ich nahm sie auf die Lenkstange, und wir fuhren quer durch Rom. All diese Straßen wiederzusehen, machte auf mich einen tiefen Eindruck. Zwischen Gefängnis und abendlicher Abreise erschien mir Rom wie eine neue Stadt, wie die schönste Stadt der Welt, wo die Menschen nicht begreifen, wie glücklich sie sind. Wie wenn man daran zurück denkt, daß man einst ein Kind war, und nun klagt: »Hätte ich das gewußt, dann hätte ich richtig gespielt.« Aber wenn man dem Betreffenden dann sagen würde: »Du kannst auch heute noch spielen«, dann wüßte er nicht einmal, wie man das anfängt. Ich war schon ein anderer, losgelöst von allem und glücklich. Ich schaute in die Kneipen, schaute die dunklen Bäume an, die Palazzi, die alten und die neuen Steine – und mir wurde klar, daß ich diesen Sonnenschein nie wieder erleben würde. Wieviel Obst wurde doch in Rom verkauft. All das Grün, das Rot und das Gelb auf den Ständen war die Farbe der Sonne. Mir ging durch den Sinn, daß ich in Turin Obst essen und so den Geschmack von Rom wieder auf die Zunge bekommen würde.

Wir kamen zu dem Lokal. Gina sagte: »Es gibt so vieles, was ich tun möchte.«

»Du weißt doch, wie es so geht«, antwortete ich. »Nie hat man genügend Zeit, es ist wie in der Zelle. Man sagt sich: Wenn ich erst wieder draußen bin, dann tobe ich mich mal richtig aus. Dann stelle ich die verrücktesten Dinge an. Aber wenn man dann rauskommt und es tun könnte, dann tut man auch bloß das, was man schon immer getan hat.«

»Ich wünschte, es wäre wieder der erste Tag. Noch ehe du ankamst.«

»Morgen wird es wieder so sein.«

»Im Grunde schrecklich, daß du nur durch einen Zufall nach Rom gekommen bist.«

»Darauf kommt es nicht an. Die Dinge nehmen ihren eigenen Lauf. Man muß nur das, was man tut, auch ernstlich wollen.«

Wir saßen im Freien in der Sonne.

»Es gibt nur wenige Dinge, die ich will«, sagte ich. »Noch weniger als früher.«

»Scarpa sagte, im Gefängnis zu sein, wäre, als sei man tot. Schon der Gedanke daran ist erschreckend.«

»Daran mußt du nicht denken.«

Dann sagte ich ihr noch: »Tote gibt es freilich auch. Alles kommt darauf an, standzuhalten und zu wissen, wofür.«

Wir blieben ein Weilchen in der Kneipe sitzen und tranken. Gina spielte mit dem Fensterladen und schaute in die Sonne. Die Vögel flogen tief über uns dahin. Eine Katze kam und sprang auf den Tisch. Auch Gina saß vornüber gebeugt und in sich gekehrt da.

Wir sprachen noch einmal von Turin und von zu Hause. Sie fragte mich nach Carlottina und nach meiner Mutter. »Werde ich sie kennenlernen, wenn ich nach Turin komme?« fragte sie mich.

Gegen Abend kehrten wir zu Fuß nach Hause zurück. Die Sonne vergoldete Steine und Bäume. Es war die Stunde, zu der sie im Gefängnis die Gitterstäbe abklopfen. Ich erzählte Gina von Amelio. Sie ging an meinem Arm und hörte mir zu.

»Er wird nach Rom kommen«, sagte ich zu ihr, »auch er wird hierher kommen. Wie alle anderen.«

Dann trennten wir uns an der Tür der Werkstatt. Es war schon Nacht.

Italo Calvino

Wo Spinnen ihre Nester bauen

Roman. Band 2208

»Wo Spinnen ihre Nester bauen« ist Calvinos erster Roman. Er erschien 1947 und spiegelt die Erlebnisse des Autors in der italienischen Widerstandsbewegung gegen die Deutschen wider. Der Held dieser Geschichte ist Pin, ein verwahrloster Junge, mit dem niemand spielen darf, weil seine Schwester eine Prostituierte ist. Pin träumt von einem richtigen Freund, dem er eines Tages den Pfad jenseits eines Wildbachs an der ligurischen Küste zeigen will, wo es Spinnen gibt, die Nester bauen. Aber noch hat Pin keinen Freund. Und deshalb lungert er in den Hafenkneipen herum und schließt sich den Erwachsenen dort an. Sie fordern ihn auf, für eine Aktion gegen die Deutschen eine Pistole zu stehlen. Pin wird aufgegriffen und verhört, doch er verrät nichts, er bricht aus dem Gefängnis aus und gelangt zu einer Partisanengruppe. Er lernt den Krieg kennen und fürchten. Und schließlich findet er wirklich einen Freund, dem er die Spinnennester zeigen kann.

Mit Pin schuf Italo Calvino eine der reizvollsten Kindergestalten in der modernen Literatur.

Ignazio Silone

Das Geheimnis des Luca

Roman. Band 5755

Ignazio Silone, geb. 1900 in den Abruzzen, nach eigener Aussage »ein Christ ohne Kirche, ein Sozialist ohne Partei«, schrieb Romane, Novellen, Essays, in denen er sich für den unterdrückten und entrechteten Menschen engagiert.

Nach einer fast lebenslangen Zuchthaushaft kehrt Luca in sein Heimatdorf in den Abruzzen zurück – aufgrund eines Gnadenerlasses. War er der Mörder? Oder warum sonst hatte er die Strafe auf sich genommen? Und warum sind ihm noch vierzig Jahre nach der Tat alle Türen verschlossen, als wäre er ein Aussätziger? Meisterlich gelingt es dem großen italienischen Schriftsteller, eine spannende Fabel vor den lichten Hintergrund einer romantischen Liebesgeschichte zu stellen.

Fischer Taschenbuch Verlag

Elsa Morante

Arturos Insel

Roman. Band 1884

Mit ihrem frühen poetischen Roman hat die Dichterin Elsa Morante die Weltliteratur um eine der schönsten Knabengestalten bereichert. Arturo, der hier rückblickend seine Kindheitserinnerungen erzählt, ist Mittelpunkt eines ungewöhnlichen Dramas: der mutterlos aufwachsende Junge, der seinen Vater vergöttert, muß sich eines Tages eingestehen, daß er seine noch fast kindliche Stiefmutter liebt. Immer eindringlicher verwandelt sich die Sehnsucht des Vierzehnjährigen nach der Mutter in verhaltene erste Liebe zu der sechzehn Jahre alten Nunziata, der zweiten Frau seines Vaters.

La Storia

Roman. Band 2000

Elsa Morante erzählt die bewegende Geschichte einer Gruppe einfacher Menschen in Rom und auf dem nahen Land, die vom Räderwerk der politischen Ereignisse zwischen 1941 und 1947 zermahlen werden. Im Mittelpunkt steht das Schicksal der halbjüdischen Lehrerin Ida und ihrer beiden Söhne.

Fischer Taschenbuch Verlag